# 泰国支教日记

潘凤仁　著

GUANGXI NORMAL UNIVERSITY PRESS
广西师范大学出版社
·桂林·

**图书在版编目（CIP）数据**

泰国支教日记 / 潘风仁著. —桂林：广西师范大
学出版社，2020.6
ISBN 978-7-5598-2447-9

Ⅰ. ①泰… Ⅱ. ①潘… Ⅲ. ①日记—作品集—
中国—当代 Ⅳ. ①I267.5

中国版本图书馆 CIP 数据核字（2020）第 290184 号

广西师范大学出版社出版发行

( 广西桂林市五里店路 9 号　邮政编码：541004 )
( 网址：http://www.bbtpress.com )
出版人：黄轩庄
全国新华书店经销
广西广大印务有限责任公司印刷
（桂林市临桂区秧塘工业园西城大道北侧广西师范大学出版社
集团有限公司创意产业园内　邮政编码：541199）
开本：880 mm ×1 240 mm　1/32
印张：9.75　　插页：4　　字数：252 千
2020 年 6 月第 1 版　　2020 年 6 月第 1 次印刷
定价：58.00 元

如发现印装质量问题，影响阅读，请与出版社发行部门联系调换。

三才初三（1）班的"三大才子"

"中国传统文化，我们都喜欢"

措手不及的幼儿园教学，我能行！

和三才的英文老师、泰文老师在一起

欢乐丁酉鸡年联欢会

跨越国界的茉莉花,我们一起唱《好一朵
美丽的茉莉花》

情谊难舍

全校晨会，首秀汉语生词教学

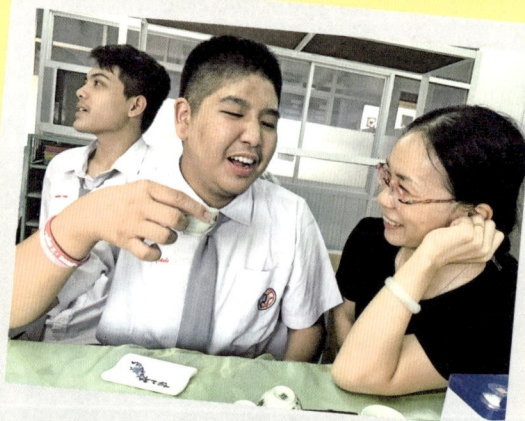

"老师，中国茉莉花茶，我喜欢啦！"

三才的童子军野外生存课

三才可爱的甜甜和漂亮的妈妈

三才姐妹花在曼谷商场偶遇泰国当红明星小白

茶修，从小做起

温暖的门卫大婶

我的小泰帅，你们好！

我们是三才姐妹花

我们一起学中国对联

喜欢和幼儿园的小可爱们在一起

幼儿园的宝贝们毕业啦！

# 目 录

第一辑 别样的远行

第四辑 别样的成长

# 序一：听一位支教老师的心声

潘凤仁老师的《泰国支教日记》（以下简称《支教日记》）在我的眼前展示出五彩缤纷的"黄金雨"，把我的思绪拉回到二十年前从泰国北部清迈历经南邦、帕府、素可泰、彭世洛、披集、那空沙旺、因武里、大城到达曼谷的难忘经历。可惜我没有才女凤仁那样的细心和激情，没能留下一言半语。

《支教日记》给我的感慨异乎寻常，短短一年的支教，竟然得到如此丰富的感悟。本书独具匠心，文思运行清晰，层次有致。从"别样的远行"到"别样的课堂"，继而发现"别样的文化"，获得到"别样的成长"，以友谊收官，层层道来，由浅入深，由表及里，散而不乱，不愧是"灵魂工程师"。这样的别出心裁，我仅仅琢磨其章节结构，"黄金雨"就从脑子里一跃而出。"黄金雨"是泰国国花金链花的别名，金花团团簇簇，金灿灿耀眼，用它来描摹概括《支教日记》恰如其分。

泰国是中国的友好国家，中国人赴泰访问的、留学的、经商的、会友的、旅游的络绎不绝，研究泰国历史文化、中泰文化的书，多有付梓。但是，像《支教日记》这样深入，这样细致，这样感性的著作，却不多见。如《乡愁的底色》一文，在泰国买菜的中国人有的是，谁当一回事？但就在买菜里，潘老师感受到泰国人的淳朴性格和民风民情。这使我回忆起去曼谷的途中在帕府的乡村路旁买水果，泰国农友知道我们是中国人，硬是白送一个大大的榴莲。其实我们还不敢尝榴莲，但主人这样热情，我们只得领受，并表示感谢。

《尖竹汶民宿里的小风光》把读者的思绪导引到泰国的小镇和乡村，那里依然保持着传统的干栏。与壮族地区不同的是，壮族的干栏近二十年来基本被两三层钢筋混凝土砖房取代，而泰国乡村依然是干栏领衔。甚至在曼谷这样的现代化大都市里，高楼之间也时不时会有一栋干栏隐现。我在泰国中部彭世洛师范学院（今为彭世洛大学）访问时，住的宾馆就是干栏。在南邦农家，一栋干栏底层空旷，陈放一辆轿车和两辆摩托，干干净净。二层人居，更加干净整洁。泰国人共同供奉的神祇在村镇中漂亮的佛寺里，佛寺里的佛像盘坐在长蛇盘成的佛座上，多个戴上佛冠的蛇首环列在佛的背后，佛的地位便以蛇首多少为标志，最少三首。对蛇的尊崇源自印度佛教，但也吸收了侗台语族民族尊崇九首蛟龙的元素。我们拜访的这家干栏主人是一位老大娘，老大娘对我们这些不速之客毫不介意，热情地引领我们参观，分别时依依不舍。难怪潘老师有《别样的友谊》一章，感叹"春风十里，不如有你"。西部的三才也洋溢着中泰两国广泛的友谊，我和潘老师感同身受。

其他如《参加泰式传统婚礼》《母亲节，不一样的仪式感》《不一样的"年味"——宋干节》《我听到了一个民族的信仰在唱歌》《泰国城隍庙游行》，等等，都能够给人以亲临其境的感受，正所谓"有一种爱需要亲历才会懂"。

按常规，文章到这里也就可以了，但正像书中所说，"思念是一条温暖的河流"，这河流在涌动着，于是从思念里领悟了人生的哲理："你就是自己的拐杖""不要和岁月一起老去""即使在平淡的生活里，也能遇见最美的自己"……类似这样富于哲理的语言，很像是历经风霜的老者的心迹感悟，然而这些哲理却出自一位风华正茂的年轻教师的心底，可喜，可畏！

潘老师的语言优美，文笔流畅，不仅善于描摹事物，而且善于抒发心底的激情。笔触那么细腻，那么柔美，宛如微风拂柳，小溪弹琴，霞光过林万点金。但最重要的是，潘老师将那些不一样的教育体制，不一样的教育理念，不一样的课堂，不一样的异国文化和风情，和自己的理念融合，汲取其中可以产生共鸣的要素，激发出自己的新思考，并融入自己的工作中，从而产生别样的效应。作为一位执着的支教老师，她从支教中领悟到"不要过度消费孩子的童真"，老师要"像妈妈"。她同时没有忘记自己的使命，"绽放自己，芬芳他人"，将中国的"民族文化、民族语言等贯穿到平时的教学工作中"，让中华的灿烂文化感染异国的师生，让壮族的心怀在异国朋友中产生共鸣。这正是我们走出国门的初衷和价值取向！

是为序。

梁庭望

2017 年 8 月 26 日于中央民族大学

# 序二：暗香盈袖

不得不说，很多人是自带芬芳的。

盈袖*便是。

初相见，是在写作班举办笔会的宾馆里。门推开了，她像一只轻盈的蝶，振动着翅膀迎面飞过来。眼睛里的快乐，像春天破土而出的小草，藏也藏不住。

说实话，我很久没有看到像她这样喜悦的人了。她的快乐，那么自然，那么清澈，仿佛是从身上长出来的，把幽暗的房间都照亮了。

见面前，我们在QQ上有过互动。我应邀在写作班授课，盈袖是写作班学员。

人与人的缘分就是如此奇妙。在群里刚上了一节课，她就乐呵呵地跑出来表达自己的喜欢和感谢了。盈袖说，她目前在泰国支教，并且正在写一本与支教有关的书。之前，她觉得自己写的只是流水账，语言平淡，不吸引人。上了我的课，才发现文章原来可以这样写。自此，她似乎找到了方向和动力，把之前的作品重新做了修改，对写作也更加有信心了。

---

\* 本书作者在写作班用的笔名。

她说:"姐姐,你是我暗夜里的一盏明灯,遇到你真好……"

盈袖无疑是幸运的。我们都知道,对爱好写作的人来说,读万卷书很重要。然而,比读书更重要的,是行万里路。万卷书易读,万里路却不容易走。天地阔大,我们大多数人一生能涉足的,都只是那小小的一隅。盈袖能有机会走出去,在泰国支教一年,充分了解异国的风土人情,无论是写作的思路还是视野都会宽阔很多。所以,当她想家想儿子的时候,当她感到孤独的时候,当她觉得工作疲累的时候,我都会轻轻地对她说,安住当下,好好感受每一刻。因为,每一刻都不会再来。

盈袖的书写是真诚的。在这本书里,她忠实地记录了自己支教一年的心路历程。同时,用朴实的语言,温暖的笔触,向你展开一个从未看到过的、真实的泰国。这是一部非虚构作品,也是盈袖的处女作。我觉得,她最厉害的一点,最让我佩服的地方就是,她在非常客观的叙述中,有能力让读者越过表面,看到里面非常纯净的核。这本书里,若隐若现,此起彼伏,闪着一种光。这种光,就像盈袖这个人一样,让你感受到一种原始的天真,以及执着的力量。看得出,她在写这本书的时候,一直在寻找一个微妙的平衡,既矛盾又统一的平衡。

虽然我和盈袖只见过一次面,但是,她的善良与悲悯,以及对生命的热爱却给我留下了深刻的印象。我们都知道,生活不可能一帆风顺,每个人心里都有一些不为人知的苦。有的人显示在脸上,有的人表现在语言上,而盈袖看上去却总是那样快乐,如同春天枝头的花朵,静静地,盛开在自己的美好里。我想,她知道每个人都不易,大家都在自己的日子里挣扎着,很多苦说出来也很难感同身受,不如让它们在岁月里慢慢消化。

盈袖很瘦,瘦得让人疼。同时,她的瘦又让人感到一种生命的轻盈。人在世间，心在世外，那份骨子里的风轻云淡，特别适合写作。

我觉得，对一个书写者而言，最重要的能力不是妙笔生花，而是达到一种全面的境界。也就是说，作家要有能力置身于任何一个坐标点上，不管是谁的坐标，作家都能抵达那个位置进行思考。比如，当你写医生的时候，你就是医生，当你写老师的时候，你就是老师……只有这样，你的作品才有穿透力，才有可能给读者带来新鲜的感觉和独特的阅读体验。所谓智慧的境界，就是这么来的。

我想，盈袖有这个能力。

这是一本极好的书，愿你有幸读到它。祝福盈袖，希望看到她更多的好作品。

清心

2017年12月31日于河北怀来

# 自序：世界很大，我在支教

    作为一名老师，固守在三尺讲台上，不曾被支教的风吹干过汗水和眼泪，会不会是一种遗憾呢？

    在泰国支教的那段时间，在异国生活的日子里，我才真正开始思考我存在的价值，也是在这时，我步履蹒跚地学着写人生的第一本书。尽管文字生涩、笨拙，但那些艰难的足迹，那些芬芳的笑脸，那些在异国他乡的心路历程，对于我来说，不也是一种收获吗？

    正如墙缝里开出的无名花，即使谢了，也有过香，也就有了意义。

    在赴泰支教之前，我每天都循着"家—学校—菜市—琴行"这样四点一线的生活，路线固定，时间固定，圈子固定，连表情也是固定的。在这条路上，我曾想只要亲人衣食无忧、健康快乐，自己努力工作，便知足常乐了！但是我不曾想过，把自己封闭起来，阳光是照不进去的，当然心也是打不开的。

    一次偶然的机会，我下定决心用我的青春和勇敢，挥别过去，迎接一个全新的我。我决定成全自己：去泰国，去远方，去支教！

    那是6月8日的早晨，当我走进异国校园的时候，草坪和冬青树刚刚修剪完。走在校园的小路上，我闻着浓烈而清新的草香，晨曦下的冬青树，半明半暗，生机蓬勃。我一路迎着阳光和学生双手合十的鞠躬，走过长廊，走上楼梯，走进教室，开始了泰国支教的第一课。犹记得，那天阳光很纯粹，天很蓝很蓝。

可是到达三才的第一天，也许是水土不服，我的身体马上出现了前所未有的抗议——头疼发烧异常激烈，还有对家人那种刻骨的思念，之后的几天，度日如年的煎熬给我的支教生活重重地打了一拳。我才知道，热带不仅有阳光，热带的雨季也很长！

在那些失败、受伤害、痛哭、失望、绝望的日子里，我就倒数起归国的日子。数着数着，我发现越数就越长，越长就越难过。于是，那一天忙完教学任务之后，我打开电脑，独自在夜深人静的办公室里，敲下一天的工作经历——带着泄愤的情绪。可完成后我发现，流淌在我笔下的文字里，更多的是异国师生们带给我的点滴感动，是苦尽甘来的喜悦。推开那扇窗，我心倏然晴朗，天空繁星成河。

从此，支教的日子不再是煎熬。待我疲累时，我就在文字里收集异国的点滴美好。一年下来，我走的不再是忧伤坎坷之旅，而是异国文化、异国课堂、异国成长、异国友谊的芬芳之旅。

时间在指缝中穿行，日子在充实中流逝。平时，除了在三尺讲台上教孩子们学中文，学中国优秀的文化，我还走过湄南河的河畔，翻过清迈的群山，吹过兰岛的海风，看过芭堤雅的夕阳，赏过北碧"死亡铁路"的风景。景，越走越美好；路，越走越宽广；心，越来越旷达。在微笑的国度里，和一群可爱的孩子，与一群志同道合的同事在一起，我所感受到的是满满的爱和希望。那一刻，我才发现，与其在三尺讲台上空谈世界观，不如将讲台安放在世界里，恰如一朵洁白的茉莉花，绽放自己，亦能芬芳他人。

记得布袋和尚写过一首诗："手把青秧插满田，低头便见水中天。

心地清净方为道，退步原来是向前。"插过秧的人都知道，插秧时不要抬头看那垄田有多长，只要埋头一棵一棵地插，一垄水田就在不知不觉中插完了。我从来没有想过我能写一本书，但是，在无数个孤单寂静的深夜里，我把头埋到尘埃里，一个人敲打着电脑，文字由散落变成篇章，日子由迷茫变得清朗。

心打开了，阳光就进来了，阳光进来了，我心中可爱的小茉莉就绽放了，我想把此书献给那些认识或不认识的有缘人。在过去的日子里，我如同深埋于土壤里的土豆，在黑暗中不知经历了多少坚持，历经多少寂寞与孤独，是你们或多或少地帮助过我，温暖过我，陪伴过我，给了我继续前进的力量。只愿我这本小书如冬日暖阳，你可以在里面找到明媚、幸福、清朗，找到爱。

世界那么大，我在泰国支教。生命只此一世，熬过那些独自疼痛的日子，剩下的都是好运气！笑看云起，静待花开，成为一朵花比欣赏一朵花更美好。未来，我希望我写的每一个字、每一篇文章都洋溢着茉莉的香味；我在泰国支教的每一个日子，都如茉莉花瓣那般，洁白而温柔、恬静而清雅、美丽而芬芳。未来，我想以微笑的模样，以茉莉盛放的姿势，开往阳光的方向。

2017年4月20日
于泰国龙仔厝三才公学

# 第一辑 别样的远行

在老去的路上，怀揣一颗远行的心。世界那么大，谁都想去看一看。当你孑然一身，执着地背负起厚重的行囊，踏上远方的行程，走过一个又一个陌生的城市，去邂逅旖旎的自然风光，去体验绚丽的民族风情，去感受悠久的历史文化。这一路，也许会孤独，也许刻骨铭心的经历会被时光洗去痕迹，但你用双脚去丈量过每一寸土地，那些时光，都是最美丽的沉淀。

独步于满地的落花
驱散昨夜的梦魇
收藏美丽的遐思
在雨后的清晨
亲吻着蝶恋的丁香
遗忘了夏日的香气

是雾是雨还是梦
播种了蜜语的春风
将墙角的桃树
感化出红粉的蓓蕾
将山上的香草
守候成沾衣的露水
依着妩媚踏着声
迷失在墨绿的田野与山涧

# 世界那么大，我想去看看

　　阳春三月，阳光、雨水、空气，都是新的。明德楼前那两丛高大的三角梅，郁郁葱葱，花团锦簇，让学校的春天多了几分妖娆，就连空气也增添了几分花香。

　　一直以来，无论春光如何崭新，我们依然过着老日子。教书、育儿，生活基本两点一线。那天早上，刚上完初三的课，正准备去厚德楼上初一的课，我走到花架旁，一阵春风吹过，临风的三角梅在风中摇曳，花瓣簌簌落下，那飘在空中的片片花瓣，打着旋坠落着，花雨缤纷，春光潋滟，好美的景！我不由得停下脚步，抬头仰望，脸上溢满惊羡，右手自然伸出，三三两两的花瓣正好落在了我的手上。仔细端详后，我默念着："落红不是无情物，化作春泥更护花。"微风拂过脸庞，一丝伤感却莫名涌上心头。

　　这时，手机突然响起，是广西侨办的电话！电话那头清晰地告知我之前递交的外派人才申请已经通过，现在正式进入国家的外派教师人才储备库。此刻，我心里很清楚，进入人才库并不意味着我就一定能被选中去国外援教，何况人才济济的大中国。但至少是好消息，那一天，花的艳丽和内心的雀跃，相互辉映，一整天的课，我上得轻松自如。毕竟，世界那么大，谁都想去看一看。

世界是一本大书，不曾远行的人只能看到其中的一页。当下，在快节奏的时光里，在生活的重压下，很多很多像我一样年纪的朋友，都淹没在无穷无尽的信息里，身心像茫茫大海中的一叶浮萍，早已失去了根基。我们有意苟且，却无心听风看云，我们的青春被磨掉了棱角，理想的火焰已渐弱渐息，身体渐渐发福，忧虑越来越重，愿望却越来越小了。

然，倔强的我，在慢慢老去的路上，依然怀揣着一颗奔赴远方的心。即便，希望很渺茫，诗和远方更遥远。我每天仍在默念：万一被选上了，我想让中国茉莉的馨香远飘海外，我也想让异国的孩子能吟诵唐诗宋词，能修谦谦君子之德。

从那时起，我便暗暗使出"洪荒之力"，把之前丢掉的才艺慢慢捡回来。但美好的总是理想，残酷的偏偏是现实。儿子的爸爸经常值班、下基层，一去就是十天半个月，我作为一个军嫂要一边上班，一边照顾一岁多的儿子，很多时候都是力不从心，更多的时候是坚持了又放弃，放弃了再坚持，如此循环，反反复复。

正当我想要放弃的时候，偶然看到一篇文章，其中有这样震撼我的文字："在非洲的戈壁滩上，有一种叫荒漠依米的小花。由于太普通，在许多游人的眼里，它不过是一株不起眼的小草而已。但在某个朝霞四射的清晨，它会突然绽放出光彩夺目的花朵，那是何其美丽的一朵花！可是没有人知道依米的花期只有两天，两天后它就会随着母株一起枯萎。而为了等待这一天，它整整付出了一生的时间。"是啊，任何的守望都需要时间，抵达更是需要足够的毅力和耐心。依米如此，我何尝不是如此，哪怕不是因为外派的需要，学习总是不能停止的。作者的这一席话，如一股涓涓细流，汩汩流淌的瞬间，我如醍醐灌顶，一下子找到了坚持的动力。

曾经听说麻省理工学院做过实验，测量人在不同状态下的能量变化。结果发现，能量级别最高时，既不是运动中，也不是狂怒时，而是在冥想静坐之时。内心宁静、宠辱不惊的人最有魅力。当我再次面对古筝、钢琴、书法和茶艺茶道的复习时，眼里不再蓄着忧伤，而是安静、从容。那个夏日，清晨的每一天，露珠都在闪闪发光，清凉的微风从脸上抚过，空气中还带着一丝淡淡的花香，身体似乎也轻盈了许多。

生活简单快乐，幸福溢于言表。左手梦想，右手幸福，将你成长的道路照亮，将你成长的道路点缀得满径花香。那时，忙碌充实的工作和学习之余，我和儿子一起看书、一起写字、一起画画、一起唱歌、一起听音乐。我们把简单的生活过成浪漫的诗，每一阵风，每一场雨，每一朵花，都是一个晶莹剔透的笑脸，都是一首快乐的歌谣。每一天，儿子的陪伴，都是我得到的最美丽的情诗。儿子的一颦一笑、一举一动，点点滴滴的进步与成长，都让我的生活充满甜蜜幸福的味道。

曾经见过老家很多贫困山区的孩子渴望求知的眼神，也看过很多贫困山区留守儿童失学的报道，也关注过那些孤独的学生——不知从何时起，有种触动一直埋藏于我内心的深处。如果说那是一种心底最初的使命感，那么，在开满鲜花的五月里，正式接到赴泰援教的通知，则增强了这种使命感。

很多人都说世界很大，钱包却很小。其实不然，世界没有想象中的遥不可及，只要你心中还有诗和远方，还对一场说走就走的旅行念念不忘，就总会找到一个开始的地方。

终于，要远行了。我遵从了心的声音，将它付诸行动，我想把希望和快乐带给异国的孩子。无论年轻，还是苍老，走出熟悉的生活和环境，来到不一样的地方，看看不一样的景色，逗一逗当地学校的孩子，学几句当地话，这都是生活应该拥有的新鲜和新奇。于是，多年来一直收束起来的翅膀，只等有朝一日，搏击长空，遨游云海。

有人说，其实生活才是珠峰。跨不过去，哪怕远赴天涯，灵魂仍被牢牢地困锁在原地；跨过去了，即便身处闹市，仍可以寻找到内心的皈依，享受自己独有的诗和远方。生活这座山，唯有勇敢翻越，你才能认识到自己是多么渺小。

世界那么大，最美的风景永远在路上，我想去看看。五月，我的背包里已经装满晴朗；六月，背起行囊，带上诗和远方，出发！

# 芬芳之旅

　　那时，儿子铮铮刚满一岁，我勇敢地做了人生中一个重大决定，以最快的速度给内心的纠缠画上了一个句号——向侨办人才备用库递交外派教师资格的申请。不抱太多希望，不存过多念想，仅当是给死水般的生活投下一颗小小的石子，希望能荡起微波涟漪。

　　日子总在忙忙碌碌的脚步中毫不留情地流逝。每天，我穿梭于城市的大街小巷，匆匆路过那开满仪花的淡村路，从来都没有时间去好好地享受花开的美好瞬间。

　　这两天因为要在学校门口值周，所以铮爸早早地开车送我来学校。没有了往日的匆忙，也没有了电单车的飞奔，今天，我才能闲庭信步走在人迹稀少的马路上，道旁树木已绽放出粉白粉紫的花串。哦，原来淡村路的仪花开了。

　　很久以前，我就看到我校梁老师在空间里描写过淡村路的仪花。这一小段芬芳之旅，梁老师却能用她独特的视角欢悦出一段段沁人心脾的描绘来。那时，梁老师笔下的仪花就像一个沐浴着晨曦的少女，漫步在淡村路上，美丽动人，芬芳四溢。

初夏的午后，清风拂面，凉爽舒适。我一直期待着，能够近距离亲近仪花的浪漫恬静。走在淡村路上，整条路都被鲜花包围着，两旁的仪花树开满仪花，白粉交替，不仅好看，还带着一股淡淡的清香。就连路上、人行道上也铺上了一层稀稀疏疏的仪花，那是树上飘洒下来的，人走过树下，都能感受到那份人在画中的浪漫。于是，不少行人也纷纷停下匆忙的脚步，与仪花留影，让这美丽的瞬间定格。

清心老师说："真正的幸福，藏在看似无用的虚处，是那些忘我的时刻。"在这个美好的早上，在树荫伸展的浓密下，在仪花盛开的幽静和花香里，不急不躁、不追不赶，领着孩子，带着爱人，闻闻花香，吹吹清风，晒晒太阳。花开烂漫的日子，一定是幸福安宁的。可是这种安宁背后，我还是有一丝不甘。

忽然，想起以前在马山中学教学时，经常指导学生们写新材料作文，有学生在《盛开在心底的心灵之花》中这样写："如果可以，我想做一朵心底的坚持之花。因为破碎之人必定有真正生活的理由。林黛玉的破碎，在于她刻骨铭心的爱情；三毛的破碎，在于她历经沧桑后的洒脱；贝多芬的破碎，在于他黑白键撞击后的悲壮乐章。"

可是我的破碎呢？我的破碎是什么？是儿子不在身边，还是这些学生不听话，一次次伤害我那全心全意为他们着想的心呢？抑或是这帮学生一次次地欺骗我说已经背书了，已经写完作业了，事实上，还是有一些人什么都不听，也什么都不想做，但是又想在考试中取得好成绩呢？我要放弃他们吗？徜徉于这仪花之下，我忽然醒悟：我有可爱的儿子，有坚韧的铮爸，夫复何求？

想着想着，不知不觉就走到了家门口。轻轻打开房门，推开客厅的窗户，静静地啜饮一口茶，窗外扑鼻而来的玉兰花香和手中馥郁满怀的茶香一道一道滑进了我的心里。曾经，那些杂七杂八的事，大多时候都是自己的一厢情愿或自作多情造成的。嗅着这浓郁的花香，我似乎在辨别刚才那清幽的仪花之香，我怎么转眼就忘记了呢？是呀！我怎能忘记了仪花之香，我也可以打破现在平静平凡的生活，去探求另一种芬芳，不是吗？

在最新一次周记中，有孩子这样写道："语文老师总是随着悠扬的上课铃声，踏进我们的教室。只要她站在讲台上，环视教室一周，同学们马上因为她犀利的眼神而安静下来。她梳着高高的马尾，眉心有一颗美人痣，戴着粉色长方框的眼镜，搭配一件优雅的条纹T恤，从上到下，无不透露着她的严肃、端庄。"还有的孩子写道："在课上，当老师讲到高潮时，就会像个孩子似的手舞足蹈，大家都被老师幽默的言语和肢体动作给逗笑了，我不由地开始钦佩起语文老师来。"生活本是寂静于暖，安然于甜。唯有停下匆忙急躁的心，生命中的那些不悦才会变成稍纵即逝的风景。

合上学生的作业本，此刻的阳光无比璀璨耀眼，却不再燥热，犹如一股暖流激荡在我的内心深处。生活是可以固守成琐碎，但我不能沉沦，唯有不断磨砺，才能以己之闪光，照亮这些孩子的远方，甚至是我的远方。即便援教的通知石沉大海，我也会通过这次历练，让自己成为一朵芳香四溢的花。

"你未看此花时，此花与汝心同归于寂；你来看此花时，则此花颜色一时明白起来。"最美的旅行在身边，最美的风景永远在路上，不必追，不必求，不必念。生活中，蓝天、白云、树木、山川、河流，还有许许多多说不清道不明的事，依然像淡村路上的仪花，那么纯粹，那么芬芳。生活之花，心底之花，无处不在，无愧于天，无怍于地。我爱的儿子，爱我的儿子；我爱的学生，爱我的学生，让我们朝着各自的梦想一路花香，一路芬芳。

阳光依旧，仪花还在芬芳，但我知道前路更有百花香。

# 即将远行的日子

《道德经》中有言："埏埴以为器，当其无，有器之用。"用泥土做杯器，只有中间留有空的地方，这个杯器才能装东西，才能有用。生活也是如此，只有在忙碌的日子中去找一些空隙，让自己放空，才能学会包容，从而获得新的东西。

在即将远行的日子里，一个人，喜欢阳光照在脸上那种温柔的感觉；喜欢躺在床上闭起眼睛，视线里都是暖暖的明黄色；喜欢把小鱼缸放在阳光下，抚摸着水折射出的彩色光带。星期天的清晨，明亮的一缕阳光爬过树梢，跃进阳台，透过一盆碗口大的绿萝，一碗初秋的阳光就这样静静地陪伴着我。支教路上，一个人、一杯茶、一本书、一知己，足矣！

## 一杯茶

一杯茶，让我能看着清淡之物，品尝着它的原汁原味，品味耐人寻味的人生。

在许多个阳光明媚的午后，我静坐在窗口，一壶茶，打发着昏沉的慵懒时光。如果不是在横县，如果不是在西南茶城，我想我可能一辈子都不会和茶有任何的因缘。冥冥之中，茶是我回避不了的缘。

那个夏天，阳光照耀在一棵棵树上，充满了夏天的气息，树叶的绿色也增加了一抹耀眼金色。在路上，和朋友约好一起去西南茶城找茶艺培训中心学茶艺茶道，就这样，我们误打误撞地来到了"大佛龙井"面前。

走进店里，我被店里小姑娘举手投足间的优雅动作，能让人放松心情的优雅环境，以及那散发着淡淡茉莉花香的龙井茶味给吸引了。与其说水稀释了茶的苦涩，还不如说是茶让水不再平淡。

炎炎夏日，一杯龙井茶便宛如凉风来袭，夹杂着茉莉的清香，陶醉了古风人生的诗意。从此，不论春夏秋冬，也不论严寒酷暑，我和茉莉龙井的缘分之旅从此开启了。

阳光跃过一棵棵树，跨过一座座山，它紧紧地拽着我的衣角，不曾离开。我想，茶如人生，淡中有味。阳光路上，我悟出了人生的苦和甜，青和涩。

即将远行的日子里，有你真好！

## 一本书

书能醒人，人在书香里，愈加显得清纯而放达。

在书香茶韵中潜入心扉的深处，抛开浮华躁动，以坦白和真诚之心，看看自己喜爱的散文，品味人间的真善美。

在即将赴泰国支教的日子里，在周末午后的阳光下，我怀着好奇又敬仰的心翻开《灵魂有香气的女子》，我被其中九位著名的女性一生的传奇深深吸引了。随着阅读的深入，我发现原来她们不只是书本上冰冷的文字，而是明白如何去生活的人，这几个女人珍惜并关爱自己才会让自己的灵魂里有怡人的芳香。

某一次合上书，那天的阳光早已把我的心完全融化了。那么多美丽的灵魂有香气的女子，陪伴我走在阳光的大道上。

此刻，那一缕初秋的阳光又洒满一屋，书里那些美丽女子的故事是要告诉我：每一个人的人生都是一本百科全书，它记载着你的成功与失败，幸福与悲伤，但这些生活阅历会成为你的财富。

阳光路上，人生就是一本书，记录着成功和失败，幸福和快乐。

即将远行的日子里，有书籍相伴真好！

## 一知己

知己，如同书之香——明静慧智，至善至美。爱人是可遇不可求，知己却可求不可遇。

那个夏天的早上，轻风不语，树影却在婆娑晃动。在朋友圈中，有一帮朋友特别喜欢喝茶。他们喜欢喝普洱，也喜欢收藏普洱，用他们的话说，收藏的普洱一辈子都喝不完。

带着诸多的疑惑，忙里偷着点闲，我重新温习了之前中国著名茶叶专家叶羽晴川老师送给我的他写的《普洱茶寻源》，这才更加明白了喝普洱茶的人那份执着，也更明白了收藏普洱的人那颗坚如磐石的心。

对于他们来说，每天下班后回到家，悠闲地泡上普洱，那一天的劳累与焦躁都会消失得没了踪影。这样的时刻，定是他们最惬意的时刻了。对于他们，普洱的收藏已不再是增值之类的庸俗了。

正如叶羽晴川老师在书中所说："收藏是一种人生的情趣，是同岁月一起，花费很多心血，把一件自己喜欢的东西慢慢打磨出来的意趣。"也许，当那些普洱爱好者拿着一块他们收藏多年的茶饼，细细地抚摸着饼面，闻着它身上沉淀过的岁月的味道，然后轻轻拆散些许，在玛瑙般晶莹的茶汤中体验着过往的时光时，定是极其惬意的。

即将远行的日子里，我想送给知己八个字：你若安好，岁月静好。

四月的午后，阳光普照，晴空万里，透过翩翩起舞的帘子，我看到了远处蔚蓝的天空上，有团团簇簇的白云，那里仿佛是我要支教的泰国学校，那里有调皮可爱的孩子们，有和蔼可亲的老师们……

即将远行支教的日子里，尽管踩着许多纵横交错的路，但心中总是洒满阳光、温暖、幸福和欢乐。人生如此，夫复何求？

即将远行的路上，一缕阳光、一个人、一杯茶、一本书、一知己，足矣！

# 云水禅心

　　时光慢慢老去，儿子渐渐长大。盯着镜子里那个皮肤不再白皙，双颊隐约地散着零星的斑点，眼圈下狰狞地吊着乌黑的眼袋的自己看了半天，一颗心如同暗沉的天空，黯然得要下雨。

　　今夜，在姐姐幽暗雅致的茶室里，一首《云水禅心》的古筝曲子轻柔舒缓，此时风漫过斜雨的韵脚，沁过薄雾和窗纱，茶杯中袅娜着些许的暖意。冉冉檀香和着幽幽茶香，弥漫在空气中，端起一杯茶细嗅，清幽的香气，时而清淡，时而幽远。轻啜茶汤，清爽的味道，回甘缠绵，仿佛所有的烦恼和不悦，顷刻间，悠然放下，悄然消散。

　　一杯茶的拿起和放下，这两个动作之间，蕴含着雅致丰盈的华夏茶文化，今天我却练得磕绊，动作僵硬枯涩。转眼暮色渐起，我更是心浮气躁，在放下茶壶的那一刹，声音有些重了，惊扰了茶室的其他人。周老师在远处看到了，走了过来。

　　周老师，是一位资深的茶艺师，更是我茶艺路上的指路人。那一杯杯茉莉香茗，在她手中不仅能舞出优美的舞姿，也能冲泡出清香沁人的味道来；那一款款历经岁月洗礼的老茶，在她的盖碗中不仅能迸发出内心的澄净和香气，也能沉淀出岁月雕琢的沧桑与执着。而当你回味轻啜之余，心底满满地荡涤着无法言喻的感动和感恩。

她站在我的茶座前，端起我刚泡的茶轻尝一口，皱了皱眉，说："你来。"在轻柔的音乐中，她带我来到了包间的茶座，拿出一把陶泥壶，轻轻取出乌黑油亮的老茶。我仔细端详，仿佛于茫茫人海中，遇上多年不见的老友，欣喜之余，更珍惜眼前每一次相见的缘分。时间在慢慢流淌，周老师说话一直轻轻的，动作一直柔柔的，整个人显得从容淡雅。

苏东坡煮茶诗曾这样描述："蟹眼已过鱼眼生。"《茶说》亦云："声若松涛，是为二沸，正好之候也。"当泉水缓缓流进烧水壶，伴随着叮叮咚咚流淌的声音，她轻柔地按下烧水壶的按钮，几分钟后，滚烫的山泉水烟云氤氲。当烧水壶里发出翻滚的松涛声时，周老师轻缓地向茶壶内注水，缓慢的小水流把茶叶逐渐打湿，均匀打湿后，盖上盖碗，稍微焖几秒钟。接着，打开壶盖，向壶内注入大水流直至溢出壶口。当壶口的水已经变得洁净时，停止注水，快速出汤，香气清雅。从温杯、烫具、闻香、洗茶、冲泡、出汤、一泡、两泡、三泡，一倾一停之间，她端坐于木质茶台前，始终透露着一股与世无争的柔美。

整个过程，周老师动作舒展流畅，静如浮云，动若流岚。入口，茶汤从容滑过舌面，弥漫于舌尖，萦绕在喉咙，口腔里开始出现丝丝甘甜。我知道，在我焦躁不安时，这款老茶不疾不徐地安抚着我，那些我所经历的牵挂和悲喜也似乎烟消云散。我想起我刚泡的茶，那直白苦涩的味道真让人汗颜。

周老师再让我看看旁边透明壶里的茶叶，只见幽绿的茶叶在金黄的茶汤里沉浮、旋转，翩然如仙子挥舞水袖，跃然生姿。然后她抬起我的手，让我模仿茶叶的飘动，我的呼吸也随着茶叶起伏。在缓缓流淌的音乐中，旁边的周老师明显感觉到我的焦躁和不自信，轻声说道："中国是茶的故乡，学茶，知茶，明礼，是每个喝茶人都应该做的功课。切记别慌，气定才能神闲。只要你心中有茶，眼中有茶，口中有茶，茶之美，茶之礼，自然全在你。现在，做好你自己才是最重要的茶礼仪！"

我心头一颤，好似一壶热茗灌顶，自从2013年考了高级茶艺师资格证后，怀孕生子，工作忙碌，课余时间里，生活的柴米油盐早已取代了先前那些琴棋书画诗茶花的诗意。如今，没有读书，没有写字，没有练琴，没有激情，没有思想。在薄雾霭霭的清晨，在昏昏欲睡的午后，在月亮升起的夜晚，我再也没有抬头或放眼一望的片刻，全部淹没在没有尽头的生活旋涡中。而今又接到支教任务，我更热切地想把这中华文化瑰宝献给异国的小朋友赏鉴，而周老师一席话惊醒了我。周老师语重心长地说："文化是需要浸润的，而不是生灌，就如茶一样，要品才出真味。不沉淀，不扎实，就无法流淌出茶韵飘香。"

我不觉得脸一红，微微一笑，闭上双眼，做个深呼吸，调整坐姿，端着的身体努力放松，心存敬畏。当眼前只有一席、一茶、一人、一境时，再次温壶，水热，呼吸，舒展手臂，把茉莉龙井茶投入高杯中，静置片刻，注水，润茶。洗、注、斟、点、盖，一气呵成，当80℃左右的水翻滚过鲜嫩的茶芽时，那浅黄色的芽叶瞬间舒展，宛若竹林的翠鸟，在透明的玻璃杯中翩跹起舞。明亮澄澈的茶汤上漂浮着一层白绒，三秒过后，清幽的香气芬芳四溢，茉莉香扑面而来。轻啜茶汤，清爽的滋味和两颊微涩，而后茶汤滑落，甘甜却又返上来，口中微甜，舌尖余下了龙井的清爽。当周老师微微紧蹙的双眉忽然舒展的那一刻，我知道这一杯茉莉龙井茶，龙井香和花香一定从她的喉头蔓延至鼻腔，滋味清柔，香远益清。

清代茶人说："龙井茶，真者甘香而不冽，啜之淡然，似乎无味，饮过之后，觉有一种太和之气，弥沦于齿颊之间，此无味之味，乃至味也。"一杯浪漫的茉莉龙井茶入口，平和宁静之气生于心中。

周作人说："喝茶当于瓦屋纸窗之下，清泉绿茶，用素雅的陶瓷茶具，同二三人共饮，得半日之闲，可抵十年的尘梦。"世事纷扰，今夜，周老师带着我，我们一起喝的是日月沐浴之下，山泉滋养之中的自然之气，我们一起复习温杯、醒茶、冲泡等一系列茶艺流程。关键是我学会了呼吸，学会了澄净，懂得了气定才会神稳，懂得了透明的茶汤里其实包罗万象，并不单调。正如中华文化——温润却充满力量！

眼前，一杯杯或清香扑鼻或陈韵醇厚的茶，周老师领略了，我也领略了。中国文化一脉相承，很多时候，只需要一盏茶，就能感受到它的魅力。

此刻，透过一窗黄晕柔和的光，帘外淅淅沥沥的雨，依然在紫竹叶上舞动着纤细晶莹的水珠。周老师回去了，我还在温杯、洗杯、投茶、洗茶、出汤中反反复复，一倾一停之间，身影映在竹帘上，仿若一幅徐徐展开的画卷。今夜，我亦如一片茶叶，在沸水中反复折腾，琢磨，浸泡，灵魂似乎也浸染了缕缕香气。

如若心里有茶，鼻翼之处都是茶香；若心里无茶，金砖也会变成荒芜。任何文化、任何才艺的学习，亦如此。我知道，我的异国支教，不仅要教授知识，而且要用文化浸润学生的心灵。

一呼一吸，一拿一放之间，云水禅心，生命丰腴，世界广阔无边。

# 身未动，心已远

也许，缘分使然，身未动，心已远走。

曾经读到这样的话："趁阳光正好，趁微风不噪。趁繁花还未开至荼蘼，趁着现在还年轻，还可以走很长很长的路，还能诉说很深很深的思念。去寻找那些曾出现在梦境中的路径、山峦与田野吧。"也许，人生终要有一场触及灵魂的旅行。

未曾邀约，却心有灵犀；未曾谋面，却深植心田；未曾相见，却深深眷恋。轻捻指间，那些对支教生活的幻想，无数次走入我的梦里。

也许是受到了马山中学黄汉碧老师和韦生豪老师在柬埔寨支教事迹的影响，我从朋友圈看到韦生豪老师写的文章中，略微了解到了他们在国外支教的精彩瞬间。于是，在夜深人静时，高棉永恒的微笑和吴哥窟庙宇的辉煌华美等画面经常顽皮地跃进我的梦乡，仿佛我也到过那遥远的国度支教。那颗满是羡慕的心似雀跃的鸟儿，在第二天醒来的时候，仍然扑棱扑棱地打着轻快的羽翅。

也许是缘分使然，终于近在眼前了。为了梦寐以求的远方，为了国外支教之行，那段时间，不论多么忙碌，我的心始终朝着充满阳光的方向努力。每天在完成学校的教学任务后，我都会在网上攻略一番。一下班，就抓紧时间上各种培训班，复习和恶补各种才艺，只为他日能以中国广西最优秀的教师形象，出现在异国孩子们的面前，自信地给孩子们成功上好我的第一节中文课！

也许，冥冥之中自有天意。

其实，在我得知即将支教的国家是泰国，而不是柬埔寨的时候，我正在办公桌前浏览着泰国的各种介绍网页。那天，广西侨办的工作人员告诉我："潘老师，你幸运地被选上了前往泰国支教的队伍。你要支教的学校叫三才公学，它位于龙仔厝府，离曼谷有四十公里左右。它是由一批龙仔厝府的爱国华籍人士和热心发展华文教育的其他社会各界人士经过千辛万苦的筹备捐资建立起来的。它是集幼儿园到高中为一体的学校，校董会主席是黄迨光博士。另外，泰国佛教盛行，礼节较多，为了将来尽快适应异国的支教工作，你必须要充分了解泰国礼仪风俗文化，做到入乡随俗。6月初出发，你自己要做好行程前的各种准备工作！"工作人员简单的通知与介绍，我如梦一场，也如梦初醒。

泰国有90%以上的人口都信仰佛教，有"黄袍佛国"之称。泰国有悠久灿烂的历史文化，源远流长的宗教传统和佛教文化。

"红尘一洗凡心净，八功德水涤六根，一片悲心观世界，愿力无穷度众生。"一直以来，我以为佛像离我们很遥远，它们慈眉微笑、双目垂视、高高在上，广视众生，庄严肃穆，神圣不可亵渎。我们和佛之间，只有遥不可及的仰望。

佛是一座山，山是一尊佛，佛像集壮观、神圣、雄伟、高大于一身。"佛是过来人，人是未来佛。"在活佛仓央嘉措的笔下，佛是那般睿智、宽容和遥不可及。

　　然而，直到我踏上泰国的土地，才看到那些尖顶高耸、飞檐翘角的庙宇如此流光溢彩，气宇轩昂。当我漫步于泰国的城市，映进我眼帘的必定是巍峨的佛塔，红顶的寺院，红、绿、黄相间着的泰式鱼脊形屋顶的庙宇。到处充满了神秘的佛教气氛，家家户户都在门口供奉一尊佛像。每天早上，城中香烟袅袅，钟声也悠悠，磬声清脆而动听，诵经之声也不绝于耳。寺庙中的和尚、尼姑也常常在街上慢慢行走，逐家化缘，人们还经常举行各种布施活动。佛并不遥远，它就在泰国人点滴的日常生活和一举一动中。

　　踏上泰国的土地，不论走到哪里，我首先领略到泰国民族的传统礼仪——"拜"。每次见面时，我们和泰文老师互致问候，通常双手合十于胸前，并且说"您好"或者"萨瓦迪卡"。从长辈面前经过时，不论长辈是坐着还是站着，晚辈都应弓着身子，以示敬意。讲话时还要注意轻声细语，举止温文尔雅，不要急躁。在泰国，学校的课程安排中佛教是每个孩子必修的科目，寺庙里德高望重的僧侣会到学校给孩子们进行佛教知识的传授，会教孩子们如何做人做事等，孩子们每一年都要参加国家级的统一考试。

　　泰国人对于教师着装的要求非常严格，教师必须每天换洗衣服，并将衣服熨烫整齐。工作装方面，女教师必须穿有领、有袖衬衫，过膝工装裙，包脚皮鞋；男教师要着深色西裤、衬衣，打领带，穿正装皮鞋等，学校一般都会有统一的工作服。日常着装方面，作为教师，必须大方得体，避免短、透、露，不可穿超短裤短裙、背心和吊带衫等过于暴露的衣服。在参观寺庙时，更要注意着装整洁大方，不可袒胸露背，不要穿鞋进去。

在餐饮礼仪方面，教师坐姿一定要端正，不要将手肘放在桌子上。用餐时不要浪费，根据自己的需求取拿食物，不要将餐盘端起，避免发出声响。

在泰国，还要注意一些礼仪禁忌，头部被泰国人认为是最神圣的部位，在学校里，不要触摸学生的头，即使友善的也不行。脚被认为是最低贱的部位，只能用来走路，不能用脚踢门和用脚指东西。坐着的时候，不要跷起脚或把脚底对着别人。女性落座的时候，双腿必须并拢，不能翘起"二郎腿"。平时，不可用手指人或拍打他人，更不可用左手递东西给别人。另外，在泰国严禁赌博，严禁打扑克或麻将，即使不涉及金钱也被视为违法行为。

佛，就这样悄无声息地规范着泰国人生活的点点滴滴，甚至外国人来到这个国度里，都在无形中受到影响。而当我用自己的双脚去丈量黄袍佛国的土地时，我发现泰国人那种以礼仪、互助、宽容、谦让为基础而成的佛教风俗，是泰国礼仪之邦的精髓。他们性情温和，待人热情，他们的微笑正如泰国的阳光一样灿烂，他们何时何地立地盘坐，都像一尊佛。佛是自己的佛，自己亦是他人的佛。

在微笑的国度里，佛，佛像，随处可见，他们的眼睛仿佛都在微微开合，向我张望，默默地注视着我。那一刻，我身在佛国，如同一朵来自中国广西的茉莉花。我很渺小，可我一直坚持把中国最优秀的文化的种子播撒在泰国的土地上，让它们在泰国孩子们的心中生根发芽，甚至长成参天大树。

如此想来，我也成了自己的佛，每一天仿佛都拥有了超能量，血液在身体里一路欢畅，心像开满花的菩提树，漾满馨香。

# 第二辑　别样的课堂

　　异国的课堂，有时如狼狈的战场，有时如温暖的怀抱，有时如感动的精灵。孩子们时而凝思，时而神采飞扬，时而频频点头，时而低首微笑。那琅琅的读书声，仿佛山涧的清泉缓缓流过心田，那一刻，你才发现，此生不枉此行。他们是你支教时光里，最可爱的精灵，最美丽的诗行。

风动如约
归期遥遥
断肠望月
思念的心泉
汩汩流淌
小酌细嚼
泪眼婆娑

黄昏
流浪醒来
轻舞着晚霞的冬青
骗取了一冬的苍翠
是雨打的粉嫩花瓣
绕过凤尾的竹笆
邂逅了风中微笑的百合
从此
蝴蝶静静地
守候一生的漂泊

# 泰国·三才·初印象

泰国的学校，每天都升旗。

泰国学校的教学设备简陋，中文师资欠缺，但都洋溢着温暖和活力。平日里，老师的衣服都要统一，而且要求十分细致和严格。星期一穿泰服，星期二穿旗袍或唐装，星期三、星期四穿工作制服，星期五穿白绿边运动服、黑色运动裤和运动鞋。对学生的着装要求是年级必须统一。在泰国，学校只要国歌响起，任何人都不得走动，必须停止手中所有工作，面向国旗，行注目礼。

每天升国旗仪式最后一个环节就是"国旗下的学习"，但每天的内容不一样。星期一是泰文学习，每天两个生词；星期二是学习两个中文生词；星期三是学习两个英文生词，学习英文单词时由英文老师教读解释，通过提问或游戏方式让学生参与其中，体现泰国教育轻松快乐的学习理念；星期四是行政领导讲话或宣布重要事情；星期五是全体师生做早操，由舞蹈老师领操。

泰国升旗的基本步骤是：奏泰国国歌—诵经—背校训、学风、校风—唱校歌—行礼。行礼的顺序是低年级向高年级行礼，然后学生向老师行礼，最后按顺序回到教室马上上课。

这里上课跟国内完全不一样，泰国中学没有早读，没有下课时间，没有午休，中间只有5分钟喝牛奶的时间，下午留20分钟给学生加小餐，5分钟交作业时间。上下午分别有4节课，每节课50分钟，没有晚自习。第一节8:20—9:10，第二节9:10—10:00，第三节10:10—11:00，第四节11:00—11:50，第五节12:45—13:35，第六节13:35—14:25，第七节14:30—15:20，第八节15:40—16:30。我们低年级的教学一般不能留作文回家写，对于习惯养成不好的学生，老师更注重课堂完成效率。每节课教3至4个生词，或3个句子，前面30分讲课，剩下20分钟写作业，这样就保证了低年级孩子对基本知识的掌握，保证了低年级没有家庭作业。

泰国学生在课堂上的表现比较自由，随便走动、讲话、上厕所，老师不得直接批评、不得打骂、不得大声训斥或责罚，师生走路说话都须小声轻步。由于学生中文水平较低，英语水平也不太高，我这个中文老师上课，都得手舞足蹈，或叫中文较好的学生帮翻译，如果班里有中国学生，课就明显好上很多。

学校为了加强中文老师的泰语水平，每周三下午，全体中文老师要统一学习泰文。之前的老师是不用学的，现在中文老师每天教的中文生字词，还得在旁边写上泰文，我感觉就像在画小蚂蚁。不然学生不知道中文意思，必须通过泰文翻译才行。为了让泰国学生更明白更容易理解中文意思，老师们每天得自己制作教具，有卡片，有图画，有剪纸，有大小板报等，凡所应用，无所不有，无所不能。我们老师上课的跨度很大，从一年级跨越到高中都有，课时多，任务重，学生层次不一，你完全无法想象场面有多热闹！

刚来第二天，我突然被安排去上初一的课，今天又突然被安排去上初二的课。初一中文水平相当于国内小学一年级水平，甚至更低，他们完全不听你讲的。二年级今天教生词："今天、天气、很、花"，教生词时，老师先在黑板上写，然后教拼音，让学生读两遍，问学生这个生词什么意思，并且在旁边标出泰文。同时还要兼顾生字的笔顺笔画，叫他们拿出笔来跟老师一起写，告诉他们第一笔第二笔写什么。重点的重点是他们要听或安静才行，可是一节课没有一秒钟是安静的，说真的我很心疼我的嗓子！

　　甚至有时候，我还得先用英文翻译一下，然后用中文逐句讲解文章内容，再随堂抽选学生站起来朗读，最后带领学生完成练习册的作业。孩子们用浓郁的泰式中文朗读着课文，那一声声软软糯糯的语调，音乐起伏一般，感觉像是在唱歌。

　　在接触泰国教育最初的阶段里，我还是不自觉地把中国和泰国学生的状况进行了很多对比。中国孩子上课的状态整体要比较安静一些，上课过程会更加流畅；泰国的孩子比较随意，对于课堂纪律的感觉比较弱，常有学生在课堂上走动，他们仿佛更容易表现自我和个性，自我意识更强。但是，整体来说，他们都是成长中的孩子，所以，同样充满了好奇，充满了对于未知知识的渴望。我作为一个老师，理当担负起传道授业解惑的责任。

　　我深深感到，接下来的日子想要让这些孩子能静下心来，对中文学习有更大的兴趣，我肩上的担子还真不小。任重而道远，但我会继续努力。

# 友谊之光长留，汉语之桥永固

　　"团结统一的中华民族是海内外中华儿女共同的根，博大精深的中华文化是海内外中华儿女共同的魂，实现中华民族伟大复兴是海内外中华儿女共同的梦。"怀揣着中国梦，怀揣着我的支教梦，我踏上了微笑的国度——泰国，一切都是那么陌生，又那么新奇。

　　6月12日，是我来到泰国的第六天，作为三才公学的一名外派中文教师，能参与到第九届"汉语桥"世界中学生中文比赛泰国西部地区预赛的工作中，我觉得无比光荣和自豪。

　　为了提高泰国学生的汉语水平，给学生们提供一个展现自己汉语能力的平台，同时为学生创造更多与其他国家的同学们交流汉语、使用汉语的机会，这次大赛的内容分为主题演讲《中泰一家亲》、知识问答、即兴演讲和才艺表演四个环节，赛制分上半场和下半场，采取现场打分，现场公布结果的比赛规则，体现了大赛的真实、公平、公正。

　　经过四轮精彩的激烈角逐，佛统府公立健华学校夏安燕同学摘取本次大赛的桂冠。第二名是向日葵国际语文学校的罗贺亮，第三名是佛统府公立健华学校的周清丽，第四名是龙仔厝三才公学的张正明，这四位同学将代表泰国西部赛区冲刺整个泰国民校教育委员会的复赛。泰国华文民校联谊会主席、龙仔厝三才公学校董会主席黄迨光博士在百忙之中对同学们积极学习汉语的高涨热情给予鼓励，对本次大赛中取得优异成绩的同学们表示衷心的祝贺。

通过这次比赛，我能感受到泰国学生主动学习汉语的极大热情，同时也感受到了中泰两国的文化交流碰撞出的智慧火花，和中泰两国人民深厚友谊的根基所在。在交流汉语学习心得的过程中，学生们不断提高自己的汉语水平，进而为更好地走出西部，走出泰国，走向世界而努力。

其实，第九届"汉语桥"世界中学生中文比赛泰国西部地区预赛各项工作得以圆满落幕，与我们中文部全体成员的共同努力是分不开的。由于三才公学也是主办单位，整个预赛的所有准备工作都是由我们中文部负责。接到任务后，我们全体成员全力以赴，分工细致、责任明确，从主题演讲题目的设计到知识问答、即兴演讲，再到个人才艺的展示，我们中文部都做了大量的准备和精心的设计。虽然很累，但大家的脸上始终洋溢着灿烂的笑容，因为在我们眼里，这些工作都不仅仅代表着个人，更多的是国家的形象！

在这次大赛活动中，我除了负责迎宾指引和颁奖礼仪，最主要的工作是作为统分组的成员，负责统计评委们的每一次打分。

我因为坐在评委们的后面统分，因而得以近距离地观看了选手们精彩的表现，也目睹了他们每一个环节的巨大蜕变。对于泰国的孩子们来讲，每一个环节都是一个挑战，每一次挑战都是一次蜕变，不论是演讲，还是知识问答，挑战的难度都是巨大的，甚至有很多题目中国的孩子们都不一定能答得出来。但这些选手们真的很厉害，通过他们四个环节的精彩表现，可以看出泰国学生努力学习汉语的热情和实力所在。这些对我们来说，何尝不是快乐的事呢？身在异乡，能听到很多泰国学生和老师说着流利的中文，这不仅仅是一种幸福，更是一种骄傲。

中华文化博大精深，魅力无穷。一直以来，中国人走到哪里，就会把中文、戏曲、武术、书法、绘画、中医药等中华文化的载体传播到哪里，扎根到哪里。"汉语桥"的活动，使得中泰文化交相辉映，为泰国，甚至为世界都提供了一个触摸多彩中国的窗口。在三才公学的日子是忙碌的，我愿意加快我的步伐，我也愿意付出十二分的热情来面对三才公学的孩子们，我更愿意付出十二分的努力来迎接三才公学的挑战！

这一天，汉语与世界的距离如此之近，这一天，也是我赴泰支教以来最美好的一天，亦是我最珍贵的回忆。博大精深的中华文化是我们共同的魂，团结统一的民族是根，愿友谊之光长留，汉语之桥永固。

# 茉莉花开的季节

## ——邂逅泰国敬师节前的手工课

下午，我站在教室的门口，突然有一股馨香无比的味道扑面而来，这熟悉的味道，竟然让我在一瞬间，有了一种从泰国穿越回中国的错觉，耳边仿佛又传来了那熟悉的旋律："好一朵美丽的茉莉花，好一朵美丽的茉莉花，芬芳美丽满枝丫，又香又白人人夸。"

我心头一热，眼睛涩涩的，迫不及待地推门而入。眼前一大串茉莉花苞串成的小花环映入了我的眼帘，每一朵小花都洁白如玉，每一片花瓣上都盛开着独属于它的美丽时光。花香萦绕在鼻息之间，让我仿佛回到了记忆里横县的"中华茉莉花园"，仿佛我依然在那次茉莉花节的现场，我和巧恩、洪宇、叶老师、宋老师和瑜伽姐姐等，一起在茉莉园串茉莉花绣球的情景还历历在目。时光荏苒，往事如昨，我心中充满了深深的惦记与怀念。

一直觉得我就如一朵小小的茉莉花，没有绚烂的颜色，没有美丽的容颜，所能拥有的就是一颗简单纯净的心灵。做一朵能为自己所热爱的教育事业而散发幽香的小花，不求轰轰烈烈，但求香气持久。

我正站在茉莉花环旁凝思出神，我们的泰文老师悄悄走过来跟我说："茉莉花环是孩子们为明天的敬师节准备的。"我才知道，在泰国，教师的节日被称为敬师节。

　　每逢敬师节来临，全国上下都会有一场隆重的庆祝。我们这个学校同样充满了节日的气氛，敬师节那天，所有的孩子与老师们都要一起庆祝。所以节前整个下午的时间，老师和孩子们都在兴高采烈地做着关于敬师节的准备工作。因为我会的泰文极其有限，所以，泰文老师的话，是通过这个班里一个中国小男孩帮我翻译的。他叫曾志镇，是我和泰文老师之间沟通交流的重要桥梁。

　　在泰国的敬师节里，茉莉花是必不可少的，这对于我而言是件十分诗意的事情。茉莉花，我们并不陌生，但是，在中国的教师节里，从来没有人把它和茉莉花联系在一起。现在身处在这茉莉花香的海洋里，愈发觉得，茉莉花与老师这个职业在许多地方都有共性：低调，内敛，不奢华张扬，却有满腹清香。

　　整个下午，各班学生在老师的带领下，用鲜花制作精美的蛋形花盘，一般是金色和银色的两种花盘果盘，其中花盘可以由鲜花或干花等材料制成，也可以用掺有铜丝或银丝的亚麻织物等穿起来做成一串串的花环或手环。孩子们都静静地坐在教室里做花盘、果盘，每个人很用心，一根小针一根小针地穿插，先把小针插在小花小果中间，再把小花小果插到泡沫球上，泡沫球上孩子们已画出各种图案，只要按照图案一朵朵地插就可以。然而，还是要花很多时间一点一点地用心做才行，因为每个花盘每个果盘都包含着孩子们对老师深深的爱！

　　做完礼物后，孩子们相互品评着、赞叹着，再回头精心地修饰着，只等着明天早上全校举行庄重的仪式来给老师献花盘、果盘了。

看着泰国的孩子们兴高采烈地准备着他们的敬师节，不禁又想起中国的教师节了。每逢教师节，中国孩子们一般都会去商店里买张贺卡，写上自己祝福的话语，也有孩子会自己做些手工来表达对老师的情感。无论哪个国家，在教师节这一天，孩子们都会通过不同的方式来表达对老师的爱与尊重。

作为一个从中国来到泰国的外派老师，工作、生活是异常辛苦的。没有课间休息，没有午休，吃饭时间是半个小时，每周总共要给孩子们上18节左右的中文课，年级跨度大，活动特别多，文化课、才艺课都要教，得经常加班做各种材料、教具，每天要手写四个教案和批改四种作业，各种登分各种总结！即便如此，看到泰国的孩子们对敬师节那么认真与用心，仍让我觉得特别感动。

出乎意料的是，手工课结束时，孩子们送了一串茉莉花手环给我。我突然有种热泪盈眶的冲动，这些我用心相待的孩子们此刻就这样面带微笑地站在我面前，在敬师节到来之际，用他们的方式感动着我。

所以，无论多么艰难，我一定会拿出中国教师最好的状态，我愿意以最美的教师的姿态去面对泰国的学生，努力做一个有温度有情怀的中文外派老师！是的，我不是什么大人物，我也不会名留青史，但做个好人，做个合格的外派教师，至少可以在有生之年，有着回味无穷的记忆。

真的，无比喜欢泰国这个充满了茉莉花香的敬师节，每一个老师不就像是一朵茉莉花吗？纯洁，朴素，却又散发出淡淡的清香。

我也愿做这样一朵茉莉花，在教师的岗位上，默默耕耘，绽放自己，芬芳他人。

# 我所知道的泰国龙仔厝三才公学

　　泰国龙仔厝三才公学隶属龙仔厝府华教促进会，是龙仔厝府第一所教授中、英、泰三种语言的私立华校，也是龙仔厝府友好合作交流的标志性院校，屹立于龙江湄南河分支的金河之滨。它是由龙仔厝府的一批爱国华籍人士和热心发展华文教育的其他社会各界人士，为弘扬中国文化，培养下一代接班人集资建立的，荣获中国国务院侨办颁发的"华文教育示范学校"称号。校董会主席是"海外华文教育杰出人才"、泰国知名华侨后裔、泰国潮州会馆主席、泰国西部华文民校联谊会主席黄迨光博士。

　　三才公学学校徽章以太阳和航船为标志，红日照耀，南海航船乘风破浪抵达彼岸，含义是太阳光明普照，发扬光大振华教。校色为白色和绿色，白色代表仁义道德，绿色代表自信、自律、自强。三才公学的校训为：学识好、有道义，将汉语传播世界。

　　三才公学从学校建设初期的资金筹集，校舍施工，到现在学校里坐落着现代化的教学大楼，优美的校园环境，齐备的硬件设施。十多年间，龙仔厝府华教促进会的每一位董事以及三才公学的行政管理人员、

全体教职员工都为培养社会人才做出了巨大的贡献。目前，学校共招收育婴班、小学、初中和高中阶段的学生800多名。

走进三才公学，你可以看到学校的每一个角落都满含黄迫光博士的大爱之心，处处都盛开着"仁爱"之花的教育理念。这和我在国内任教的五一路学校的"十字德文化"新校园文化建设理念有着异曲同工之处。

你看，进入校园，映入你眼帘的是万绿丛中坐落着的一个古色古香的孔子亭，在阳光照耀下，闪烁着耀眼的金光。孔子亭是为纪念古圣先贤，弘扬中华优秀传统文化和尊师重教的优良传统而建的，旨在建设仁德爱人、和谐向上的校风，弘扬诲人不倦、循循善诱的师风，形成学而不厌、见贤思齐的学风，营造健康向上、修德敬业、奋发有为的良好氛围。远远望去，金碧辉煌的琉璃瓦和雕着各种各样精美花纹的飞檐相互映衬，整个亭子给人一种庄严而又典雅的感觉。亭子的顶部横梁上有一朵硕大的雕刻莲花，亭子的正门上方镌刻有三个苍劲有力的黄漆大字：孔子亭。走进孔子亭，圣人孔子手持书卷的巨大白色雕像伫立在中央，而亭子里面的檐枋上画着各式各样的中国风画作，整个孔子亭都呈现出一派万丈光芒的孔子智慧，它日夜拂照和守护着三才公学的师生们。

你看，三栋别致的教学楼，分别是办公楼、幼儿园和一栋四层的教学楼，绿草茵茵的足球场，两个标准比赛规格的游泳池和一个大型体育馆。除此之外还有许多先进的教学设备，多媒体教室等。

你看，时代的春风扑面而来，中泰友谊的桥梁正日益加固，校园里，每一条走廊、每一个角落都有孔子言行的三语语录（指中、泰、英三语）。还有很多关于"仁"的故事，学校希望学生时刻都能以孔子的言行要求来规范自己，效仿品德高尚、情操出众的人，从而达到传承中华文化，传递仁爱精神的目的。此外，学校还将孔子的"仁爱"与节日、纪念日相结合，开展一些有特色的仁爱活动，让学生在活动中感悟中国文化的魅力。在主席黄迨光博士的大爱之心的指导和熏陶下，学校逐渐形成了具有泰国特色的仁爱教育新理念——三语教学模式，中文、英文、泰文并行发展，相互学习、相互包容、相互进步。

记得那次在中文部全体中文老师的第一次座谈会上，校董会主席黄迨光博士说："作为华裔第三代，我身上流淌着中国人的血，我不能割断民族文化的根。三才公学就像一个大家庭，对于大家庭，我必须担起责任，要有大爱之心——坚忍之心、坚强之心、坚持之心、坚定之心。"

在三才公学，学生们在学习和传承中华优秀文化的同时，既能保持泰国的传统，又能接受华文教育。从学校的人性化管理到学校的校园文化建设，无不渗透着校董会主席黄迨光博士的中国文化寻根情结——"仁爱"教育理念。三才公学在华文教育方面已经成为本地区的带领者，培养了一批有学识有能力的社会人才，为国家的教育事业做出了很大的贡献。

# 对付孩子的顽劣，唯有爱的教育

今天，泰文老师请假，我还有一节中文基础课，只好一人勇闯"战场"，独自去面对36个孩子。

平日，只要泰文老师坐在教室后面的办公桌前，课堂的教学效率就会像上了高速公路一般，顺利畅通，偶尔有喧哗的现象，泰文老师只要"嗯啊"一声，全班会瞬间安静至极。孩子们都很怕泰文老师，如果犯了严重的错误，泰文老师的惩戒十分严厉，尺子打在手上，孩子们身子一缩一缩的，可疼着呢。

今天的中文课，正常的问候点名、分发课本之后，我们一面复习生词和句子，一面完成练习册的作业，本来还有课前的小游戏，但泰文老师请假了，游戏只能省略了。

孩子的眼力最厉害，他们见泰文老师不在，情绪都十分高涨，上课已经过了10分钟了，他们一直异常兴奋，有聊天的，有打闹的，有走动的，还有唱歌的……整个教室乱成一团。

平平和正林是班上最闹腾的两个，平时不仅精力旺盛，还"诡计多端"，老师们提起他俩就头疼。

你看！又瘦又黑的平平，没有一秒钟是安静地坐在凳子上的，他一会转动凳子，一会站起来，一会又走到另外一组去捉弄其他同学。我多次好语相劝甚至警告，他依然我行我素。

实在是无法忍受了，我想把他拉回座位上，但他紧紧地抱住同学的桌角。我假装生气了，直接把他抱起来，塞回到座位上，并且提高分贝严重警告："坐好，不许再讲话，否则你就站到教室后面去！"

看我生气了，平平总算暂时安分了一会。我暗暗嘀咕了一下。

谁知，这边唱罢，那边登场。第四组中间的正林，皮肤黝黑，肉墩墩的，一字的眉毛下面，有一双笑眯眯的眼睛，肉嘟嘟的脸上也时常挂着坏坏的笑容。他正在用尺子去拨弄前排浩然同学的衣服，还把一只黑色长满脚的虫子放到浩然同学后衣领上，故意用手指挡住嘴巴，发出"嘘嘘"的笑声，旁边的同学见状就跟着爆笑起来。

浩然蒙在鼓里，不明白怎么回事呢！可是，当他脖子一扭，发现一个黑乎乎的东西趴在衣领上，猛地跳了起来，手跟着一拍，黑东西正好掉在了凳子上。

我挺怕这类虫子的，于是就命令正林捡起来，放在桌子上。我定眼一看，是个黑蜘蛛，塑料的！全班又是一阵哄堂大笑。

平时，正林和洪西最喜欢和我掰手腕，他们有时一只小手，有时两个小手，赢了的话是满堂欢笑，输了就坚持不懈地重来。我打心眼里喜欢他们，但是，此刻我假装恼羞成怒，学着泰文老师平时训斥惩罚他们的样子——用戒尺拍打小手，心想一定恶狠狠地收拾他一轮。于是，我一边把正林从凳子上拽了起来，一边从他的手里夺过尺子，叫他站好，把手伸出来。他颤巍巍地伸出他那黑乎乎的小手，我左手抬住他的小手，右手拿着尺子"啪"的一声，响彻教室。在同学们目光齐刷刷地看过来的瞬间，他的小手飞速抽了出去，戒尺重重地打在了我自己的手上！正林那一脸的坏笑，全班哄笑得愈发放肆。

我开始气急败坏了！竟然敢这么戏弄老师，我还是头一回见着呢！我今天非得好好"修理"他！然而就在我的右手再次愤怒着扬起的时候，正林突然唱诵到："春眠不觉晓，处处闻啼鸟。"声音中还带着稚嫩憨厚的可爱，其他同学见状，也跟着一起唱诵起来："夜来风雨声，花落知多少。"突然间，整个教室都回荡着我以前教过的那些中国古诗词的声音。

于是，我半蹲下来，捏住了正林肉嘟嘟的脸，亲了他一下，然后紧紧地把他搂在怀里。这时，正林从我的怀里挣脱了出来，郑重地把他的一只小手放到我的左手上，示意我再用戒尺打他一次时，他绝不再躲。我笑呵呵地说："正林，你给老师再背一首诗或者再认一个生词，我就不生你的气了！"这时，平平第一个跑过来："一起一起 dui gan（泰文音）、书店书店 lan nang（泰文音）……"班上的其他同学也都赶紧拉过课本，摇头晃脑地读起来："小红也学中文"，"老师教我们写汉字"……两遍中文，一遍泰文，教室里响起了琅琅的读书声。

那一刻，我竟然感动得热泪盈眶。我一直以为，在管理这些调皮的孩子时，只要以一种严师的形象站在孩子们的前面，再加上严厉的训斥，甚至是以一种歇斯底里的咆哮来进行惩戒，他们一定会言听计从。其实，并非如此。

今天，在这节中文基础课上，这36个泰国孩子给我上了一节生动形象的教育课。我终于明白，在真正的教育里，再多的严厉，也抵不过低头间那一瞬的温柔相待。

每一个孩子都是一个天使，都是人世间最可爱的精灵。在他们的世界里，每分钟都能诞生精彩的故事。调皮亦是孩子们的一种成长，对待调皮的孩子，一定不能硬碰硬，暴力只会给孩子们带来伤害，只会让孩子对你失去应有的信任，单靠暴力是根本解决不了实质问题的。相反，爱，看似如水般的柔和，却能一点点滋润进孩子们的心田，让他们的心变得温柔，乖巧安宁，也能让孩子们学会用爱的方式来对待他们身边的人。

在孩子的世界里，在教育的世界里，暴力真的不能解决任何问题，唯有爱，才会真正让孩子们的心回归善良和温柔！

爱需要等待，爱的教育，不分国界，身为老师，能在教学中感悟人性，这亦是我从教最好的回报！

## 你们是我最美的期待

时值中国夏至，泰国的热浪和骤雨也接连交替，时而艳阳高照，时而大雨滂沱，我领略着泰国天气的多样与纷杂。

此刻，我站在了泰国三才公学初三（1）班的讲台上，今后的十一个月我将和这17个学生一起学习中文、泰文、英文。

他们的班主任看上去有些胖，对人极好，让我原本忐忑的心情，立刻平和了很多。当我提出我想在教室里坐班改作业时，他马上微笑着赞成，并把他最好的椅子让给我，问我还有没有其他需要的，他可以尽量给我一起布置好。接着，又嘱咐我，刚来到泰国，需要先休息好，注意先调整好身体才是最重要的。他的话不多，但是让我感觉到了家人般关怀的温暖，也让我对接下来的泰国教学生活充满了美好的期待。

由于我刚来，一时还摸不准这里学生的真实情况，我上课时有的学生比较爱闹腾，这时，泰文老师便会十分认真地帮我维持纪律，当我用不地道的泰文和学生交流时，他也会在他办公桌那里偷偷笑，很可爱的样子。需要说明的是，三才公学的班主任，即泰文老师都是在教室里办公的，现在学校要求中文老师也要坐在教室里办公，以便和泰文老师、学生交流，增进感情。这一点和中国的要求不太相同，但也适合学生的管理。

本想把日子过成诗，时而简单，时而精致。不料日子却过成了我最不擅长的歌，时而不靠谱，时而不着调。初三（1）班是一个中文基础挺好且又快乐的班级，每天去上课我的心情总是美美的，同学们说潘老师太可爱。虽然课堂纪律有点问题，但我依然愿意用十二分的热情与努力去面对他们。

学习《今天你一定能得冠军》这一课时，他们问我喜欢哪些明星，我说我喜欢韩国的宋仲基，他们就把宋仲基的相片拿给我看，我开心得很。这时全班都笑嗨了，问我"老师你几岁了"，我不好意思地转脸面对黑板，结果，全班唱起了《甜蜜蜜》，我又忍不住笑，他们就对着我唱泰国的儿歌。这时胖胖的泰文老师进教室来也笑了，问他什么意思，他说这是很好玩的儿歌！面对着这帮时而有点调皮，时而有点不着调，但是内心里却又是无比温暖和柔软的孩子们，我也开心且欢乐着。

说真的，我喜欢这种与孩子们亲密地融合在一起的感觉，也只有在这样的时候，每一个人之间，心灵才是真正互通的。没有年龄的分界，没有国家的分界，没有语言的分界，每个人之间，每颗心之间仿佛只有浓浓的友谊和情愫。人与人之间都在努力传达着问候，传递着美好，大家就像是一个感情融洽的大家庭。

下课下楼时，学生们还一直给我唱着歌，我边走边笑边跟着他们轻轻地唱和着，引得其他班的同学都纷纷投来羡慕的目光。

我的内心里激动着、骄傲着。在异国他乡的校园里，在一群说着不同语言的孩子面前，我们彼此都消去了陌生，用微笑代替了尴尬。这是不是意味着，潘老师的美好又诗意的泰国教学生活完美地开场了呢？我真的是充满了期待呢。

抬眼望去，我眼前这帮孩子们那么可爱，这些意气风发的少年，每一张脸上都洋溢着如此明媚的笑容，每一个人都用他们的真诚来表现出对老师的认可和喜欢，让我以最轻松欢喜的状态融入他们之中。谢谢你们，善良可爱的孩子们。

面对他们时，我会微笑地与他们每个人对视，我希望他们看得见我眼睛里的真诚。他们每个人也都欣然接受，并且以最美好的笑容来回馈我，有时还会加上一个开心的手势，或者是以击掌的方式来对我表达他们的欢乐。

作为一个老师，我的开心永远都来自孩子们对我的接纳与认可。我在心里也暗暗地对自己说，一定要拿出全部的努力、更多的耐心来对待这帮学生。一定要把中国最经典的文化，传达到他们每一个人的心里，让中国文化的种子在这些纯净的心灵中生根发芽，开出美丽的中泰友谊之花。

有时候，我可以不求回报地爱一个人，不求回报地做一件事，每一次我都怀着百分之百的热情投入，仅仅是因为在最初的相遇里，他们一直都是我最爱的人。

初三（1）班的孩子们，你们和潘老师的充满中国诗情画意的美好学习生活，马上就要开始了，让我们一起期待，一起努力吧！

# 不忘初心须努力，方能细雨醉春烟

## ——第一次全校中文生词教学有感

时光如酒，沉淀着岁月的芳香。它清丽如淡彩画卷，娉婷摇曳在记忆里；它又喜欢悄无声息，来去匆匆，总会在你心头最柔软的地方，不经意地留下许多的记忆与美好。

来泰国支教的日子，如白驹过隙，带着各种感触与体味，静静地流去。

龙仔厝三才公学规定星期一到星期三每天升旗仪式结束后，安排全校师生一起学习1—2个生词，学习的生词是学校教务统一制定的，泰文部、中文部和英文部三个部不可随意更改，星期一是泰文生词，星期二是中文生词，星期三是英文生词。学习的内容统一，但学习方式和活动方式可以由各部自己组织安排。我们中文部共安排13位老师轮流教，我幸运地被安排在第5周。

2016年6月28日早上升旗仪式结束时，我怀着一颗激动而感恩的心，在场地给龙仔厝三才公学的全体师生激情而生动地教授了一个中文生词：作文。

为了让泰国学生更直观地理解这个生词，我做了精心的设计和准备，这是我第一次在全校师生面前展示我的教学工作，也是展现我们中国文化和中国教师形象的重要机会。

　　为此我特地向陶老师请教，因为她在这里扎根了九年，对泰国学生学习中文的情况了如指掌。陶老师说"作文"这个词很抽象，这个词又不好通过画画的形式来帮助他们理解，建议从一个字慢慢引导出来。最后我们商讨决定以"猫"字为切入点，因为学校里有很多猫，每天都到处窜，学生对猫很熟悉也很感兴趣。"猫""白猫""我家有很多猫""我家有很多猫。有白猫，有黑猫，有黄猫，它们都很可爱，我非常喜欢它们，因为它们都是我的朋友。"从字入手，从字到词，从词到句，再从句到段，最后过渡到作文，我教学的主题思路逐渐明晰。

　　为了教学完成得更加完善，星期五下午放学我又找来校花赵慧敏和我配合排练，她负责用泰文翻译我讲的字词句段，而我从星期五晚上就开始把这些文字全部用白纸一个字一个字地打印出来。由于字号较大而纸张又不够大，我在周老师的指导下，按照一定比例的艺术字设计，然后通过图片剪裁工具，分成上下两部分分别打印出底稿，拼贴成一个完整的字，接着用剪刀一个字一个字地裁剪出形状来，拼接好之后再用透明胶贴好，一个字的完整形状才呈现出来，最后再把所有裁剪好的字都按顺序贴到四张纸板上，整个教具才算完成。

　　在这里，没有专业的广告打印店，所有的事都必须自己动手，这是我在国内从来没有做过的。幸好我的舍友陆老师是一个热心人，手工能力非常强，一张纸放在她手上三分钟不到就可以让你眼前一亮，在她的帮助下，星期五晚11：30所有的教具都顺利贴好，我这才安心地继续做初三和小学二年级两个年级的教学大纲。

终于，星期二的早上如期而至。按学校规定，星期二全校所有老师都要穿上中国风的旗袍或唐装，我穿上了精心准备的中国风浅绿改良旗袍，静静地等待着。

升旗仪式结束后，国旗下的学习活动即将开始。因为昨晚下了一场小雨，所以全校师生都一起集中在湿润的场地上，并且依旧按要求双腿盘膝而坐，按照中国传统礼仪来学习中文。这样的虔诚态度，让我异常感动。

我就微笑着站在全校师生面前，站在潮湿的场地中间，在赵慧敏和杨佳佳两位同学的帮助下，开始了生词"作文"的教学。教学分三部分：字词句段的解说和教读，师生围绕"作文"进行表演对话和生词的拼读检查。由于全校学生比较多，需要分两次教学，即中小学和幼儿园的教学。

在整个教学过程中，我刚开始还有点小紧张，语速有点快，后来在陶老师的悄悄提醒下，我及时调整，继续微笑教学，最后，中小学的孩子们在我的引导、解说和表扬下，学会了"作文"这个生词的读法，并慢慢对"作文"这个词的意思有了大概的了解，我能从孩子们的笑容中感受到他们内心里的兴奋与快乐。

在接下来对幼儿园的教学中，我及时汲取了给中小学授课时的经验，在幼儿园这里，语速变得更慢一些，一个词一个词地教他们读，再把词合成句教，还给孩子们足够的时间重复读两遍，当他们读得大声且准确时，我及时表扬了幼儿园的小朋友，高高地给他们竖起大拇指。最后，我在全体师生的热烈掌声中结束了本次生词"作文"的教学。

通过这次生词的教学，我收获颇多，不仅收获了异国他乡同事之间无私的帮助，还收获了三才公学全体师生的掌声和认可，也获得了2016年广西赴泰支教教师展现中国教师形象的一次机会。

尽管仍有不足之处：比如讲句子时如果有个"白"字会更好；教他们拼读拼音之后再讲解会更完善；如果讲得慢些效果会更好；应该多点耐心让跟着老师读的学生读完，然后再及时表扬他们，大家的兴致会更高。尽管心头留下了点点滴滴的遗憾，但是更多的则是深深的感动。

在教学生读的时候有个泰文老师竟然也沉浸其中，在下面大声地跟着念起来。当我教幼儿园的小朋友时，幼儿园小朋友的学习热情是最高涨的，这给我带来无比的自豪和快乐。更让我感动的是，上完课后，幼儿园的小朋友在排队回班时看到我，对我表现出了无与伦比的热情，他们兴奋地高声叫我"老师老师"，还主动过来抱我，说老师好漂亮。之前所有的辛苦与付出，在这一张张可爱的笑脸面前，一颗颗对知识充满了无限热情的心灵面前，都足够了！

"随风潜入夜，润物细无声。"教育就是这样，不论中国，不论泰国，都不可能一蹴而就！教育是一种细的艺术，慢的艺术。唯有在学习生活中不断地重复再重复，学生才能在潜移默化中把这些知识根植于心。

我静下来时，脑海中还不时闪过授课时的那些镜头与片段，阳光下，那一句句温暖的中文汉字跟读，忽然触摸到了我心的最深处，我的心，忽然花开，姹紫嫣红。

"不忘初心，方得始终。"我是一个对未来充满梦想的人，满腔热情地走在我所选择的道路上，并且将用我的努力和汗水，把走过的每一步都装扮得花香满径、灵动心扉。

# 遗憾的美好

记得田甜常跟我说，对于对外汉语教学，要接受一切遗憾，正视所有伤口，然后，往伤口之中，放入相等容量的爱，你依然是一个有温度有情怀的外派中文老师。

作为一名外派中文老师，在教学上，遇到挫折在所难免。

在三才公学的教室里，第一次流泪是在初三（1）班。

又是一个阳光明媚的下午，原本我的心情亦如窗外的阳光。不料，在开展素质拓展课时，我刚在黑板上抄写完当天要完成的中文和泰文的翻译，他们你一下，我一下，竟然把我辛辛苦苦抄写的板书全部擦掉。我以为小豆和牡丹想跟我开玩笑，然而，全班同学竟然还理直气壮地对我说：今天不上中文课！经过几个回合的斡旋，最后，他们集体对着我唱起泰文歌来。我成功地被他们气哭了！

尊师重道，在中国有着悠久的传统。中国学校里的孩子，如果闹事，大约是因为打架或者早恋这种出格的事情，但在泰国，我却切切实实地感受到这些初三孩子闹事的能力。

当时我没有料到泰国孩子会对我有如此强烈的逆反情绪。不过，事后想来，他们也有着极强的组织能力。

不错，他们罢课了。

在中国，这种事不常见吧？

确确实实，他们集体罢课了。不错，他们擦掉了我辛苦写好的板书，又在课堂上唱起泰文歌，并且派代表向我陈情：他们不要上中文课。

并且，如他们所愿，这节课最后也没有上成。

这或许是这么多年来，我遭受的最严重的否定，还是双重否定。为什么这么说呢？他们既否定了我的能力，也否定了我的努力。无论我是为何来到这里，当时，我绝对是怀着一颗赤诚的心。其他不敢多说，到外国来教学，我们不是去了欧洲或者美国这种高度发达的国家做交换教学，泰国的环境也不会比中国好一点，那么我们来了，定然是因为热爱。

热爱本国的文化和文化交流这件事本身。

我没有料到自己竟然遭受如此待遇，因而，我流下了委屈的泪水。更何况，公开课将在一周后举行。孩子们如此反抗，到时我该如何自处？那一刻的迷茫，相信很多老师，一生也很难遇到一次。

好在经过泰文老师的沟通之后，我又受到了史上最让人不能理解的反差式道歉：他们买了被泰国人民誉为"母亲之花"的茉莉送给我，并且全班同学在教室门口跪着迎接准备来上课的我，双手恭敬地献上一串串茉莉花，向我正式道歉。这件事，深深地震撼了我。

两件事综合到一起，我觉得，这个国家的人民，无论是孩子还是大人，做事有着惊人的凝聚力和统一性。

做错事后，勇于承认。因此，我的教学才得以继续。我不得不开始考虑调整自己的方法，寻找更佳的教学和教育方法。

其实，那段时间，因为周二要给全校的师生在国旗下教生词，我找牡丹配合我做一个对话表演，之前她答应得好好的，结果我到处找人不见，找见了她又找借口，甚至躲起来。那几天，叫他们抄生词不抄，抗议我批改的作业和前任的凌老师不一样……于是，各种不听话、各种不配合就像洪水猛兽般向我重重袭来！

是的，显然我的教育方式，并不切合当地的风土人情，也不适合他们班，所以才会有孩子反对。塞翁失马，焉知非福，可能正是因为他们的这个反抗方式，让我开始审视自我。

从那天起，我的教学方式有了新的变化。因为泰国孩子的动手能力非常强，课上教生词时，我就以绘画、手工或游戏穿插于课堂，每节课人人动手人人参与，激发他们听课的欲望。课下，我还进驻到班上，天天与他们交流谈心，与他们同喜同乐，最后竟也在不知不觉中走进了他们的心里，他们也开始真正喜欢上我的中文课了。

功夫不负有心人，当学校领导要考核我们中文老师的教学情况时，我的那一节公开课得到学校领导高度赞扬。

其实，在这节公开课上，我和孩子们都使出了"洪荒之力"，教案设计合理、结构完整、内容紧凑；学生考核符合教学目标，教学活动组织安排得当、切合教学实际；教师备课充分，教学认真；师生配合默契，课堂活动具有鼓舞性和启发性，教学方法使用得当……这大概是我上完这节课后的总结。我不是想邀功，本来一个老师上好一节课真的没什么，但是结合之前的失败经验看起来，我以为这是一种成长。

虽然我们遇到过困难，遇到过看起来不可跨越的鸿沟，但终究得以跨过。这不是因为我们比其他人更强一点，而是因为我们更有韧性。作为老师，这是必须具备的一种品格。

"所有逃亡之途，都是绝路；唯有觉知之旅，方是归途。"在写这篇文章的时候，我想起这句话，并与君共勉。

## 泊一颗茉莉之心，默然前行

记得以前读到这样的一段文字："要么庸俗，要么孤独，一个人只有在独处时才能成为自己。每个人心中都有一处尚未崩坏的角落，可能是一个故事，是一首歌，抑或是一场相谈甚欢的欣喜，我们在这个角落里天马行空，看见世界的底片，听从自由的声音，遇见诚恳的自己。"

是的，人生不争不抢，守着娴静岁序，淡看花开花谢，没有人可以左右你的人生，只是很多时候我们需要一些勇气，去坚定自己的选择。

今天，看完学校科技周的走秀和展览活动，整个人感觉像是中了暑，浑浑噩噩的，像游魂一般。

当我踏着沉重的脚步，拎着四把青菜，迎着大泰国最后的一抹晚霞从学校后面的小超市走回学校门口时，忽然，隐隐约约听到身后有一个稚嫩的声音在叫"老师！老师！"虽然发音中夹杂着泰语的混音，并不标准，但我仍然听出来她是在叫我。

我回头一看，只见一位年轻的妈妈正骑着摩托车向我而来。车上载着一个穿着三才公学幼儿园校服的小女孩，她坐在妈妈前面，一双有灵性、会说话的大眼睛一直冲着我笑，并且用童声唤着"老师！老师！"

这声音，叫得我心都化了！

"小朋友，你好棒哦，今天你真漂亮！"我忍不住夸奖她。她真的很美，是那种很纯粹的美，明明举手投足间还带着稚嫩之气，却瞬间就牵动了我的心。虽然我还想与她们说更多的话，无奈语言不通，只能进行简单的交流。寒暄几句之后，她们便道别离开。

我以为她们会从我面前的草地开回去，却不料，她们开着摩托车折回马路。此时，我才醒悟过来，原来这对母女是一路追过来与我打招呼的，想用中文与我问声好，然后各自把温暖和微笑留给对方，仅此而已！

我承认我是一个很感性且容易感动的人，我感动于她执着地走向我，并与我问好；感动于一位母亲为了实现女儿一个小小的愿望而奔波。

我并不认识这位小朋友，事实上，到泰国以来，我只给幼儿园的小朋友上过一次课，那还是很久之前在全校升旗时教生词而已。

不然就是每周在幼儿园门口值日站一次岗，只有在这个时候，我才能见到幼儿园的小朋友。然而这么许多的孩子，我并不能一一记得。谁曾料到，这个小小的脑袋里，却深深地刻下我的影子！我不得不说，这一刻，我被这记忆所感动。我也曾有小时候，老师也曾在我心中有着不可动摇的地位，她们也曾在不知不觉的时候给予过我爱与感动。

我支教生活中的种种，也因为这小小的呼唤而多了一层意义。想到这里，数日的疲惫一扫而光。夕阳西下，犹如一道温柔的目光，它照在我孤独的身影上，却又让我不再孤独。谁说一个坚定信念、为爱和理想奋斗的人，会害怕孤单？而她又怎会孤单？

其实，那一声声清脆的"老师"和一次次温暖的"kunkuPan"，已经伴随着我走过了一小段支教的旅程，它们日后也将伴随着我走过每个日夜。我知道，在教育之路上，无论走多远，我都不是孤独的一个人，我的身后拥有无数看不见的力量，在支撑着我走过一段又一段路。而教育之花，终将结出灿烂的果实。

# 中国课堂来了一群泰国学生

"亲情中华·梦牵绿城"夏令营南宁营之旅，是每年10月泰国西部华文民校联谊会和中国侨联南宁营联合举办的夏令营活动项目，我赴泰国支教三个多月后，有幸担任该夏令营的海外领队，带领35位华裔少年和3位老师回到我魂牵梦萦的家——南宁。

广西南宁是一个山清水秀、文化底蕴丰厚的城市，它是中国 – 东盟自由贸易区的重要枢纽，是海外华裔青少年学习中华文化、展示青春才艺、开阔视野增长见识的重要舞台，也是传承和传播优秀文化，加固中泰友谊的重要桥梁。

10月8日中午，来自泰国龙仔厝三才公学、公立致中学校、佛丕府光中公学、佛统网銮公立健华学校四个华文民校的35位华裔青少年和泰国龙仔厝三才公学中文部周唯老师、佛丕府光中公学刘智慧老师、唐香琳老师开始了夏令营，我也列位其中。我们4位领队老师在黄迨光博士和泰国西部华文民校联谊会副主席、泰国公立致中学校校董会主席陈长盛先生的亲自率领下，满怀期待，全体营员踏上南宁的土地参加为期14天的2016年"亲情中华·梦牵绿城"夏令营南宁营之旅。

为期14天的时间里，泰国西部华文民校联谊会35名海外华裔青少年将要学习中文口语课、中国礼仪课、中华武术课、壮乡绣球民族舞蹈、中国传统工艺纸浆画、中国传统糕点制作、壮乡香草香囊制作等，还要开展重阳节慰问老华侨活动，参观南宁–东盟经济技术开发区，领略武鸣伊岭岩壮乡民俗文化和鬼斧神工的大溶洞风貌，游赏青秀山中泰友谊园、世界文化遗产宁明花山壁画群、德天跨国大瀑布等，营员们在活动中体验，在体验中成长，在成长中学习中华文化。他们是中泰友谊桥梁的加固者和中泰人民和平友好的文化使者。

## 弘扬中国传统文化之重阳节给老华侨送温暖

重阳节是中国的敬老爱老节，我们在广西华侨学校领导的带领下，开展送温暖、献爱心活动，亲自登门拜访问候广西华侨学校的离退休老华侨，给他们送去从泰国带来的爱心糕点、水果和慰问金。在重阳佳节当日，我们慰问了9位老华侨，这些老华侨和他们的家属都被泰国孩子们那种恭敬虔诚的泰式礼仪和温暖的爱心糕点感动得热泪盈眶。这是孩子们到达中国南宁后亲身体验到的第一堂别开生面且富有感恩之心的中国优秀传统文化体验课。通过这样的传统文化体验课，我能感受到泰国孩子对中国重阳节敬老爱老的传统节日、传统美德、传统文化的理解与尊重。

# 走进青秀山，见证中泰友谊源远流长

怀着激动的心情，我们乘坐旅游大巴车来到游人如织、风景秀丽的青秀山北门，换乘景区的旅游观光车，到达青秀山的著名特色景点——中泰南宁孔敬友谊园。中泰南宁孔敬友谊园是南宁市与泰国孔敬市政府文化交流项目中互建的园林旅游景点，它由泰国建筑师设计，园内完全是泰国风貌，泰国西部华文教育联谊会的华裔少年们到此就可以感受如临泰国的风情，他们不仅亲眼见证了象征中泰友谊的泰国园正以日新月异的变化来迎接八方来客，还亲眼见证了中泰一家亲的深厚友谊。在环山秀坪大草地上，孩子们还表演起了自编自演的文艺节目，玩起了老鹰抓小鸡的游戏。最后，还登上凤翼岭上的九层龙象塔，神清气爽、自信豪迈地俯瞰整个南宁的风光。走进青秀山，孩子们不仅挑战自己战胜各种困难的能力，而且还切实感受到了中泰友谊的日益深厚和中国文化的博大精深。

# 感受中国现代企业发展的盛况

走进武鸣东盟经济开发区和伊岭岩，我们感受中国现代企业和体验中国文化之壮乡民族民俗文化。首先，我和营员们来到南宁双汇加工厂，观看双汇火腿肠制作的全过程，并品尝了火腿肠；其次是参观绿霖食用菌科技有限公司，参观杏鲍菇和金针菇种植加工；再次是参观品冠食品厂，在品牌解说员的指引解说下，我和营员们不仅观看米粉制作全过程、米粉宣传介绍片，而且最后还品尝了广西著名美食之螺蛳粉，对于螺蛳粉的美味，营员们都赞不绝口；最后是参观了广西伊利冷冻食品有限公司。由于中国现在已经是寒露季节，伊利冷冻食品已经停止了今年的生产，营员们无法亲眼看见伊利冰激凌的整个流水线的生产过程，但品尝伊利冰激凌仍然是营员们参观学习旅行中最开心的一刻。在参观过程中，我和营员们认真听取企业工作人员介绍产品生产的整个流程及车间管理的模式，向工作人员积极提问，而工作人员也仔细地为营员们进行了解答。看着一排排干净、整齐的流水线，工人们正在马不停蹄地工作着。营员们懂得了"诚信立企，德行天下"的企业文化，感受到了现代科技的巨大生产力，了解了车间工作者的艰辛，明白了可口的食品来之不易。在座谈中，我和营员们品尝美味可口的食品的同时，也对南宁－东盟经济开发区现代化科技企业的生产产生浓厚兴趣。

## 赏游中国文化之壮乡花山民族山寨
## 和世界文化遗产花山壁画群

走进宁明壮乡花山民族山寨，不远处还隐隐约约飘来男女对唱山歌的歌声，悠扬婉转，仿佛在迎接远方客人的到来。我们下车后，沿着一条水泥路走进山寨，首先呈现在我们眼前的是山寨的门楼，门楼全部是木瓦结构，门楣上书写着六个遒劲圆润的大字——花山民族山寨，两边对联是"花山千古秀，壁画万古鲜；风和甘雨降，物阜民乐耕"。我们再往前走，便看到三栋五层木楼，呈品字型摆开，中间为三江侗族风格，左右两边分别为壮族和瑶族风格的古铜色木楼。看到这些壮乡鼓楼，我们都产生了敬畏之心，被壮乡民族文化以及古骆越人的勤劳与智慧所震撼。

参观完民族山寨，我们和领队老师在南宁市侨联侯嘉康副主席的带领下，沿着明江乘船游览世界文化遗产之宁明花山壁画。这些壁画是古骆越人用特殊的红色颜料作画于悬崖绝壁之上，据说已有2000多年历史，我们对这些壁画的分布之广、作画难度之大、画面之雄伟壮观非常感兴趣，纷纷向解说员请教。解说员告诉我们，这些壁画经历了漫长的风吹日晒雨淋，但都历久弥新，画作中主要是以人物为主，人物造型丰富，意境深沉，能真实地反映已经消逝很久的骆越社会活动情景。从参观欣赏花山壁画中，我们依稀可以领略到壮族先祖文化的精深，感受到壮族先民古骆越人的绘画艺术成就，同时还感受到了古代壮族社会生活内容的丰富和勤劳、勇敢、奋斗的民族精神。

## 领略祖国大好河山之游览德天跨国大瀑布

目睹了壮乡独特文化的风情木楼，领略了壮族先祖文化之宁明花山壁画，感悟了中华民族文化乃至世界文化的瑰宝，我们来到亚洲第一、世界第四的德天跨国大瀑布。进入德天跨国瀑布的景区正门，我们一眼便看见了那闻名已久的大瀑布：左边那条是越南的，右边那条是中国的，果真是一条实实在在的跨国瀑布。瀑布旁还盛开着几株洋紫荆，漂亮的粉红色的花，映衬着一片片绿叶，远远望去，像是一幅美丽的画。细细倾听，有"哗哗"的流水声，再顺着水流的声响远眺，跨国大瀑布似万马奔腾，脱缰而出，只见江水从50余米的山崖上跌宕而下，撞在坚石上，水花四溅，水雾迷蒙；远望似缟绢垂天，近观如飞珠溅玉，透过阳光的折射，五彩缤纷，那哗哗的水声，振荡河谷，气势十分雄壮。我们都被这种撼动人心的跨国联合大合唱演奏所震撼。

欣赏大瀑布最好是乘坐竹排，这样才能近距离感受大瀑布气吞山河之豪气。因为瀑布中心的那种震荡神经，激发想象的冲击力一阵一阵地向我们砸来，各种尖叫不断，这样惊险刺激地与大瀑布亲密接触时，我们真切地感受到了大自然的伟大与恢宏，感受着来自大自然生生不息的顽强生命活力。另外，凭借着跨国大瀑布的优势，分属黑水河两岸的中越两国的边民像一家人一样自由来往。我们最感兴趣的是越南人在大瀑布界碑旁的边贸小商品生意摊，穿梭在这个小集市里，异国的小工艺品都洋溢着浓郁的越南风情。在这两国界碑交汇的地方，自由贸易，一切都是那么自然、那么和谐。德天大瀑布，沟通中越领土，也沟通了两国人民的心，使两国人民和平共处、友好往来。

## 制作壮乡香草香囊和中国纸浆画

广西壮乡民族特色的香草香囊又称香包，自古民间有佩戴中药香包以祛邪除秽、驱虫的习俗，艾草香包夏天可防蚊虫叮咬，置入衣柜可防虫蛀，还能帮助睡眠，缓解焦虑情绪，安抚身心。壮乡香草香囊是选用印有壮乡民族精美图案的棉布、绵绸布料，做成囊袋，将装饰用的中国结固定在囊袋口部，接着再用针线缝好固定住，注意不能缝到口袋两边的拉绳，然后在香袋的底部中间接上流苏，用针线将流苏缝好固定在囊袋的底部，最后将艾草放入袋中，缝合袋口，一个富有壮乡民族特色的香包就做好了。在整个香囊的制作过程中，惊险不断，欢笑不止，我们在体验壮乡民族文化的过程中，不仅弘扬和宣传了广西壮乡的民族文化，同时也收获了团结，收获了友谊，收获了战胜各种困难的能力。

中国纸浆画是一种以纸浆为主要材料创作的工艺美术作品，它颜色鲜艳，纸泥、浆画装饰感很强，并具有浮雕效果，各种彩色画泥可以在木、瓷、玻璃、石、纸等多种材料上绘制。蒙老师提醒我们这些初学者，在纸浆画的选材和构图上可根据个人喜好，选择画面感较强、颜色较简单的图案来做，初学者不适合将人物、动物等需要细致刻画的图案作为主题。正式作画了，我们都在自己的三合板上用铅笔画出自己喜欢的图案，接着把卫生纸撕成块，放入一个较大的塑料碗，加水浸泡、搅拌成泥状，再加入适量的乳胶搅拌均匀，用的时候根据用量多少舀出所需颜色，然后再一点一点地把纸泥填入三合板的画作上。为了保持画面的立体感，营员们不能把纸浆压平，要尽量保持它本身的质地效果，等纸浆画风干图案做完后，再平放在阴凉处自然风干，一幅漂亮且独具风格的纸浆画就制作完成了。

纸浆画制作的过程也是一种充满童真童趣的活动，我们在老师的指导下，慢慢对纸浆画制作产生了浓厚的兴趣，当天晚上我们强烈要求延长课时，推迟晚餐就餐时间。通过纸浆画的课程学习，我们的手、脑、眼等都得到了锻炼，营员们对多种颜色驾驭，对艺术表达都有了自己独特的见解。

## 学习中国武术和壮乡绣球民族舞蹈

武术，是中华优秀文化遗产之一。武术，承载着中华民族千年的文明，孕育了中华儿女的英姿飒爽；武术，寄托了中华民族不朽的智慧，赋予中华沃土一番神奇与美丽。中国武术的学习是一个循序渐进的过程，它必须通过老师正确的言传身教，和自己的不懈努力才能步步提高，它不仅仅是身体的运动，也是精神的冶炼。刚开始看到老师在前面进行动作演示，孩子们都非常羡慕老师的动作，觉得非常帅气，有力且连贯、流畅。当孩子们在学习中国武术时，也做着老师打的那些动作，才发现那并不是一朝一夕就可以练出来的本领，尽管已经很努力了，但还是没有老师的动作那么好看和标准。后来老师反复强调要放松、要自然，每次打拳都要从基本功开始，再练习新动作，这对于这些非专业的泰国孩子来说，学习难度更大，但武术老师一直鼓励他们要敢于去做、去尝试。功夫不负有心人，在闭营仪式上，孩子们的表现令我大为震惊，时间紧，任务重，孩子们依然能够把那武术的一招一式打得有模有样，虽然有些动作还比较生涩，但孩子们一直在坚持着。

为期14天的夏令营活动终于圆满落下帷幕。来自泰国西部华文民校联谊会35名海外华裔青少年参加了闭营仪式，并汇报了他们的学习成果。

在仪式上，来自泰国公立致中学校的海外营员代表伟明同学发言："丰富多彩的文化体验活动，重阳节走进学校12位老归侨家，为他们送去重阳节的祝福，让我们了解中国重阳节的传统民俗文化，同时也让我们传承敬老孝亲的良好道德品质；寇老师生动有趣的中文口语课，有效地激发了我们学习中文的乐趣；林老师循循善诱、旁征博引地讲述了广西民族文化概况，加深了我们对壮乡文化的认识；游览青秀山中泰友谊园，感受中泰人民的深厚友谊；赏游花山崖壁画群，领略壮族先祖文化；游玩德天跨国大瀑布，领略中华大好河山。另外，中国传统美食、中国纸浆画工艺的制作体验活动，壮乡绣球民族舞蹈、中华武术训练课、中国古典诗词朗诵、中国古典音乐的学习活动等，都让我们在快乐中学到了很多知识，真正领悟到了中华文化的博大精深。校内课堂教学，让我们学习到了更多丰富多彩的中国文化；户外参观游览，让我们感受到了人文景观的壮丽和自然风光的美妙；集体活动让我们学会了合作，坚定了自信心，增强了与困难做斗争的勇气。我们在这次夏令营活动中的收获将使我们受益终生。"

短短的12天里，我们学习了传统声乐、壮乡绣球民族舞蹈、中华武术、中文口语、广西民族文化概况、中国古诗词、中华传统美食糕点、中国纸浆画、中国礼仪和壮乡香草香囊制作等课程，我和孩子们不仅学习了中国语言、感受了中华文化、了解了中国民风民俗，还一起感知了中华文明的源远流长，体验了中华文化的博大精深；一起领略了祖国大好山河的雄壮秀美，收获了壮乡人民的纯朴友谊。校内课堂教学，让我和孩子们学习到了更多丰富多彩的中国文化；户外参观游览，让我和孩子们感受到了人文景观的壮丽和自然风光的美妙；集体活动让我和孩子们学会了合作，坚定了自信心，增强了与困难做斗争的勇气。

"中国寻根之旅"活动，内容丰富，形式多样，旨在让华裔青少年更加近距离地感受到中华文化的博大精深，中华文明的厚德载物，增强民族自豪感，加强对祖籍国的认同感，增进桑梓情怀。愿中国侨联的夏令营越办越好，愿中泰一家亲的友谊长青。

# 泰国华裔青少年探寻神秘地下宫殿

金秋十月，丹桂飘香。在这个丰收的季节里，泰国西部华文民校联谊会华裔青少年们怀着激动而又好奇的心情，来到我的家乡南宁，开启了别样的中文课之旅。

躺在南宁秋的怀抱里，一排排的行道树摇曳着枝叶，一树树的桂花香柔软着我的心田。迎着南宁的阳光，我们一路高歌，一路欢唱，奇山妙水、风光旖旎的武鸣壮乡风情园，"伊岭岩"三个大字映入我们的眼帘。

一路上，伊岭岩是经仙人用锄头点化而成的神秘传说，令泰国的孩子们兴奋不已。当汽车在绿树掩映的停车场缓缓地停下来时，孩子们欢呼雀跃着。这里依山傍水，气候宜人，山峦千姿百态，树木苍翠挺拔，各种壮乡风情让孩子们目不暇接，孩子们感觉仿佛置身于世外桃源的美景中。

导游是一个幽默十足的英俊小哥，他告诉孩子们伊岭岩的形成已逾千万年。一百万年以前，它原为一道地下河，因地壳上升而成为岩洞，经过地下水顽强不息的经年雕琢，造就了它千姿百态的风采，每处都是景，每景都是歌。

伊岭岩的入口处在伊岭山山腰，这里修竹掩映，微风吹过，竹叶沙沙有声，以壮乡特有的竹林曲迎候远道而来的客人。孩子们沿着景区道路拾级而上，沿途领略了壮乡民俗风光，聆听了壮家小伙迎宾唢呐曲，体验了壮家代表丰收喜悦的竹竿舞，抚摸了壮家特色别致竹楼，观赏了展现和谐自然的猴子园，欣赏了壮乡姑娘敬酒歌表演，品尝了壮乡美食风味小吃，孩子们都渐渐爱上了这座壮乡风情园。你看，孩子们都纷纷加入壮乡姑娘们的各种表演中，有的加入了竹竿舞的队伍中，有的加入了板鞋队伍中，还有的和敬酒姑娘斗舞姿呢……

我们在导游小哥绘声绘色的介绍下，继续走过一段壮乡民俗博物的展览长廊，越过一段往下走的石阶，穿过七十二道门，在两尊"双狮迎宾"巨石的引领下，再往上爬一段略陡的石阶，终于踏入了洞口。只见，洞前的两尊石狮威严守望，让森森岩洞因之而平添了几分祥瑞正气。金秋十月的南宁，火辣的太阳依然炙烤着，路旁的树叶也都被晒得垂下了枝条。一路上，孩子们在忽上忽下的石阶上蜿蜒盘旋时有点烦躁了。

然而，站在这方天窗般的洞口前，只见岩洞里冒出层叠缭绕的烟雾，缓缓往外飘荡。从外往里看，岩洞里似乎悠悠浮动着云朵，千朵飞霞万顷流岚，深不可测的天然岩洞里，仿佛有着神秘的传说。洞内阵阵凉爽惬意的冷风吹出来，孩子们被眼前这两尊"双狮迎宾"和巨大的洞口给迷住了。此刻，他们也正在贪婪地大口呼吸着沁人心脾的清新空气，脸上漾出了一圈圈的满足和欢悦。

顺着凉爽舒适的风，我们往岩洞里走，"初极狭，才通人，复行数十步，豁然开朗"。绕过几个台阶的通道后，如宫殿般五彩缤纷的溶洞出现在眼前。泰国的孩子们欢呼雀跃，大赞"sui jing jing, sui mang mang"！（泰语意思：太漂亮！真漂亮！）

"你看，那边有一座小桥，有个爷爷背着孙儿，像是在等待赶圩归来的家人；那边还有一个像牧童横吹着短笛，骑在牛儿的背上，慢慢向我们走来……"初一年级的若云指着前方不远处的几个石头，兴奋地说道。若云虽然是初一，但她的中文水平很高，并且她已经多次来中国参加夏令营了，所以对于中国的很多文化都比较了解。在若云的介绍下，泰国的其他孩子也被眼前这些造型奇特、千姿百态的天然山石所吸引了，纷纷拿出手机、相机拍照留念。

前行不远，孩子们顺着石阶，时而攀登，如遨游云天；时而下坡，似步入深谷；时而拐弯，又像置身神幻境界。洞壁神态各异的钟乳石、石笋、石柱、石花、石幔如悬瀑九天直下，如淳朴干净的壮乡村庄，亦如含苞的花儿，璀璨地点缀在壮乡静谧的的夜空，星语默默，泉声汨汨。这些钟乳石质地玲珑剔透，冰雕玉砌，就像那些雨后圆润的春笋般洁白，一簇簇、一丛丛、一朵朵，体态各异、形态万千。

正当孩子们都惊叹这些鬼斧神工的时候，我告诉他们，这些钟乳石是大自然的力量和时间的冲刷变成的奇异景观，据说是洞顶上的裂隙，水滴不断，留下的石灰质沉淀积累而成，它们像春天从地下冒出来的竹笋，再配上现代声光设施，才使整个溶洞更加光彩夺目、如诗如画、如梦如幻，宛若神仙天堂，因而伊岭岩也被人们称为"地下宫殿"。

一路领略着千姿百态的钟乳景观，一路倾听着导游介绍的各种远古的壮乡生活故事。不知不觉，我们走过弯曲的洞道，拾级而上，便到了一个高37米、长300余米的"空中走廊"。空中走廊四周，景致自成一体，俯瞰，可见凌空井架，山峦起伏；右望，可见丰收景象，稻谷成山，瓜果遍地；左看，则见参天古树下仙人庙香火袅袅，那点化青年的仙人，或许就曾住在此处。初三的高恩同学说："老师，明年我还要来中国！我要把这些漂亮的照片带回泰国给我的家人和朋友看，让他们也看看漂亮的中国！"看着高恩兴高采烈的样子，我知道他已经被大自然这些瑰丽逼真、任人想象神驰的景物所折服震撼了。

是的，这里的中国人呼吸着清新纯净的空气，沐浴着澄澈明丽的蓝天。孩子们此时有欢乐的壮乡民俗生活，有神秘的地下宫殿，更有着令人回味无穷的中国文化之旅。一直以来，泰国的电视都热播着中国的《包青天》，很多泰国华裔对电视剧里的情节倒背如流。但是，他们很多人都没有来过中国，他们一直认为中国现在就是处在包青天和展昭的年代里。

记得在中文部全体教师会议上，黄迫光博士说："每一个喜欢学习中文的泰国孩子，都是中文老师们精心培育的一株苗壮的小树，只要用心，这些未来的小树都会在泰国湄南河畔生根、开花、结果的。"今天，这样的中国文化寻根之旅，这样的户外中文实践课，我想"美丽漂亮的中国"已经开始根植于这个身材高大、皮肤黝黑、眼睛大大的泰国男孩的内心了。

当我们走出洞口时，红日高悬，薄云于天，阳光透过树梢，一阵秋风惬意而过，拨动着片片绿叶。叶子恣意婀娜，绿意倾泻下来，蘸满绿意的阳光投射到我的脚下，山间穿林而过的孩子们，也载上了阳光，驶向远方。

# 茶入清水留清香，心装学生满师爱

　　经过一段时间的适应期后，我开始了辛苦并快乐的支教生活。每天一睁开眼就想着今天哪个孩子会给我捣乱，哪个孩子会第一个拥抱我，便也是一个快乐的开始。

　　作为老师，我们对每一个孩子其实都是一样的，没有偏爱之心。可总有那么几个孩子除了特有的孩子的天真、活泼外，还懂事到让你心生感动。

　　那天早上，全校的学生都在国旗下学习生词，小林、小盛和小杰在打打闹闹。我发现小林的鞋带松了，两根鞋带长长地挂在那双黑不溜秋的鞋上，我习惯性地蹲下身子，帮小林系好鞋带，站起身来又帮小杰整理好衣服领子。这个时候，我又发现小盛的两只鞋子的鞋带也没有系好，连鞋子里面的鞋舌都被他踩在里面了。于是，我再次蹲下，仔细地帮他抬脚，慢慢地用手帮他整好鞋舌和鞋面，然后把鞋带系好。

　　这时，旁边的孩子就用泰语说了一句："老师像妈妈！"这句话是我来泰国支教以来，听过的最温暖的话了。而后，周围的孩子都发出铜铃般的笑声，我觉得这是世界上最美妙的声音了。

从那之后，每次小林见到我，都笑嘻嘻地对我说："老师像妈妈！"然后一溜烟地跑开了。

小林家有三兄弟，他是其中最小的一个。按理说，父母最疼小儿子，但是他们家的情况却正好相反。

一次家长会上，我见到小林的母亲。她黑黑瘦瘦，看起来并不太健康，可能是长期从事体力劳动的原因。那天，在操场上，她夹在很多家长中间领通知书，并不显眼，而小林和其他同学在国旗台下唱歌。小林的目光始终未曾从她的身上挪开过，所以，我注意到她。

虽然她看起来是虚弱的、不美、不爱说话，但她的眼睛里却流露出一种强大的母爱的光辉。后来泰文老师告诉我，小林的父亲常年在外做工，而且脾气不太好。因为小林的出生，他没少埋怨过。但她却觉得小林是上天赐予她的礼物。

有一次，她开了煤气在家里煮汤。因为白天工作太累，就伏在客厅的桌子上睡了过去，不料锅里的汤溢出来，将煤气浇灭。那时小林还小，却不知怎么那么拼命地叫喊，终于将她叫醒，她们母子才保住了性命。虽然这只是个巧合，却让她久久不能忘怀。

每一个生命的到来都有其意义，当时我这么想。

由于隐隐约约知道他家的一些情况，平日里我便对他多了一份照顾。我偶尔会给小林一些吃的，让他带回去分给哥哥们吃。有时候，也会给他送上一两个作业本或者书。这些细微的照顾，我本不放在心上，但当我在泰国度过第一个教师节时，小林为我作了一幅画，画中的我是那样美丽，而画作的题名是：老师像妈妈。

我收到过许多教师节的礼物，然而这一次却让我特别感动。

放学前，我拉住小林的小手，问他："为什么你觉得老师像妈妈呢？"

"老师就是像妈妈。"他这样回答。

我恍然之间才知道自己问错了，是啊，哪有那么多为什么？孩子觉得像，自然有像的理由。

汪涵在《有味》中提到一位一辈子只制作纯手工木盆的于爹时说道："他最主要的工具是裂了柄的斧子和刨子，把靖港的时光碎片，在每个年代都裁剪得一样整齐，那些碎片，随时可以箍成一个硕大的木盆，那是他自己的城。"我心中深有感触。作为一名教师，一辈子只能做教书育人这一件小事，它有些枯燥乏味，也挣不了大钱，但还是有人会做。以前我不知道为什么，那天我却突然领悟：因为，你为爱播下的种子，终有一天会长成参天大树。

"一分耕耘，一分收获。"我要把中国最优秀的文化撒播在泰国的每一寸土地上，撒播在三才公学的每一堂课上，撒播在每一个泰国孩子的心里。愿我在异国他乡也能用自己最温暖的情怀去影响去感动每一个孩子，愿我在异国他乡亦能练就出一颗坚韧无比且永远温暖的心。

茶入清水留清香，心装学生满师爱。愿所有的孩子在学校都能感受到妈妈般的疼爱与呵护，让爱与教育同行！

# 那些生词里，藏着讲台上最美的风景

二年级（2）班走廊外的屋檐下，三四只鸽子安静地栖息在横梁上，它们仿佛知道这是我上的最后一节中文课似的，少了往日叽叽喳喳的欢叫，只静静地排成一排，欣赏着孩子们的各种嬉闹。

"潘老师，我喜欢你！"小女孩小鹿害羞地抱着我说。

"潘老师，I love you very very much."经常哭鼻子流鼻涕的小男孩少华双手合十，头低得很低，小声地说。

"潘老师，我爱你！"班上最调皮、最具个性的捣蛋鬼永康冲上讲台，重重地往我的脸上亲了两口，我左脸尽是永康残留的口水……

孩子们纷纷对我施以各种"恩爱表白"。内心一阵暖流涌起，我想起了初到三才公学的日子。

还记得第一次走进二年级（2）班时，那是我初到三才公学的第二天，那情景恍如昨日，那课堂怎一个"乱"字了得！由于泰国的学校是没有下课时间的，上一节课的时间一到，老师直接离开教室，下一节课的老师紧跟着就进教室。

还记得当时我带着挺自信的神情和快乐的心情，但走进教室时，眼前的一切还是让我措手不及。教室里的小不点们嗨歌翻天，连蹦带跳，你追我赶，这边唱罢，那边敲桌打鼓又起，任凭我的分贝再高，任凭我黑板敲得再用力，他们依然我行我素，一副视而不见、听而不闻的样子。我当时被憋得又气又不能发泄出来，只能在心里不停地自我暗示：潘老师，你是温柔善良的老师妈妈，千万不能张牙舞爪地对学生咆哮。于是，第一节课，50分钟，三个生词，上得我只想哭。二年级（2）班的第一节中文课以惨败的结局宣告结束。

知己知彼，方能百战不殆。课后，我不但积极地向泰文老师了解每一个学生的性格、爱好、家庭等情况，还利用他们喝牛奶的时间，买来零食和他们一起分享，一起玩游戏。慢慢地，他们都愿意把零食分给我吃，也愿意教我很多新鲜的东西。传说这个班是人数最多、纪律最糟糕的班级，其实不然，在我看来，他们很聪明，只是更顽皮罢了。

在之后的中文课上，他们喜欢唱歌，我就教他们唱中国古诗词《春晓》《草》《虞美人》等；他们好动，课前我就教他们唱儿歌并加入肢体动作，如《我的身体》《我的好妈妈》《大公鸡》等；他们喜欢搞怪，在教到方位生词时，我让孩子们扮演交通警察，站在十字路口处指挥交通，向左、向右、前面、后面等；他们老记不住鸡蛋、馒头等生词时，我亲自蒸了二十个馒头，煮了二十个鸡蛋，在教室里一边学习生词，一边品尝美食，一边画美食——每一次课，教室里掌声阵阵，那种喜悦与感动溢于言表。

有时候，简单的一个游戏，小小的一个互动，都可以填满孩子们的整个世界，因为，这其中包含的爱，是世界上最美的风景。

慢慢地，二年级（2）班的纪律有所好转，中文水平也慢慢提高。

每次他们看到我，都欢呼雀跃地跑过来抱着我，我也渐渐地爱上了这群可爱顽皮的孩子。

我教过的那些知识里，藏着讲台上最美的风景。

今天，最后一节中文课。孩子们变得乖巧了许多，就连平时最闹的永康和小金，也认真地跟着我的节奏，听着我的指令。之前我教过的那些生词、儿歌、古诗、游戏等，我今天变着各种法子拿出来给他们复习，他们一看就能正确读出来，还能主动走上讲台，抢着说出生词的泰文意思，还可以用中文和我对话，跟着我做各种游戏……

从他们那清澈透亮的眼睛和不舍的神情中，我仿佛看到了一个个泰国版的"小弗朗士"了，而我就是那个"韩麦尔先生"，不同的是我没有像韩麦尔先生那样因为祖国语言即将被禁止而悲伤难过，孩子们也没有像小弗朗士那样因为不能再继续学习祖国语言而伤心难过。今天，我是因为我的祖国的语言能够在世界的各个角落得以教授和传播而感到自豪。

最后一节中文课，我想把我自己所知道的中国文化，和教过他们的生词，全部都镌刻到孩子们的脑子里。看着那一张张生词卡，传递到每个孩子的手中，看到他们迅速正确地读出生词时，我能感觉到那传递着实实在在的幸福。这种幸福，不曾站在讲台上的人是无法体会的。

认真学习的时间总是稍纵即逝。下课时间到了，孩子们起立齐声说："谢谢老师，老师很漂亮！"然后又毫不吝啬地露出可爱的笑容，张开双臂，蜂拥而上，争着和我拥抱，抢着和我亲亲。那一刻，我漾出了灿烂欣慰的笑容。

异国支教的日子里，在每一节中文课上，我只是给孩子们留下了点点滴滴学中文的快乐，而孩子们却成了我支教生活中最最美好的风景。

# 三才公学特殊的开学典礼

2016年10月13日，泰国国王溘然长逝，泰国举国同悲。"世界上工作最繁重的君王"普密蓬国王的足迹遍及泰国的各个角落，深受泰国人民爱戴，长期以来为促进国家稳定和发展作出了卓越贡献。普密蓬国王倡导的四千多个皇家项目，惠及百姓千万家，涵盖了抗洪、灌溉、公共医疗以及远程教育等多个领域，至今仍在发挥作用。

记得诗琳通公主在给军校学员讲话中的呼吁："感恩国王，不能只是哭，光哭是没有用的，大家应该坚强地站好自己的'岗位'，尽好自己应尽的职责，这才是感恩报答国王的最好方式！国王这辈子最不能割舍的就是人民，他一生的心愿就是想让国民过上幸福的生活，所以大家的坚强、团结、笑容，才是国王所期盼的！"11月1日早上8点，学校的球场绿草茵茵，气氛庄严肃穆，学生统一着校服参加，全体老师统一着全黑衣服参加，开学典礼分两部分进行，升国旗和悼念祭拜普密蓬国王。

新学期第一次升国旗，国旗台上放置着普密蓬国王的巨幅画像，全校师生面对升旗台排好队。学生按班级排好队，全体老师按一定间距围着学生呈半圆形站好。当乐队的乐曲响起，全体师生唱起国歌，面对国旗行注目礼，在国歌声中国旗缓缓升起。当国旗升到旗杆顶端后，再把国旗降到旗杆的一半，接着全体学生诵经，背校训、校风、学风，唱校歌，低年级学生向高年级学生行礼，全体学生向老师行礼，每个程序连贯清晰，与以往不同的是这次升旗仪式要降半旗来表示对逝世国王的悼念哀痛之情。

升旗完毕，全体师生原地不动立正站好，学校领导手捧国王画像，学校经理黄玉灵女士面对普密蓬国王画像沉痛致哀悼辞，祈求保佑泰国繁荣昌盛。接着全体师生深深低下头虔诚默哀一分钟，随后全校师生不约而同地拿出纸质泰铢，恭敬地高高举起，面对普密蓬国王遗像，再次虔诚祭拜，以寄托深深的哀悼之情。整个悼念祭拜仪式礼成，最后全体师生默默地按顺序回教室继续上课。

为沉重悼念普密蓬国王，泰国龙仔厝三才公学还举行了一场盛大的布施活动，场面十分壮观。

朵朵白色鲜花簇拥着普密蓬先王巨幅画像，全体老师及学生家长身着黑色衣服，手捧沉甸甸的布施食品自觉来到现场，这些布施寄托着全体师生及家长们对普密蓬国王的怀念和哀思。布施前，全体师生齐唱泰国国歌，19名僧人静坐升旗台上诵经，全体师生及学生家长围坐于足球场中间，然后双膝或单膝下跪，双手合十，和僧侣一起口中念念有词，施以福报。泰国龙仔厝三才公学中文老师提前准备，统一采购布施食品，并把食品用包装袋包好，等待僧侣们手持食钵走过来，然后双手合十虔诚恭敬地把食品放在僧侣们的食钵里，通过这种布施为普密蓬国王祈福，表达对先王的悼念。

每年学校都会举办这样的布施活动，一方面要让孩子们亲身体会与感受行善的意义，另一方面是要将行善积德融入学校的常规教学中，为国家培养出更多德才兼备的优秀人才。

# 童子军野外生存技能训练之厨艺训练

此刻，正午的太阳火辣辣地烧灼着大地，三才公学体育馆旁边的小树林里，一群身穿童子军服的泰国少年，正如火如荼地进行着一项训练项目的考核——童子军野外生存技能之厨艺展示。

三才公学童子军训练课，于每周三下午第七八节进行。今天，三才公学四年级以上的女生全部穿黑色皮鞋、白色袜子、墨绿色套裙，腰间系一条黑色的腰带，脖子上挂着一条黄色的领巾，头上戴着绿色的布帽；男生们统一穿上棕色的皮鞋，灰色的粗线长筒袜，土灰色的短裤，一条棕色的皮带扎在腰际，尺寸刚好的土灰色短袖上衣，左肩上别着表示等级的彩带，左右两边各有一个绿色的肩章，脖子上挂着一条青粉相间的领巾（不同的等级佩戴不同颜色的领巾）。现在，小树林里的男同学，戴的是黄色绳子环绕帽檐的土灰色毛毡帽，他们还有一顶镶嵌着金光灿灿的童子军军徽的枣红色的贝雷帽，那是上课或出席正式场合时戴的。

其实，我对泰国童子军这样的训练课期待已久了。在泰国，童子军是独特的团体组织，被称作"老虎之子"，在世界范围内享有盛誉，从小学到大学，每所学校里都有童子军组织。童子军训练作为泰国基础教育课中的一门必修课程，已融入泰国学校的日常管理工作之中，并得到泰国政府与王室的大力支持。每周固定一个下午，所有学生按照不同的服装色系列队，到指定场所进行训练，10人为一小队，每队有着不同的小队名称。担任教官的老师必须参加不同等级的童子军教官训练班，并获得证书才可上岗。

今天，三才公学所有的问候礼都以军礼的形式进行，级别低的童子军向级别高的童子军问候时是用食指和中指两个手指并拢敬礼，级别高的童子军则是用三个手指回礼。每周的今天早上，站在学校幼儿园门口值班的我，在迎接孩子们来校的时候，都被孩子们标准、恭敬的童子军礼所感动。

为了顺利完成今天这次野外生存技能之厨艺考核，每个童子军可是使出了"洪荒之力"。在条件有限的野外，当每个小分队分到一个小土炉后，童子军们分工合作，有的用木炭来生火，有的则纷纷拿出自己准备好的炒锅、铲子、菜刀、盘子、青菜、肉、蛋、面、调料等，有的负责洗菜切菜，有的负责搅拌鸡蛋……一切都热火朝天地忙碌不停，一切又都有条不紊地进行，没有抱怨，没有争吵。

"雨柯"和"美音"两个小分队是女生纵队，孩子们十一二岁，她们不仅颜值高，野外厨艺动手能力更是让人赞不绝口。"雨柯"小分队正在做的是猪肉青椒胡萝卜披萨，只见志玲熟练地把猪肉片倒到平底锅里，左手握住锅柄，右手不停翻炒，等猪肉炒到七分熟时，沿着小平底锅的周边，倒入事先搅拌好的鸡蛋，撒上细碎的胡萝卜丝和青椒，时而抖抖平底锅，时而抬抬平底锅，所有步骤有条不紊地进行着。一丝不苟的志玲，为了确保披萨的形状，把披萨直接倒扣在另一个平底锅上，经过两个锅的翻炒，一个色香味形俱佳的自制猪肉披萨成功出炉！此时，"美音"分队的一盘金黄色的泡芙煎鸡蛋和一锅香喷喷的海鲜粉丝汤也顺利出锅。

然而，"华文"小分队是八个10岁左右的小男孩，也许平时在家实践的机会比较少，他们还在为生火而急得直挠头时，旁边的"美音"小分队已经成功出炉一份泡芙煎鸡蛋了。他们几个小男生，脸上直冒汗，小小童子军们的脸，被藏在烟尘里。我走过去一看，原来他们生火时，把一堆树叶盖在木炭上，木炭闷在下面，一直冒着浓烟，无法燃烧。于是，我教他们用小木棍一边轻轻地从上炉的中间探松出两个小洞，一边用纸板不停地对着炉灶口扇风，这时浓烟变少，倏地，一股火苗冒了上来，几个小男孩都高兴得直接扬起锅铲，跳了起来。他们的一张张大花脸，如一朵朵金色的花，在阳光的照耀下，灿烂明媚无比。

当我走到几个9岁左右的小男孩组成的"轩宇"小分队时，只见他们正在手忙脚乱地把盘子里的饭搬到平底锅里，然后就直接把鸡蛋打碎。平底锅没有放到火炉上，而是被拿在半空中不停地晃动，金水随即淋上一层花生油，轩宇马上用手肘撞了一下金水，金水瞪了轩宇一眼，继续晃动，直到蛋清蛋黄和米饭全部混在一起了，他们才不慌不忙炒起蛋炒饭来。这样的蛋炒饭，我还是第一次见，随着锅铲不停地翻动，十分钟后，一盘半焦半黄的蛋炒饭也出锅了。旁边的泰文教官笑着对他们说："mei bian lai（泰语：没关系），你们下次先把饭炒得差不多了，再把鸡蛋打在碗里，均匀搅拌后，再往饭上淋鸡蛋汁，这样的蛋炒饭才不会焦。要团结，多练几次就好了。"童子军们连连点头。

美女教官 Gubai 告诉我："泰国童子军的训练主要是挖掘孩子们的潜能，激发孩子们的勇气和斗志，锻炼男生的男子汉气概和女生勇敢坚强的品质。但是，童子军只拥有单独的谋生技能是不够的，还要学习生活技巧，包括人际关系与团队关系的处理，让孩子在与队友长期共处的时间中体验学习。"

不远处的操场上，一至三年级的学生正进行着童子军的军规礼仪、打绳结、野外急救、野外生存等其他知识的学习，只见小小的童子军们，有的打绳结，有的过绳桥，有的过悬梯，有的匍匐爬过铁丝网，有的变换各种队形，有的齐步向前走……在火辣辣的太阳底下，每个人都忙得汗流浃背，但没有一个童子军叫苦连天或偷懒，相反，他们进行的每个训练项目都欢乐不断。

我顿时陷入了沉思：我们国内大多数的老师、家长担心孩子参加野外活动危险或有其他顾虑，不愿意让孩子参加过多的户外活动，退而求其次，选择让孩子去参加各种培训。但孩子们却因为长期面对枯燥乏味单一的事物，情绪容易愤怒或激动，缺乏团队协作的能力，也缺乏面对困难与挑战困难的斗志。而泰国的这些童子军，他们走出房间，走入野外，体验丰富多彩的成长活动，更注重健康的体魄、生存能力、意志品质、人际关系、责任承担能力等方面的锻炼。他们每周三的童子军训练时间虽短，但得到的教育和锻炼却很大。

此刻，我突然又想到我们国内的那些孩子们，如果他们在稳扎稳打学好功课之余，也能够经常进行一些野外生存技能的训练，那么他们应该也可以像泰国的这些童子军一样可爱吧！国内的孩子们和家长们，你们做好了童子军训练的准备了吗？等潘老师回国之日，我们也来一场中国童子军野外生存技能课，可好？

# 诗心无国界，诗海共徜徉

"春眠不觉晓，处处闻啼鸟。夜来风雨声，花落知多少。"

"床前明月光，疑是地上霜。举头望明月，低头思故乡。"

夹着泰音的琅琅唱诵声，正从教室里飘出来，回荡在三才公学偌大的校园里，这是我在三才听过的最好听的读书声。下午的素质拓展课，当我走到二年级（2）班教室的门口时，从教室门上的玻璃窗往里一看，只见班长佳乐正带领着其他孩子，摇头晃脑地背着我之前教他们的唐诗。

我内心一阵喜，即便他们不一定能都理解那些诗句的意思，我也觉得之前费那么大劲去教他们还是值得的。要知道，在我们中国人看来，诗词是可以给人以修养，给心灵以港湾，给灵魂以芬芳的。

然而，两首唐诗，精悍短小，每一首就只有20个字，要想让泰国的孩子理解中国唐诗20个字中的诗意，那还真不是件容易的事。

回想起第一次教他们读唐诗的狼狈情景，仍清晰如昨。

那天，永康、正林和洪西等几个活泼好动的小男生，满头大汗地从足球场跑回教室，兴奋无法收住。当我固定小展板在黑板上，声情并茂地朗诵了两遍，并一字一字地解释了诗意后，永康却一直在捣乱，时而哼着泰语歌，时而有节奏地敲打着桌子，沉浸在他的歌声里，完全忽视我的存在。我走到他旁边暗示他不要捣乱，他一直用泰语说"mei huao mei huao mei lu mei lu"（中文：不要不要不知道不知道）。

当我回到讲台时，只见永康对着正林使了使眼色，两个人一前一后来到黑板前，眼疾手快地扛起我的小展板，举过前排的桌子，绕过中间的位置，穿过课桌间的走道，直奔教室后排的空位。接着，像是要和我玩击鼓传花游戏一样，从教室的这个角落传到教室的另外一个角落，等到我把精心准备的小展板"抢救"回来时，上面的唐诗全部不见了。

"明月当空，皎洁的月光洒进船窗，船里的月光如霜，船外的星空明月，船内的人思念着远方的亲人。"一个漂泊异国的游子、一首思乡的诗歌、一个唯美的意境，就这样轻而易举地"破碎"在二年级（2）班的教室里。见惯了泰国孩子往日的调皮捣乱和不配合的场面，面对今天这种完全失控的唐诗课，我依旧只能强压内心的怒火，狼狈而归！

回到办公室，初三（1）班的若飞刚好来找我，一年一度的泰国西部中文学术比赛下个月就要举行。若飞，一个典型的泰国男生，皮肤黝黑，浓眉大眼，整齐洁白的牙齿，身材高大壮实，敦厚温和的微笑，他要朗诵的中国古典诗词是岳飞的《满江红》。每一次练习，若飞都穿上我给他定制的中国古代"将军"服，扮演成怒发冲冠、大义凛然、一身正气的形象。抑扬顿挫间，听者仿佛瞬间就穿越到了宋朝抗金时代的硝烟战场。若飞，即便他的朗诵中仍然带着浓郁的泰音，可是在我精心指导下，再加上网上有视频和图片辅助他理解诗意，经过两轮大验收，他的朗诵水平已经得到了英文校长和学校经理的高度赞扬。

若飞，因为朗诵我指导的《满江红》，一时间成了学校的"小明星"。然而，二年级(2)班的孩子们，竟然把我的唐诗课当成了"飞机场"，我，不甘心！我一边听着若飞的朗诵，一边心事重重地向二年级（2）班的方向看去，若飞似乎看出了端倪，憨笑着说："潘老师，永康这个小男孩，我认识，他很喜欢唱歌的……"若飞一语犹如醍醐灌顶，点醒了苦恼郁闷中的我。

由于文化背景不同，几乎每个中国小孩从三岁起就会背的古诗，泰国孩子因为没有语境，没有语感，当然不能理解诗歌的意思，更无法想象诗歌的意境。然而，歌声、音律是无国界的，永康他们喜欢唱歌，节奏感强，那我也可以让他们把咱大中国的唐诗唱出来！唱久了唱多了，诗心自然而然出来！

想到便做！第二节的素质拓展课，当我再次走进二年级（2）班的教室时，我不再一个字一个字去解释诗歌的含义，也不再要求孩子们去一笔一划书写这些汉字，而是以唱传唱，唱诵相结合，谁唱得好，就可以上讲台当小老师，教其他孩子唱。这节课，永康、正林和洪西他们都当上了小老师，下了课还兴奋不已。

后来，通过这样的唱诵方法，孩子们还学会了很多千古传诵、脍炙人口的中国古典诗词，如《草》《咏鹅》《悯农》《红豆》《虞美人》，初高中的孩子还可以唱诵《蒹葭》《雨霖铃》《将进酒》等。

很多时候，他们不一定能理解诗歌所表达的内涵，然而在我的中文课上，在孩子们的歌声里，始终回荡着动听悦耳的中国古典诗词。

这就是，我给他们种下的一颗幼小的"诗心"。

蒙曼说："中国人是有诗心的，它没有消失，一直有萌芽在心里，只是需要外界力量来激活。中国人的诗心，就好像一粒种子，本来就存在，只要一滴水、一缕风，它就能发芽。"其实，在和泰国孩子们一起的日子里，我每次教他们新的诗歌，总是能看到他们眼中闪烁着希冀的目光，不难看出，对于中国的诗词，他们是渴望的。我深深感受到了：诗心无国界，诗海共徜徉。

叶嘉莹先生也曾经说过："只要是有感觉、有感情、有修养的人，就能够读出诗歌中所蕴含的充足的、真诚的生命，并且生生不息。"

现在就读于北京中医药大学的泰籍留学生马雅薇同学在给母校的来信中满怀"诗心"地说："落红不是无情物，化作春泥更护花，我感谢我的母校——三才公学，您就像一棵参天大树，而我只是一棵生长在您脚下的小草，在您的脚下汲取知识，嬉戏打闹。您让我有了自己的梦想，并且已经得以实现。如果没有您，就不会有我的今天。我感谢我敬爱的老师，老师是阳光，我就是一朵含苞待放的花朵，在阳光的沐浴下绽放，是你们含辛茹苦的培养，才使我实现了我最初的梦想……"未来，湄南河畔，他真河之滨，诗心三才，茁壮成长。

想着想着，午后的阳光耀眼夺目，我抬头一望，一朵又一朵的阳光，竞相绽放，微笑着。

我推开二年级(2)班教室的门，脚步坚定有力地迈向讲台。讲台下，孩子们在佳乐的带领下，依旧摇头晃脑地唱诵着：

"春眠不觉晓，处处闻啼鸟。夜来风雨声，花落知多少。"

"床前明月光，疑是地上霜。举头望明月，低头思故乡。"

## 不要忽视孩子的童真

在泰国一个小渔村里，有一对相依为命的母女，妈妈以贩卖蔬菜维持家计。一次，小女孩在陪伴妈妈摆摊的时候，发现隔壁的豆芽摊生意很好，每天都能卖出很多的豆芽，于是，她对豆芽产生了浓烈兴趣，想自己种豆芽。面对女儿的要求，妈妈没有被小女孩异想天开的想法给震惊到，更没有因此否定打击，而是给以鼓励——"我们可以试试"。

然而因为没有任何经验，她们的第一次种豆芽经历以失败告终！于是，她们开始学习知识："豆芽菜必须在阴凉的环境中生长……"每天有人来买菜，母女俩就向路人询问请教，即使只接受过小学四年级教育的妈妈也努力识字读书。小女孩问妈妈："会管用吗？"妈妈微笑道："我们再试试。"然而，第二次，豆芽还是死在了幼苗期上！

面对前面一次次的失败，只有小学四年级文化水平的妈妈每一次都一副信心十足的样子，小女孩也依然没有放弃种豆芽。一次偶然的机会，来买菜的人落下了新买的报纸，小女孩无意中看到报纸上介绍如何种豆芽，她赫然发现："豆芽菜还需要早晚按时浇水。"于是，她们"一个脑洞大开＋一次旧物利用＋一场动手实践"的豆芽种植历程又开始了！她们在家周围收集被丢弃的塑料瓶，在瓶身戳了些小孔并装满水，再用绳子挨个捆绑在竹杠上，然后翻一下竹竿，把小孔那侧朝下，水就这样如雨点般滴了下来……"会有效果吗?""我们可以试试!"终于，功夫不负有心人，她们的豆芽成功长出来了！

从此，她们家的豆芽生意也越来越红火。那个种豆芽、卖豆芽的小女孩，就是 Netnapa Saelee。当年那个卖豆芽的小女孩，现在已经完成学业拿到了 Sarnrak Project 奖学金，目前在瑞典从事科研工作。

孩子的天性纯真自然，不要忽视孩子的童真。扬明是三才公学初二年级的学生，面容清秀，浓眉大眼。他是个小明星，拍过泰国有名的高露洁广告，也拍过很多戏。记得培训西部中文学术之古诗词朗诵比赛时，我找过扬明，一开始他来跟我学了几天朗诵，后因其他原因，没能继续参加培训。

在接触的过程中，我发现扬明很随和，好学，没有什么明星架子。每天来培训，必给我一个拥抱，接着把手搭在我的肩膀上，然后假装深情地对我说："老师，我爱你，你很漂亮!"我知道，扬明每次都爱逗我，他还特别喜欢跳舞，只要有音乐，在哪里都可以和同学、老师跳起舞来。每天看着扬明，很享受他那种活泼开朗、充满童真的快乐气息，跟着他，我仿佛也回到了纯真的学生时代。

从扬明身上，我似乎看到了泰国学生的家庭教育。在他们的家庭教育里，似乎没有刻意地去要求他们的孩子，也没有因为孩子是明星，就摆出一副众人围观或跟随的阵势。相反，很多家长会特别尊重孩子们的各种选择，学校的各种才艺选修课，学生都是根据自己的喜好来选。

小云是初一年级的中国台湾籍女生，学习优秀，能歌善舞，学校的每一次活动她都想表现自己。但很多时候，你得去求着她，哄着她，想尽一切办法让她配合你。在这次西部学术朗诵比赛中，她自己又想表现，但又不参加培训，每次去找她，她肯定找一堆理由来搪塞你，我都被她气哭过两次。有一次，听她妈妈说，下学期她们可能要转到另一所国际学校去读。小云的妈妈是贵州人，很能干，家里生意做得风生水起，从她妈妈的语气中可以听出，她的孩子很优秀，必须要送到更好的学校去。除此之外，每周周末都还必须去各种兴趣班。

其实，孩子就像一棵幼苗，在成长的过程中他们有他们成长的规律。然而，中国有很多家长都像小云的妈妈一样，喜欢包办孩子的一切，喜欢给孩子设计规划似乎很美好的蓝图，而忽视了孩子自然成长的养成教育。

多年后，Netnapa Saelee 回忆说："妈妈常挂在嘴边的 'we can try' 如同神奇的魔法般，浇灌了我好奇心的土壤，教会了我遇到困难也要保持乐观与自信，从容不迫地解决问题。"只有小学学历，却培养出博士女儿，因为她一直对孩子说这句话。试想，如果当时 Netnapa Saelee 的母亲，像一些爱管教的家长那样，只会逼着孩子死读书，对于孩子提出童真好奇的想法只有打压否定，那么，小女孩 Netnapa Saelee 也不会像今天这样了。

家庭教育对孩子的启蒙就像一颗颗小小的种子，沐浴阳光、接受雨露，成长的道路不会一帆风顺，但只要心底的希望不凋零，"再来试一试吧！"这颗小小的种子终会生根发芽。

家庭教育，不是想方设法去消灭孩子的童真，不是让孩子聚焦在各种镁光灯下，不是为孩子规划好人生版图，而是尊重孩子天性的发展，让童真回归。

# 泰国取经路上的"中国天使"

　　迎着泰国的第一缕晨曦，顶着睡意蒙眬的双眼，我们龙仔厝三才公学10位中文老师坐上校车，前往北碧府呈万育侨公立学校参加汉语教师培训活动。

　　由于司机对今天上午开会培训的地点不太熟悉，所以出发时间提前了不少。困意中，我们都无心欣赏道路两边的风景，一直靠在座位上，昏昏欲睡。车晃晃荡荡，弯弯折折地在路上奔波着。看看表已经出发了一个多小时，却才走了一半多点的路程，这对于没有吃早餐，又有些晕车的我来说，确实是个不小的挑战。

　　看我难受的样子，同行的田老师开始给我讲起了北碧府的美丽风光，我很快便被那些大自然的旖旎风光深深吸引住了。最重要的是电影《初恋这件小事》的拍摄地好像就在那里，一听这个我顿时睡意全消，跟田老师你一句我一句地聊了起来。车窗外的风景也仿佛渐渐变得美了起来，我开始放眼欣赏路两旁的风景，人生如行路，有些风景错过了就永远错过了。

　　终于，两个小时车程后，我们9位中文老师在田甜甜老师的带领下，如期到达北碧府呈万育侨公立学校。这所学校坐落在北碧府闹市中的一隅，建校至今已有84年的光辉历史了，它整洁、幽静、雅致，散发着浓浓的书香气息。一下车，"学海无涯，学业有成"八个中文字即进入我们的眼帘，接着我们马上得到了育侨学校的老师们的热情接待，只见他们身着亮丽的紫色上衣和黑色裙子或裤子，站成两排，整齐地向来参加培训的老师致以最诚挚的问候。待我们签到和领取资料后，由一位中文老师领着我们简单参观了校园，还参观他们学校的特色教室——"北京教室"，这是一个古色古香，极富中国古典味道的多功能教室。参观了一圈，育侨学校浓浓的书香魅力都给我们留下了美好的印象，我想这也许就是育侨学校吸引来无数学生和外教老师的原因吧。

此次培训活动还邀请了其他府各个华文学校的40多位汉语老师，有的是泰国本土的汉语老师，有的是来自我们中国的志愿者。虽然语言不通，但大家的脸上都洋溢着亲切友好的笑容。

今天，出席此次培训活动的领导嘉宾有许多的博士和教授，其中给我留下印象最深的是朱拉隆功大学亚洲研究所所长冯权耀博士，他分别用中泰两种语言对来参加培训的老师表示了热烈的欢迎，接着语重心长地和我们讲起他这么多年来研究汉语、学习汉语的经验，以及看到泰国人学习汉语困难时的感受。他说，现在泰国学习汉语的人越来越多，需要更多的汉语人才来推行中国文化，而泰国在汉语教育方面仍缺乏很多资源，希望汉语教师在泰国把中文教学做得更好。

冯权耀先生最后的演讲也十分出彩："从中国来的老师们，你们很辛苦，你们肩上的任务很重，你们是'中国来的天使'，你们是中泰两国文化大使。希望你们尽快整顿你们的日常生活，适应新环境，融入教学，深入课堂，希望用你们大爱的传播，能给我们学校的孩子们留下更多的中国文化的火种，能在这些孩子们的心底里点燃他们对中文学习的热情和希望，从而开启中泰文化交流新的篇章！"听了冯博士的话，我更坚信自己的支教选择！是的，任何时候，任何地方，没有人可以左右你的人生，只是在面对选择的时候，我们需要多一些勇气，去坚定自己的选择。在泰国的这些日子里，我们一定可以携手更多的泰国孩子走进更快乐的汉语学习课堂，一定能成为名副其实的"中国来的天使"。

　　泰国曼松德孔子学院公派汉语教师王玮副教授，给参加此次汉语教师培训的老师们上课。王玮副教授在培训过程中，另辟蹊径，不带翻译，而是让中国籍老师坐到泰国籍老师的中间，让两国的老师们互相帮助，共同学习交流。我被临时安排到没有汉语基础的泰国本土老师中间，不会泰语的我必须给她们当中文老师，解释并翻译王教授的课，否则她们今天就根本不知道王教授的讲课内容了。一整天，我就是靠着"中文＋泰文＋英文＋动作＋手势＋画图"的教学法和"出国翻译官"这个手机软件向她们传达和解说王教授的"问题教学法"的。通过我蹩脚的多种翻译解说方式，那四位泰国老师竟然也基本能理解王教授授课的内容，而我也从中也受到了很多的益处。让我收获最多的是，我与那几位泰国老师加了 Facebook 和 Life 的好友，现在我们在 Facebook 和 Life 里还经常交流心得，这就是语言沟通的魅力！只有大胆走出去，你的思想才能成功地被别人理解，学习中文亦如此。

　　培训会议结束时，一个泰国老师微笑着冲我竖起大拇指，用泰语对我说："今天你做得很棒！"这是在旁边的田老师翻译给我听的，这就是我今天来参加这次汉语培训活动最大的收获了——通过自己的全身反应法、翻译法、解说法、问题教学法等方法，成功地帮助现场没有汉语基础的泰国老师们理解了王教授的授课内容，这将给我的泰国支教生涯增添浓墨重彩的一笔。

相聚学习的时光总是太短暂，天下没有不散的宴席！会议结束离别时，心里竟然有了一些不舍和感伤！有时候，人生如行路，一路艰辛，一路风景。一个人所在的位置，很多时候就是自己一点一滴抉择出来的，但不见得每一步都具有决定性意义。

这次培训我们收获颇多，王教授的汉语问答教学法，在课堂上给学生更多日常表达和听力口语方面的训练，我们对汉语教学有了新的认知和视野。新的教学法激发了三才公学学生学习汉语的热情，提高了汉语教学质量。

在泰国传播中国文化的过程中，我们也愿意用坚持和爱心做船，渡更多的泰国学生走向快乐学习中文的彼岸。

因为，我们是取经路上"中国来的天使"。

## 明月千里寄相思

站在空空的走廊上

迷离的双眼

洞穿云雾

漆黑的高空

划出一道白光

那时的伤痕

遥远的天际

霎时被星光浸染

鹊桥上的故事

从此流传


站在空空的走廊上

冰冷的雨点

敲打我的黑夜

受伤的天空浸过雨水

粉红的花苞

颤抖着

在黑色中小心翼翼地绽放

犹如幽远而飘忽的双眸

是谁

偷走了夜的梦


空空的走廊

风轻轻拂过

没有痕迹

黎明的草尖上

闪烁着晶亮的小星星


八月十五，是中国传统的中秋佳节。

今年的中秋节，我便与泰国的小朋友们一起，学唐诗。

唐诗短小精炼，却蕴含深义。备课的时候，我们就认真地讨论过，想要将这节课上得好，就必须有特色。所以，我们从庆中秋、唱中秋、送中秋、寄中秋四个方面展开。

"庆"字好说，俗话说：民以食为天。那么从吃的上面去体会，既直观，又立体，不失为良策。这样既培养了小朋友们的动手能力，又能好好给他们解解馋。其中一名叫木兰的小朋友尤为可爱，她居然问我："老师，我们这做的是什么点心，这么好看，我都舍不得吃了呢！"

"是吗？这些花纹确实很美，古人为了一寄相思，将这种饼做成月亮的模样，是不是很应景？"

"老师，什么是应景？"

是呀，什么是应景呢？秋高气爽的日子，月光清冷。说不清的相思，便这样在天上地下，结成了一片。

孩子们的世界单纯美好，而成人的世界，却多了一些惆怅。

用了这样一个接地气的展开方式，我很高兴能受到小朋友们的欢迎。那么再往下去，互动的气氛就好了很多。

再说"唱"，我们怎么唱呢？这就不得不说起我们中国最有仙气的一位女歌者王菲，她的那一首《明月几时有》是最受欢迎的歌曲之一，又容易上口，教起来也相对容易。而在那袅袅歌声之中，我们也能一解相思之愁。

"送"，更不用多说，小小礼物就是他们自己的劳动成果。我们给所有的泰文老师送上中秋的祝福，再把吃不完的月饼，带回家里，送给父母，既尽了孝道，又不浪费，真是一举两得。

最后，"寄"中秋，从一个小小的祭典仪式中，感受中国古代文化的博大精深，同时也让泰国小朋友了解中国的礼仪，小朋友们何乐而不为呢？

回到宿舍，田老师便开始摆桌、研墨。沈老师则将没有吃完的月饼拿出来，大家将椅子在院子中置好，便开始赏月。王老师挥笔疾书：但愿人长久，千里共婵娟。笔墨之间尽是豪情挥洒，谁说不是呢？即使在千里之外，我们头顶的依然是同一轮明月，世界尽染同一般的相思。

谈笑之间，凉风习习。春华秋实，我们所带来的文化之种，现在也似树上那累累果实一般，在孩子们的心田里成长着吧！想到如此，便什么都值得了。

# 中国茉莉花茶与泰国学生的浪漫邂逅

三才公学第一节中国茶艺课。

简陋的茶室里，安静地播放着优美动听的古筝曲，一张长形桌子，上面铺盖着双层浅绿色绸纱布，桌上有序地摆放着各种精致的茶具，茶具下面衬着一张两头浸染着水墨荷花的竹席，竹席中间再搭配一条细碎蓝花布，一碟香味浓郁的茉莉花干花摆放在芭蕉叶茶盘的旁边，整个茶室弥漫着一股古色古香的韵味，美丽浪漫极了。

茶室里，我一个人静静地复习着茶艺表演的内容。八个学生，四女四男，循着古筝的旋律，走进了茶室。学生凯丽一看完表演，立刻兴奋地问："老师，我可以试一下吗？"漂亮的泰国女生香兰、月儿，她俩指着那些茉莉花纷纷说："好香啊，老师，我摸一下可以吗？"长平、文标、育星等人则用仰慕般的眼神看完我的茶艺表演。陈正玄是地道的中国人，来泰国读书三年了，他坐在一旁玩手机，只是当我解释那些茶具的术语时，他偶尔抬抬头，并不发表任何意见。

刘月，最后一个摸猫式地进来，一屁股坐到茶桌前的凳子上后，直接把双腿都盘到凳子上了，她身材微胖，皮肤黝黑，两条齐肩辫子，不浓不淡的眉毛下，一双不大也不小的棕黑色眼睛，有时贼溜溜的，尤其是跟男生打架时，眼神就像一把刀，让人胆战心惊，不高的身材却暗藏着巨大的力气。有一次，班上的大山故意戏弄她，结果，她一拳出去，大山就直接抱头蜷成一团，缩在教室的角落里了。

一杯清香的中国茉莉花茶，就这样略带忐忑地，邂逅了泰国的孩子们。这样美好的午后，茶道中的温杯涤器（洁具）、飞瀑跌宕（冲盖）、鉴赏香茗（赏茶）、群芳入宫（置茶）、温润心扉（润茶）、旋香沁壁（摇香）、春风化雨（冲茶）、天人合一（盖）等一系列茶道流程的示范和解说之后，我故意留了悬念"茉莉迎宾（敬茶）"和"啜香品茗（品茶）"两个流程没有马上解说。

当青花瓷盖碗开启的那一刻，一股清新淡雅的香味扑鼻而来，茉莉花茶汤在透明的公道杯里瞬间倾泻而下，茉莉花慵懒地躺在龙井茶的怀抱里，茉莉花瓣清晰舒展，龙井茶嫩芽根根翠绿饱满，仿佛紧紧相依却又保持独立。八个人异口同声地说："茉莉！（泰文音）"我笑着点点头说："对，在中国，这种带有茉莉花香的茶就叫茉莉花茶。现在老师泡的是茉莉龙井茶，是我巧恩姐姐获得国家专利发明的产品哦。"话音刚落，有人已经迫不及待地端起茶杯，一口气仰头就喝了。

可是，半秒钟不到，只听到刘月"噗"的一声，高喊道"Mei huao（泰语：不要了）"，抬头一看，只见她像一只胖猴，满脸通红地跳了起来，舌头伸出好长，还不停地用手对着舌头扇着风，滑稽可笑得很，估计是被烫着了。我笑着对大家说："mei bian lai（没关系），小心一点，不要急着喝，要先观察茶汤，闻闻茶香，看看茶形。"刘月使劲摆摆手说："Mei huao liao, Mei huao liao."然后迅速躲开了。其他人虽然没有刘月这么夸张，但眉头也是紧蹙，用泰语相互咕噜了一番。然后，凯丽说："老师，他们说很烫，很苦！"

于是，我颇有耐心地再跟他们解释说，中国茶不能一口喝完，要一小口一小口慢慢地喝，可以分三口喝完。当我再次让他们尝试喝时，刘月就一边用手捏着鼻子，闭着眼睛，一边用手端起茶杯，远远地侧着身子，小心翼翼地把茶杯放在嘴边试了又试。终于在我的反复鼓励下，成功喝下第二口，但是，一喝完，她马上塞进嘴里一颗糖。我再看看旁边的同学，发现文标他们把我准备的茶点——糖果和饼干，放到茶杯里，还用我的茶针不停地搅拌。看到这一幕，之前所营造的一杯浪漫的茉莉花茶的氛围瞬间被击得七零八落，而我那颗浪漫的茶心啊，拔凉拔凉了。

一把钥匙在手，一间茶室拥有。要知道为了这间茶室，我绞尽脑汁。当负责学校财物的鸡姐拿着这把钥匙给我时，我激动得对她又搂又抱，赶紧叫来实习老师卢春剑帮忙把房间收拾一番。小卢老师挪动旧铁架，我整理旧衣物；他搬走垃圾，我摆正长桌；再一口气把从中国带来的茶具、茶席等都扛了过来。经过一个下午的精心布置，三才公学史上第一间有模有样的茶室终于诞生了！那一刻，下午的阳光从木格子的窗户里轻轻斜洒下来，正好洒在整个茶台上，如梦如幻的画面，小卢老师情不自禁地赞叹道："真不愧是高级茶艺师的杰作！"

为了让泰国学生对中国茶文化感兴趣，我把从中国带来的所有茶艺书重新复习了一遍，还查阅了很多泰国人学习中国茶道的资料，最后才决定从"一杯浪漫的中国茉莉花茶"开始，来进行我的茶艺教学，因为不论是泰国还是中国，人们都十分喜欢茉莉花。

在中国，茉莉花洁白高雅，芳香持久，茉莉花茶是将茶叶和茉莉鲜花进行拼和、窨制，使茶叶吸收花香而成的。茶香与茉莉花香交互融合，尤其是巧恩独创的专利——茉莉龙井，这款茶满足了茶饮爱好者对花茶那份陶醉之情。

在泰国，每一个府每一条大街小巷，都洋溢着茉莉花的芬芳，人们非常喜欢茉莉花，尤其是重大节日时，都会购买茉莉花环，用于拜佛、祭神及向父母长辈和所尊敬的人祈福。茉莉花是泰国人心中的母爱之花，每逢母亲节，他们都会把茉莉花制成各种形状的手环或花盆敬献给母亲，代表着纯洁永恒浓郁的母爱之情。其实，一朵朵茉莉花，高雅洁白，馨香悦目，芳香持久，无论身处何处，它都体现了人们对美好幸福生活的追求向往。

只是理想很丰满，现实太骨感。三才公学第一节茶艺课，在满桌满室的狼藉中落下了帷幕。这样的残局，我心不甘，意不服。下课后，我找来陈正玄，问他为什么同学们不喜欢这个茉莉花茶，老师布置的茶室不够漂亮吗？陈正玄嘴角微微上扬，不屑地说："老师，你没看到泰国那么热，泰国人吃的东西有哪一样不加冰的？中国茶那么烫，他们怎么可能喜欢！还不如一杯冷冻的奶茶！"陈正玄这番话如一把重锤，捶醒了一蹶不振的我。

是啊，中国茉莉花茶香溢清远，更有着"在中国的花茶里，可闻春天的气味"之美誉。中国人历来喜欢信奉一种"苦尽甘来"的人生境界，中国茶文化更是讲究禅意，讲究"品"，品茶即品人生……然而，在泰国，一年四季炎热无比，泰国人每天都离不开冰，喝水都要加冰，从不喝热水；他们不喜热茶、苦茶，而是喜欢甜腻腻的东西；他们喜欢席地而坐，所以在泡茶、喝茶时习惯把腿都盘到凳子上……

今天，我的这杯浪漫的中国茉莉花茶，以这样的姿态邂逅了泰国的学生，没有一见钟情，却被他们的生活方式、饮食习惯重重地撞了一下腰。茶汤泼洒一地，但缕缕余香尚留。在简陋的茶室里，在孩子们离去的背影中，在芭蕉叶的茶盘边，那一盒茉莉花依然散发着淡淡的清香。

那晚，我一夜未眠。辗转反侧之间，忽然想起去年春节时，周老师教我们冲泡的秘制水果花茶。那种果茶，可以根据自己的喜好和口感，加入一些干花、山楂和水果，再用铁炉慢火细煮出来。茶汤口感清甜爽口，又有消食美容的功效。当时，那一壶茶一直煮到凌晨，客人们都不愿意离升。

顿时，我豁然开朗。在第二次的才艺课上，我发明了自己独创的"茉莉龙井果茶"。在原先的基础上，于台上摆上各式水果，由孩子们根据喜好自行加入，并且也准备了冰块，如果孩子们怕烫，便可以在茶中加入适量，形成一种适合在泰国饮用的中国茶。在甘甜清亮的各色茶汤中，在孩子们笑容灿烂的脸上，我感受到前所未有的成就感。从袅袅的中国茶香中，我仿佛看到了这款中泰结合的水果花茶瞬间也芬芳出缕缕的茉莉馨香。

最后一节茶艺课上，很多慕名来听课的泰国孩子们涌入这个简陋的茶室，他们扬起笑脸，像一朵朵盛开的茉莉花，恳求说："老师，我想泡一杯中国茉莉花茶。"

原来，一杯浪漫的茉莉花茶，不仅要好喝，还要让喝者感觉到自己浓浓的情意才行。只有在每一件小事上，都赋予足够的真诚和耐心，

中国茉莉花茶与泰国学生的浪漫邂逅

最终才能赢来温暖的回报。

　　那一刻，他们的笑容和渴求的眼神，就是对我这个中国老师最大的肯定。

# 第三辑　别样的文化

　　一朵一朵的时光，安然地盛开；一朵一朵的文字，优雅绽放。做不到转身天涯，便把一次次经历、一次次念想、一次次碰撞，静思于案，零落成文，把遇见写成诗意的颜色，把碰撞写成萌芽的种子，与不同文化旖旎相逢。当异国文化的种子种在各自的心里，用爱去温暖，用德去浸润，然后静待秋天。那时，这些种子会生根、发芽、生长、开花，长成参天大树，结出累累硕果。最美的风景在路上，最美的时光在心里，最美的文化在交流中。

暮色生凉

一片花瓣凋零

带走了夏的秘密

一份缘分逝落

酿造了秋的悲剧

雨季本已萌芽

无奈竹叶萧萧

在流失的季节

榜走了阳光的璀璨

颓靡——

# 有一种爱需要亲历才会懂

今天是阳历 2016 年 6 月 9 日，是我来到泰国的第二天，也是农历五月初五，泰国国王普密蓬·阿杜德登基的纪念日。每年这天，一些泰国民众都会在泰国首都曼谷的大王宫外集会，举行各种庆祝活动。

普密蓬国王 1946 年继承王位，在位 70 年，是泰国历史上和当今世界在位时间最长的国王。但 1950 年农历五月初五举行登基大典的日子，才列为他的登基纪念日。今天，泰国依例放假，人们隆重纪念，以示对国王的崇敬与拥戴。

以前只是听说过普密蓬国王的一些事迹，在正式踏上泰国的土地后，我才真正感受到普密蓬国王强大的人格魅力。于是，我找来很多关于他的历史，认真地阅读，以此来完善我内心对他的认识和了解。

普密蓬国王 1927 年 12 月 5 日生于美国马萨诸塞州一个名叫剑桥的城市，两岁时丧父。1933 年随母移居瑞士洛桑，曾在洛桑大学攻读理科。1945 年回国。1946 年 6 月 9 日，其兄阿南塔·玛敦国王突遭暗杀，1946 年 6 月，18 岁的他登基继位，成为泰国拉玛王朝第九世国王。他在登基大典上发表的第一篇御训说："吾将以德治国。"而且他倾其一生都在为他的这份对全国人民的誓言而奋斗。

看过一则报道中曾经这样说过："泰国普密蓬国王是泰国人心目中悲天悯人的'神'，泰国人民对他的爱是发自内心的，没有经历过你不会懂。"

了解普密蓬国王越多，我的内心深处对于他的敬重与佩服就越多。我一直固执地认为国王大多更喜欢政治一些，多少都会让人感到有些严肃，但普密蓬国王却不是这样古板而肃穆的传统国王形象，相反，他爱好广泛，且"热衷音乐并作曲作词传唱至今，曾获奥地利音乐学院音乐博士学位"。这让他的身上闪烁出了更多智慧与亲民的光芒，他是一个内心充满了美好情怀的国王。

普密蓬国王的个人魅力还在于他学识过人、多才多艺。他精通多国语言并撰有专著，能讲流利的法语、德语；除此之外，他更是一名资深的摄影艺术家，曾多次出国举办个人影展；另外他还深谙机械制造工艺并获得多项欧洲发明奖，这一项项的超强履历，让他整个人生的每一个阶段都如一颗颗璀璨的宝石一般，熠熠闪光，令人敬仰。

普密蓬国王还是快艇和风帆好手，年轻时曾代表泰国参加国际快艇赛并得过奖牌，还曾驾风帆横渡泰国湾。在位期间，他的足迹遍及泰国各个角落，广受泰国人民爱戴。普密蓬国王生前积极推动中泰关系，曾接待过多位到访泰国的中国领导人。对推动中泰文化方面的发展起到了巨大的作用，也成为中泰友好的见证人。

普密蓬国王在他人民的心目中，是"神"一样的存在。他不但个人才华横溢，更是一个内心充满仁爱的君王。他从不会只顾个人享受，而是时时事事都以他的人民为重。无论在国家的盛世欢歌之时，还是危机存亡之际，他从未放弃过他的人民，他总会把他的国家和人民放在心头最重要的位置上，荣辱与共。

泰国人对他们的国王万分崇敬。每年里，与王室相关的泰国节庆盛会有却克里王朝开国纪念日、泰王登基纪念日、春耕节、诗丽吉王后诞辰、万寿节（普密蓬国王诞辰）、五世王纪念日，一个接一个。而且，国王的生日被确定为泰国的国庆节和父亲节，王后的生日也成为泰国的母亲节。每逢这些节庆，泰国人不用官方组织发动，民众都自发参与、乐于庆祝。

今天，在这个普密蓬国王的登基纪念日里，所有泰国人都穿上黄色的衣服，以此来表示尊重与惦念。我们几个中文老师也入乡随俗，穿上了黄灿灿的上衣，这衣服是昨晚陆老师加班帮买的，250泰铢相当于人民币50元，质量真的挺好！我们和其他的泰国人一样，都怀着无比崇敬的心情来庆祝这个日子。

在普密蓬国王的登基纪念日里，每一个人，每一份爱，都来自于每一颗虔诚的心。在这个特殊的节日里，人们都默默地悼念着普密蓬国王。在这个国家，他的灵魂已经和他的祖国血肉相铸，心灵相融。

# 泰国城隍庙游行

　　2016年6月12日，是我来到泰国龙仔厝三才公学的第五天，也是泰国龙仔厝府一年一度隆重的城隍庙游行活动的日子，它是泰国最重要的节日之一。

　　这一天，整个龙仔厝府的人们，纷纷穿上节日的盛装，沉浸在节日的欢乐氛围中，人们通过游行庙会的形式，祈祷城隍公保佑合家平安、生意兴隆。

　　这一天，人们还制作各式各样精美华丽的花车，花车上有的是高端大气的国王庄严头像，有的是端庄的王后精美头像，还有的是在车上表演节目，整个府都洋溢着一派热闹非凡、隆重无比的节日气氛。

　　这一天，我们三才公学很荣幸地受到龙仔厝府的诚挚邀请，也到街上参加游行活动。中英泰三语全体老师都穿上富有节日特色的盛装，如约参加这个隆重的节日。

　　今天，四十度高温的太阳下，地上还源源不断地散发出腾腾的热气，跟着队伍游行了整整三个小时，对于我，无疑是一次前所未有的艰难考验。

这样持续高温的烤炙，要是在国内，我早已呜呼哀哉了。记得那年也是6月，我到市里的另一所学校去开会，骑着小电驴的我，顶着炎炎烈日，回来之后，直接中暑了。

然而，今天是我来到泰国后的第一次亮相。听老教师们说，游行的一路，都有泰国电视台跟踪拍摄，这就意味着，如果你的形象不佳，全泰国人民都能看到，甚至是中国。于是，为了这次亮相，为了中国教师在泰国的形象，作为新来援教的侨办老师，我们早已提前两天做好了各种准备工作。

中国也有城隍庙，它起源于古代的水庸祭祀，水庸即隍城，为《周宫》八神之一。"城"原指挖土筑的高墙，"隍"原指没有水的护城壕。古人造城是为了保护城内百姓的安全，所以修了高大的城墙、城楼、城门以及壕城、护城河。他们认为，与人们的生活、生产安全密切相关的事物，都有神在，于是城和隍被神化为城市的保护神。其实不论是中国，还是泰国，人们去城隍庙游行祭拜，都是为了祈求来年风调雨顺、国泰民安。

我们龙仔厝三才公学中文部，每一年都努力把中华文化展示给泰国朋友，给当地人民播撒中泰友谊的种子。于是，今年，我们游行的主题仍然是"中国古代婚俗"。

城隍庙游的今天，我们的队伍庞大，整齐划一，身着中、泰、英文化元素服装的三位司仪小姐，高举学校的牌匾，行走在队伍的最前方。新郎新娘、伴娘伴郎、媒婆均由中文教师扮演，迎亲队伍由身着旗袍、唐装的泰文教师扮演。其他教师统一着富有喜庆色彩的"中国红"。订婚包括纳采、问名、纳吉、纳征、请期、亲迎等六个步骤，其中"媒妁之言"的媒婆在古代婚姻中是必不可少的，而新郎新娘的婚服也代表着中国传统服饰的精华。

此刻正值正午，太阳发怒般地燃烧着，吐出万丈火焰。早上出发时还白净的我们，这会都已经明显地变成了一个个小铜人。本来就很黝黑的那些泰文老师，在太阳的直射下，便越发地锃亮了。

我已经不能像先前那样穿着中国的旗袍，优雅端庄地走在如此炎热的大马路上了。此刻，我已经奄奄一息，就连睁眼的力气都没有了一般，整个人似乎昏昏沉沉，飘飘荡荡，眼看着就要倒下了。

突然，有一个人稳稳抓住我的肩膀，合着我的步伐，边走边急切地问我："老师，老师，a lai wa，a lai wa？（泰语意思：怎么啦？）"这时，我才猛地清醒过来，一看是学校的经理黄玉灵女士。

今天，经理穿着一件艳艳的中国红，不停地穿梭在我们游行的队伍里，时而询问老师们准备的情况，时而关心生病老师的身体，时而帮老师们检查游行的道具。整个城隍庙游，她一直和老师们坚守在太阳底下三个多小时。

现在，经理左手拿着一小瓶薄荷药，一会对着我的鼻子让我吸，一会对着我的嘴巴让我呼，右手拿着一张小手帕，不停地给我擦着汗。这时，路边的一个大妈，及时送上了一把太阳伞和一瓶水。阳光下，我们三个人共同撑起的这把红色的太阳伞，闪耀着无比夺目的光芒。

有一种眼泪，叫作力量。我一个新来的中国老师，能够得到经理和路边百姓的呵护关照，瞬间，有种被妈妈照顾的女儿的感动向我涌来，力量骤然间也成倍地生发。因为泰国人很爱笑，即便语言上无法沟通，即便我们每次交流都需要手脚并用，但我仍能从生活的点滴和他们的笑容中感受到那份真诚。

这次游行，我没有晕倒，也没有当逃兵，我一直坚持到了游行的结束。其间，所有参加游行的人，都可以随时享受到街边百姓送上的冰镇饮料、点心和水果，甚至有的百姓还送上冰镇的湿纸巾、毛巾等。我也不断地从这些泰国老百姓手中，接过一瓶又一瓶的水，接过一张又一张的湿纸巾。

一年一度的城隍庙游神活动，不分种族，不分肤色。在这里，我不仅感受到了满满当当的热情和包容，善良的泰国人还让我们感受到人与人之间的真诚友爱，而隆重的节日氛围更让我们感受到城隍公那神秘无比的庇佑力量，愿泰国的明天更美好！愿祖国明天更辉煌！愿中泰两国人民的友谊永驻！

## 乡愁的底色

　　记得古龙写过这样的句子："再心如死灰的人，一进菜市，定然厄念全消，重新萌发对生活的热爱。"当时是觉得有些矫情，不可理解。那时候，喧闹的菜市场中，充斥于耳的是菜贩的叫卖声、家禽的啼叫声，挤挤蹭蹭的是来来往往运送菜蔬的商贩、挎着菜篮边走边讨价还价的主妇们——在我眼里菜市场就是"脏乱差"的代名词，菜市场的嘈杂里夹杂着粗俗的市井气息。

　　经历一周如打仗一般的生活：备课、制作教具、指导学生和组织活动等各种忙碌，到了周末只想躺在床上昏睡到天明。大家都看出我的情绪了，硬拽着我和陶老师，跟着她们一起去菜市买菜，说权当休息散步了，我拗不过就去了。

　　泰国龙仔厝寺庙市场，就是一个普通的市场，不大，但是很规整。由于去的道路颇为不便，嘟嘟车载着我们，呼啦啦摇晃在那不宽的道路上。一路上，随着嘟嘟车的颠簸起伏，除了要承受迎面而来的太阳风，还得忍受漫天的灰尘，舍友们兴趣高涨，而我没有特别的欲望。可是陶老师不一样，她来这里已经九年了，我们在她的带领下和泰国菜市场有了第一次亲密的接触。

一进市场，热带地区高饱和的颜色无处不在：金黄金黄的芒果，鲜红鲜红的火龙果，紫黑紫黑的山竹，翠绿翠绿的时蔬。一摞摞，一叠叠，一捆捆的就直逼你的眼。深呼吸一下，除了醉人的果香外，还有浓郁的异香：东南亚本来就是香料的王国，那些个小摊，一扎扎的香茅、罗勒、薄荷、木姜子和不知名的香料植物，有些还滴着露珠，苍翠欲滴地、盎然春意地对我微笑！

心里就像被什么拱了一下，发芽了。残存的那点倦意瞬间消失不见了，我撒开了欢，拉着舍友们，跟着陶老师穿梭跳跃。这么水灵，我要！这么鲜嫩，我要！这个没吃过，要！那个没见过，要！不一会工夫，七八个袋子就沉甸甸地挂在手上肩上，心里盘算了一下，我半个月伙食费应该没有了吧！管它呢，就当补偿这两天的劳累，犒劳自己吧！

陶老师笑着对我们说："怎么样，和国内比？"我笑着说还是有些不一样，我说的不是商品，而是说不出来的感觉。

陶老师要买鱿鱼，拉着我们去她熟悉的摊。老板和她熟悉地打着招呼，并告诉她，现在的鱿鱼太小，等会有更好的，他会帮忙留着。陶老师见我们大包小包的，就帮我们卸下来，留在鱿鱼老板摊里，说等下回来拿，她带我们去好地方。

我偷偷地问："不怕不见吗？"她说不怕，这里全民信佛，民风淳朴善良。在公共场所也没有什么人大声喧哗，一切都轻，什么都慢，到处都听见泰国人的口头禅："zha yan yan（慢慢来）"。我定下心观察，每一个摊主的确都不紧不慢，也不大声叫卖，和顾客以目示意，微笑以对。阳光下，如一尊尊佛像，慈祥、平静。

她带我们来到一个摊位，熟悉地和老板娘打着招呼，带我们坐下，原来她带我们来吃粿条。只见老板娘麻利地烫着粿条，下着蔬菜、鲜虾，最后浇上一勺冬阴功汤底，红绿白相交。我尝了一口，酸辣鲜香。我抬起头说："有点像老友粉。"她笑着说："想家了?"我反问她："你不想吗?"

她叹了一口气："能不想吗?"

我看着这个年轻的女孩，她用九年的青春换来了一口熟练的泰语，换来了对龙仔厝一草一木的熟悉，也换来了三才公学中文教育的发展啊！可是背后的酸楚谁能想得到。

我突然想起我国内的学校旁边也有着南宁市江南区最大的农贸市场。每天放学后，我带着儿子去买菜，以前的情景历历在目：牵着儿子，教他辨认各种蔬菜水果，尝试和各种摊贩讨价还价。我发现当时嫌恶的市场的嘈杂声竟然那么亲切，我还记得那个熟食摊的阿姆夸铮铮聪明，硬塞给他一个苹果；那卖菜的大姐看见我买了排骨，送给我一小袋她家里刚出地的花生让我回家煲汤。

其实，跟着陶老师，我们在市场里来回穿梭，像当地人一样。在古旧的巷道里穿行，在集市上品尝当地的食物，各人都挑选着自己喜欢的水果和蔬菜。我发现两地的菜市也没什么不同，都是温暖的人情和浓郁的烟火气，年轻时厌恶菜市喧嚣，其实是逃避生活真实的模样啊！

陶老师抬起头说："以后想家的时候，就来这里吃一碗，粿条本来就是中国传过来的食品！"我固执地说："还是我们大南宁的老友粉好吃！"我们几个都大笑起来。

吃完粿条，我们又打包了新鲜的炸鱼。扫荡一轮后，我们来到鱿鱼摊上，老板娘早就把鱿鱼捆扎好，并把我们的袋子也贴心地归类整理好了。临走前，老板娘出乎意料地从摊上拿给每人一串茉莉花手环，给我们系上，双手合十祝福，脸上洋溢着善良的微笑。

哇，这真是惊喜，这就是人情！我嗅着沁人心脾的茉莉馨香，回望暮色中的寺庙市场，这菜市场鲜活地记录了世间人生百态，五味杂陈，酸甜苦辣。正如美食大师蔡澜说："每到一地，必要逛一下当地的菜市场，那是城市里最市井、最真实的地方。"如今，能在异乡看到类似故乡的美食，对思乡的心与不服水土的胃，都是一种难得的慰藉。

对呀，无论身处何处，有了菜市场，就有了生活的根，就有了对辛苦拼搏生活的憧憬和希望。

充满烟火气的菜市场，它不仅把生活的万般滋味呈现给你，还构成你最安稳宁静从容的乡愁底色。

# 母亲节，不一样的仪式感

6月12日，是泰国的母亲节，也是当今王后诗丽吉殿下的生日。

这天的龙仔厝三才公学，连空气里都弥漫着浓郁的母爱。

活动定在学校的体育馆内举行，这里已早早被装饰一新，到处洋溢着节日的气氛。而外派的中文老师们，制作了两棵挂满卡片的"亲情树"，卡片上全是孩子们对母亲的祝福；中文部幼儿园的大展板也不逊色，大朵大朵的蓝色茉莉格外醒目。

上午10点整，龙仔厝三才公学母亲节的庆祝活动正式开始了！

活动主要以"感恩母亲"为主题，分为布施诵经、向诗丽吉王后和母亲敬献代表母爱的茉莉花环的仪式、才艺表演和亲子活动四大环节。

首先是诵经布施环节，19名僧人整齐地排坐在舞台上为诗丽吉王后和天下所有的母亲诵经祈福，然后依次围绕学校的体育馆走过。等候在两旁的学生、家长和老师们将早已准备好的食物和香烛放进僧人的僧钵中，僧人们口中一直念着佛语。

其次是副主席向诗丽吉王后寄祝福祝愿语，学生代表向母亲表达感谢的仪式。

在才艺表演环节，孩子们都倾尽全力，表演了自己的拿手歌舞。

除了当天的庆祝活动之外，学校各个部门、班级还组织了一系列其他活动，如"感恩母亲节汉字抄书比赛"或"感恩母亲节作品比赛"，全校近千名学生积极参与，热闹非凡。

在这样隆重的一个节日里，我感受到了泰国文化的博大精深。

泰国是一个全民信仰佛教的国度，信仰是一个国家最富有诗意的尊严。泰国母亲节与王室文化有着重要的联系，走在泰国的任何一条街道上、一家商场、一家小商店，或者进入一个人家里，你都可以看到当今国王普密蓬·阿杜德陛下和诗丽吉王后的画像。

母亲节前的连续几天，泰国各地都举行斋僧等佛事活动，为王后纳福；社会名流在报纸上刊登广告，敬贺王后寿辰；各大植物园开办花展，恭祝王后千秋；走进泰国龙仔厝三才公学，你也随处都可以看到他们的雍容画像。而在今天这个盛大隆重的母亲节里，诗丽吉王后的画像被装饰得更加富丽堂皇和雍容华贵了，对王后诗丽吉的祝福语和祈祷祝愿的话语更是浪花翻腾一般，仿佛人人都有做不完的祈祷和祝福。

若要说起泰国母亲节的历史，可以追溯到1976年。人们为了歌颂诗丽吉王后的功绩，泰国政府开始把她的生日定为母亲节，也是泰王国法定的母亲节。这一天，泰国各机关学校放假，人们举行各种庆祝活动，颂扬王后的品德与功绩，同时，将清香洁白的茉莉花献给挚爱的母亲，为自己的母亲祈祷，表达深深孝心。

礼仪，最富有敬意的文化。

泰国同样是一个重视礼仪的国度。除了平常对于礼仪细节的规范，这种文化还深深地刻入他们的骨髓里。

泰国人对着装也有要求，在母亲节这天，所有人会自觉穿上蓝色衣服，以表示对王后诗丽吉的敬仰与祝福。

礼者，敬也。在人际交往中，既要尊重别人，也要尊重自己。在人际交往中，不仅要有"礼"，而且还要有"仪"。十里不同风，百里不同俗。随着社会发展不断加快，其实不仅仅在泰国，不论是哪个国家，文明礼仪都显得尤为重要，小则影响自己一个人的形象，大则影响到一个民族和国家的形象。重视礼仪要从自身做起，一个人的举止、表情、谈吐、待人接物等方方面面，都能展示他的素质修养，代表一个国家的形象。因此，任何时候，任何地方，礼仪文化都是不能丢掉的文明。

茉莉花，最富有香气的母爱。

在泰国的每一条大街小巷，都洋溢着茉莉花的芬芳，这里的母爱之花不是康乃馨，而是茉莉花。

一串串茉莉花馨香悦目，它体现着泰国民众对信仰的坚定追寻，同时也是对美好幸福生活的向往。

这一天，孩子们会回家向母亲请安，他们称为"拜"妈妈。泰国的年轻一代表示，即使工作再忙碌，也会停下来陪妈妈吃饭，陪妈妈说话。在我们学校门口住的一个学生，叫赵慧敏，她告诉我们，从小吃妈妈做的饭长大，母亲节这一天她要亲自下厨为妈妈做一顿饭，还要带着姥姥一辈，三代一起出去游玩逛商场，一起为母亲挑选节日的礼物。不管价格多少，都是自己的一片孝心，而在精心挑选的礼物上再包裹上美丽的包装纸，少不了还要一束茉莉花。所以，这一天，也是以母亲为核心的一个家庭团圆日。

颜色，最富庄重的表达。

泰国人普遍喜爱红色和黄色，对蓝色也颇有好感，国王是黄色，王后是蓝色（很多搭乘过泰航的人都会对"紫色泰航"的典雅高贵印象深刻），王子是橙色。

　　所以母亲节这一天，泰国的人民都穿着蓝色的服装，来表示庄重。

　　南怀瑾先生说过："一个国家，一个民族，最可怕的是自己的根本文化亡掉了，这就会沦为万劫不复，永远不会翻身。"是的，"文化是人类智慧与经验的结晶，是人类为了生存、发展和自身的提升，所从事的各种活动、各种行为的成果的积淀总和，是人类在其社会历史发展中不断创造、总结、积累下来的物质财富与精神财富的总和。文化是一种历史现象，是历史发展的体现，文化是具有多样性，是共性与个性的统一"。

　　世界上只有一个词，发音几乎都是相同的，这就是"妈妈"。在这里度过一个母亲节，也是接受一次文明的洗礼。我不能不说，自己也深受感染和启发。身为游子的我，更希望在明年今日，可以在母亲的膝下浅笑低吟，能够在厨房里为她做上一顿可口的饭菜，可以陪伴在她的身边。

　　能在泰国度过一个如此有意义的节日，我心欢喜。

# 初遇泰国敬师节

"天地君亲师"，在中国传统文化里，教师所处的地位非常高。而在泰国，则更是尊崇。所以泰国的教师节，一年有两次：一次是6月19日的"敬师节"，另一个则是1月16日的"拜师节"。

到达泰国的第三周，我们便赶上了泰国一年一度的敬师节。

在泰国，敬师仪式感十足，非常庄重，它是学生向老师表示虔诚敬意的重要方式。

敬师仪式上，学生们手捧鲜花，向老师们献歌，老师们分批坐在椅子上，等候学生们献花和跪拜。学生们双手捧着制作精巧的鲜花，行合十礼，向老师们磕头跪拜，并额头贴地真诚地拜谢老师的教诲，最后再诵读泰国传统经文以表达祝福与感谢。

之前就听陶老师说过，学生会把自己前一天精心做好的花盘献给老师，所以，在敬师节的前一天，学校全面停课。老师会亲手教学生做花盘，学生们则拿着准备好的材料与老师围坐在一起，共同制作捧花。

敬师节的拜师仪式在学校的四楼大礼堂举行，一大早整个学校都弥漫着浓浓的茉莉花香和浓浓的师生关爱之情。当我们来到四楼礼堂的门口时，看到偌大的礼堂里坐满了学生。

仪式马上就要开始了，先由主席黄迨光博士面对国王的御照进行参拜，然后行上香仪式，最后再进行致辞。至此拉开敬师节的帷幕。

紧接着，全体学生起立，由老师带领学生们唱颂歌。颂歌结束后，敬师仪式便正式开始了。首先，由各个年级的代表向台上的主席及领导行跪拜礼，并送上精心准备的各式各样的捧花。主席及其他领导、老师轻轻拍着学生的后背，勉励寄语学生，最后学生献花，跪着行走出来，离开教师座位区后才能站立，然后按顺序回到班级队伍中，学生代表向校领导行礼。

随后，各个年级的老师分别到台上接受学生跪拜。从教十二年来，第一次正儿八经地端坐在主席台上接受学生们的跪拜，我的心情不可谓不激动。

看着学生们排着整齐的队列，由主持人引导跟着音乐的节奏慢慢走向主席台，然后跪着行进至老师们的面前，虔诚恭敬地献上捧花和茉莉花环，我的心都要融化了！

从教十二年来，第一次感受如此庄重的礼节，我尽量让自己的表情看起来平静些。你看，从幼儿园到高中的学生都按顺序排好队，一个班接着一个班地上主席台来。

敬礼的方式也很有讲究：他们先要向佛像敬礼，然后再向国王的画像敬礼，最后才可以向老师献花。

学生们必须跪在老师前面向老师行礼后才能把花盘送出，老师则要对学生们说一些激励的话，并表达感谢和祝福。

献花仪式结束后，再由学校主席黄迨光博士给去年获得优秀奖的同学颁发荣誉证书。

即使是平常最顽劣的学生，这一天，也必然怀着一颗虔诚的心，向敬爱的老师献上自己的花束。他们的表情或许有些羞涩，却也是庄重的。

拜师活动结束后，礼堂里散发着浓郁的茉莉花香。

对于教师来说，"善之本在教，教之本在师"。敬师节活动为老师们提供了亲近和了解学生的机会，更重要的是也提醒着老师们为人师表的责任。"拥有仪式感的孩子，内心拥有满满的安全感，对生活和未来充满希望和生机。"有人这样说。是啊，把这些传统的礼仪传承给孩子们，这既是对老师的尊重，也是对待生活认真的态度。有时候，借助仪式感，便可以让生活慢一些、庄重一些、认真一些，也可以让孩子们有一些不同的体验，这何乐而不为呢？

第一次在异国感受着仪式感十足的敬师节，这种虔诚隆重的礼仪意义如此非凡！我想，在异国的学校里，我应该更好更多地去传播我们优秀的中国文化，这才对得起坐在主席台上接受的孩子们那恭敬虔诚的敬师礼。最后，我想借用一位朋友在我赴泰援教那一天给我发来的壮行词，略表激动心情：异国他乡为援教，三才公学三语棒；泱泱华教耀泰国，主席功高声誉扬。愿三才公学明天更美好！

# 别样精彩的东盟日

　　舞台上，稚嫩的童声中夹着浓浓的泰式中文童谣，孩子们跳着别具一格的泰国舞蹈，我们都被他们纯真的笑容深深地感动着。那样的笑容没有杂质，没有哀愁，只有一起学习中文的快乐。

　　8月5日星期五，泰国龙仔厝三才公学为期一周的东盟日活动落下帷幕，但我们都徜徉和沉浸在东盟"10+3"的趣味学习和跳蚤市场展会的欢乐海洋中。我们对东盟国家文化的学习永不停止，我们对三语学习的脚步也永不停休。

　　为了向所有师生及家长全方位的宣传东盟知识，我们学校从8月1日星期一开始，升旗仪式结束后，便会由三才公学中文部（中国老师）、英文部（菲律宾老师）、泰文部（泰文老师）的老师们组成的"介绍团"，向全校师生介绍东盟"10+3"各个国家的国旗、国花、饮食、服饰等方面的文化，每天早上介绍2~3个国家。根据学校的教学特色，我们中文、英文、泰文三种语言每个国家的风土人情和饮食文化都丰富多彩，"介绍团"成员介绍得眉飞色舞、神采飞扬，学生们听得津津有味、目不转睛。全体师生，时而舞动双手，时而欢呼，时而掌声阵阵，时而欢歌唱起，时而安静注视……总之，东盟周的每一天，三才公学的校园里都洋溢着快乐的三语学习氛围。

一周以来，在所有东盟"10+3"的国家介绍中，最有特色最有亮点的就是我们中文部介绍的大中国。我们中文部向全校师生介绍中国的国旗、中国的梅兰竹菊、中国的唐装旗袍和中国南北方典型的饮食特色。我们中文部的全体老师身穿中国特色的唐装或旗袍，李老师扛着中国国旗，昂扬地走上舞台中央，我们女老师有的手上拿着花中四君子的长画轴、有的拿着介绍饮食文化的展板，优雅有序地走上舞台，一一向全体师生介绍我们大中国的特色文化。

花中四君子画轴是我临时让国内的朋友空运过来的，也正因为有了这四幅"梅兰竹菊"的画轴，才使得大中国的介绍环节更加形象和富有浓郁的中国味。当我们介绍完中国文化，集体在舞台后面站立时，泰文部校长一直给我们竖立起大拇指，说我们做得精彩绝伦。

之后的几天，当我们走在校园里，很多师生对我们的精彩表现还念念不忘，经理黄玉灵女士特意高度表扬了我们。那一刻，我们觉得之前所有的辛苦与付出都是值得的。即使再苦再累，那颗爱国的心都会激扬着我们去把最具神韵的中国文化，以最美的姿态呈现在世界的面前。

其实，学校举办这样的东盟日和东盟周活动也是在不断践行泰国三才公学的三语教学理念，为学生创造良好的三语学习氛围，向全体师生介绍和宣传各个国家以及它们的文化，让师生们更加深入了解世界的文化，从而提高他们学习语言的兴趣。

同时，为了让这次活动更加丰富多彩，学校在阴雨场地设置了13个国家主题的跳蚤市场展位，给"10+3"国家展示了各自的形象、风土人情和饮食服饰等方面的文化。在跳蚤市场的展会上，师生们还可以买卖各国的小商品或特色的异国小吃。

为了更好地展现我们中国文化，我们中文部的老师们最大限度地利用现有的资源，绞尽脑汁地出谋献策，废寝忘食地修改方案，终于确定以中国的传统茶文化为主题展示。为了让展示的内容更加丰富有特色，我拼尽了全力。听说那两天恰好有朋友从中国南宁飞往泰国，我就立刻拜托国内的周老师、洪宇老师帮我设计茶席方案及布展背景，然后再让这位好友帮我从中国带一整套的茶具茶席和茉莉花茶创意产品过来，最后这次展示终于能够以一种全新的面貌在异国他乡惊艳亮相！

在这次学校的跳蚤展会市场上，我们中文老师的理念是宣传中国传统文化，传播中国茶文化的精神内涵——重德、尚和、崇俭、贵真。"重德"即中国茶文化的核心内涵，中国茶文化讲究茶德，意在塑造高尚人格，完善自我，实现自身的人生价值；"尚和"即协调自身与他人的关系，从事和谐的茶事活动，包含儒家、佛家、道家的哲学思想；"崇俭"即倡导勤俭、朴实、清廉的社会道德风尚；"贵真"即讲求人与自然的亲和，追求真善美的统一。"重德、尚和、崇俭、贵真"是中国茶道的核心内容，也是传统茶文化的魅力所在。我们三才公学的所有中文外派老师也一直在坚持和传播我们中国茶文化的精神内涵。这样的精神内涵也必将影响和鞭策我们未来生活的每一天。

最后，在民族服饰展示比赛环节，学生和各国的老师们共同表演了精彩纷呈的节目，英文部的校长 Teacher Ham 和中文部吕老师还合唱了一首中文歌曲《月亮代表我的心》，赢得了观众们的热烈掌声。整个下午，全体师生都沉浸在欢乐的海洋中，我们一面观看各个国家的特色节目，一面品尝各国的小吃，在相互沟通和交流方面都有了一个更加亲近融洽的语言交流平台。

"有缘千里来相会，无缘对面不相逢。"从踏上泰国这块土地的那一刻起，我们和每一个老师每一个学生都一路同行，一起度过这一段美丽的泰国支教岁月。不论是来自大中国的中文老师，还是菲律宾的英文老师，抑或是泰国的泰文老师，我们都是此生相逢的有缘人。在泰国，在三才公学，我们一起陪着学生欢笑，一起陪着学生成长，一起和学生享受愉悦的时光，一起用心去教这些异国的孩子们。

有人说流浪的三毛在漂泊中用文字做船渡人归岸，那么，我想说我们这些执着于诗和远方的外派老师们，在泰国支教的学习生活中，一直默默地用自己的坚持做船，渡更多的泰国学生驶向学习中文的彼岸。我们通过每一个活动的窗口，让泰国的孩子们看见更美的中国，感受五千年的古老文明！在认识和学习中传承我们的文化经典，让世界都看到中国文化的博大与精深！

别样精彩的三才东盟日，我感受到了精神上的富足，为我们优秀中华文化而自信。

# 打坐静默，感受念佛诵经里的安静之美

　　云卷云舒，花开花落，这是存于天地间的一种安静之美。

　　静美，是你耳边吹过的风，柳飞云动间，你的目光过处，一片宁静祥和之气。

　　静美，是一种生命的状态，它需要心神间的安之若素，没有喧嚣，没有浮躁，云影过处，一片波澜不惊。

　　现在的孩子都喜欢动，很难安静下来。而人只有安静下来，才能到达心绪安宁的真境界，这在佛经里是一种大智慧。

　　念佛诵经，是为了去除人们心中的浮躁，摒弃心灵深处的杂念。在佛的境界里，静方能生慧，动则会消耗太多人体本身的能量。

　　现在电视、手机、电脑，所有的声光影像，都容易让人浮躁，吸引人追逐过多的声色，而这些恰恰容易让人消耗自身能量。

　　老子说："五色令人目盲，五音令人耳聋。"

　　佛家要求他的弟子，每天都能念佛诵经，为的是让人们心中一直坚持正念，去除杂念，让人心溯本清源，保持心中的善念清流。

　　而泰国这个佛教的圣地，虔诚的宗教崇拜已经扎根近千年之久，早已深深地融入当地人的生活中。像这样把念佛诵经放进学校的日常学习中，也是为了让孩子们从小能以佛家的善念、正念，保持内心的纯正与善良。让这些孩子幼小的心灵，从小就能感触佛念中静心的美好。能拥有一颗正直、善良、努力、向上的心。

在到达三才公学后，我习惯了每天中午与学生一起吃完饭，漱好口，12:30集中到教室走廊打坐或静坐，念佛诵经行礼。这是泰国人对佛的一种虔诚的友好，而这也是对于每个人意志力的一种磨砺。

每日静坐的这段时间，能让人心彻底地安静下来，我也是一样，与学生一起打坐或静坐。心灵仿佛有遥远的梵音袅袅传来，那是无比美妙的一种享受。有时，我也能用这段时间来放空自己的心灵，静坐久了，仿佛能感觉到内心有无数的花瓣从空中飘落下来，让自己的心灵有一种空灵而快乐的体验。

我觉得，这样的打坐，念佛诵经，是对孩子们安宁心灵的一种培养。而且，这潜移默化带给孩子们许多良好的习惯，因为我发现这里的学生不论交作业，还是打饭，还是集会、上楼梯……都自觉地排队，没有拥挤，没有起哄，这样的表现让我深切地感受到，这些孩子们的自制力特别强。有时候，他们为了进入某一个景点观看，甚至能坚持安静排队八九个小时，甚至是十几个小时，却从来不会埋怨，不会烦躁，也不会有人过来插队，更不会有人站出来表现什么不满，仿佛一切都是很正常的，很必要的，这样的耐心可能就源于对佛教的信仰。

这一点真是值得国内的孩子们好好学习一下哦，对于国内的孩子们来说，在公共场合的安静，简直就是一场不可能坚持和完成的事情。更鲜有孩子会坚持安静地排队，而是大部分时候都会吵吵嚷嚷，大喊大叫，如果是去景区或是买东西排队，许多人还会想尽办法去插队加塞。

所以，我觉得，在泰国的教育中，让孩子们午饭后打坐静坐的做法还是很有可取之处的。尽管，中国的孩子不可能做到如此虔诚地打坐诵经，但是我们可以让孩子学会安静下来，去听一段音乐，去听一段朗诵，去静静地来一次默读，或是倾听一段自己的心灵独语。这些都会让我们的孩子们从心里学会安静下来。

而静下来，才是每个人最好的状态，人只有在安静的时候，思维才会更加敏捷，思考才会更加深入，才能有更好的思绪与心念的达成。

人只有静下来，才会对生活对人生有更深层的考量，才能学会去欣赏一朵花的绽放，一颗种子的发芽，一朵云的飘摇。

而让一个孩子学会静下来干什么呢？除了思考，当然就是阅读啦。要知道这个世界上，最有效的读书方式，就是安静的阅读，那才会真正品读出一本书沉淀在岁月深处的好，才会真正找到那颗能与作者认真对话的心。

而在安静下进行的阅读，将会成为一个孩子内心世界里最坚定的力量，它足够让一个孩子的未来变得无比开阔，让他的内心变得无比强大，这些足够支撑起他未来的全世界。

# 偶遇三宝节

　　小孩子们最喜欢的就是放假和过节，在泰历八月十五日，我们迎来了"守夏节"，公假三天，加上周末两天，一共五天的小长假就这么到来了。

　　小朋友们高兴地邀请我们参加明天早上在寺庙里举行的布施活动。看到 Cherry 兴致勃勃的样子，我也对这个节日产生了浓厚的兴趣。

　　"为什么叫守夏节呢？"我问他。

　　"也是三宝佛节呢！"他高兴地说道。

　　"佛节吗？难道是佛祖的生日？"

　　孩子咯咯地笑了起来。原来这老师完全不通佛教，我猜他心里肯定是这样想的。确实，来这里许久，我只知道泰国拜佛的时候不烧香，香是放在那里供奉的，其他一概不知。那些随处可见的佛像，让人敬畏，我却没有更真切的感受。也许，在我的心里，佛本是一种虚像，只有在虔诚的信徒眼中，它才有了实在的意义。

　　晚上回到宾馆，我还是"百度"了一下这个节日。仔细看来，这节日在泰国兴起的时间并不长，也就四五十年的历史。但是，却很受国人的欢迎。

能将一种精神放在骨子里尊敬，本就是让人敬佩的事。而举国形成一种文化，则更是让人感叹。

你会惊异于那种热闹的情景，因为第二日，我几乎是在万众的簇拥下经过一个又一个街市。在各种舞蹈队伍和巡游车之间，大家怀着一颗虔诚之心，将自己的诚意以布施的方式奉上，晚上又将募集来的资金集中于寺庙中，用以不同的公共服务之中。与其说是一个佛节，不如说是人们向佛祖学习，发扬慈爱之心的一种仪式。

这一日，泰国全国禁酒。所以我们想去酒吧放松一下，却扑了个空，这件小事却在我的心中烙下了印迹。可能是因为能够让全国人民达成一致，而且是在一件小事上，更能体现人们对于信仰的虔诚。

晚间，在沙美岛金黄的海滩上，举行了隆重的篝火仪式。我与小王老师一起，吹着海风，聆听大海的声音。

泰国的美丽，很特别。它能于众国之中给你一个最鲜明的印象，让你一下子就记住它。同时，这种印象又能在各个角落恣意增加和蔓延，这便是信仰的力量。你于任何一处都能看到标志性建筑，于四面八方也能听到唱经的歌声。这种熏陶，让人仿佛置身于另一个世界。

漫步于软沙之上，听小王讲起家中的生活，以及她这些年工作的不易。即便如此，我依然看到她眼中坚毅的目光，是的，即使生活给我们再多考验，我们依然如同浪花一般，奋力向前。

不远处已经点燃的篝火，周围聚集起了许多人。看似喧闹的海滩，因了那些虔诚的佛教徒，反而让我感受到一种从未有过的平和。在热闹中寻找安静，在坎坷中积蓄力量，这大约也是泰国人民生活中的一种禅意。

偶遇三宝节，夜躺沙美岛，也是旅行的另一种美。

只有经历过，才能拥有美好的回忆！在异乡寻找你最坚韧的盔甲、最温暖的港湾，才不枉来到这走上一遭……

# 致敬至圣先师孔子，传承中华优秀文化

2016年9月23日晚，曼谷潮州会馆子彬堂大厅内雅乐悠扬，气氛典雅庄重。这是为了纪念孔圣人2567周年诞辰，同时也是教师节的献礼。

"祭礼"遵从古礼，场面庄重。伴随着悠扬的鼓声，执事者各司其事。在两个礼童的开场中，德高望重的嘉宾代表身着深蓝色汉服，迎神、上香、礼生向大成至圣先师像行三跪九叩礼，并请分献官、主献官就位，明烛、上香、献馔、献瓜、献果、献鲜花、献爵、恭读祝文，然后引领全场嘉宾一道向至圣先师孔夫子行三鞠躬，以表达对先贤最崇高的敬意。

接着由来自满星叠大同中学的学生表演祭孔八佾舞。八佾舞是中国古代的祭祀舞蹈，是中华传统礼教的重要组成部分。他们身穿黄色的汉代服饰，头戴礼帽，在古礼唱声中，翩然起舞，动作庄严齐一，韵律节奏平稳，它的每一个舞蹈动作，都是一个个进退谦让的礼仪规范。八佾舞将中国音乐舞蹈的礼乐教化功能发挥到极致，是中国礼乐文化的代表作。今天用此种德音雅乐的形式来赞颂圣人，缅怀先师，是表示对先贤及传统文化的尊崇，更是对"礼"的最好诠释。

由这个隆重的"祭孔"仪式开始，接下来还有"致辞"和"颂师"两个环节。孔子乃中国两千年儒家文化的先师，他的精神直到现代，依然影响着世人。各位代表在致辞环节中都提到"忠孝仁爱信"的仁爱教育，同时也提到中华文明的发展和传承。同时告诫我们：教师犹如传扬文化的代表人，更是百年树人的传道者，我们一定要以孔子的"仁爱"思想为指导，并将泰国的教育理念和中国传统的"仁、义、礼、智、信、忠、孝、笃、悌、恕"等道德文化与学校发展进步相结合，传承和传播中华文明的优秀文化，为社会培养有用人才。

孔子思想是2000多年来中国人安身立命的人生哲学，是中国人有别于其他民族的处事原则和民族性格，也是在海外的华人华侨怀念母国、安抚心灵、结交亲族的纽带。通过此次庆典活动，让海外华侨、华裔以及所有为海外华文教育工作做出贡献的教育工作者在浓郁的孔子文化氛围中，接受儒家文化的洗礼熏陶，学习孔子的尊师重教思想，从而提高自身的思想道德素养。

如此赘述这一段关于尊孔学孔的故事，只是想告诉与我同样热爱教育的同仁：教育是一项严谨而又伟大的艺术，我们只有本着匠人之心来做好自己的本职工作，才能将中化文明的精髓发扬光大。

# 行走在朱拉隆功大学的毕业典礼中

白落梅说："世间所有相遇都是久别重逢。"

初秋清凉的早晨，空气里到处都弥漫着阵阵花香。行走在朱拉隆功大学的校园里，一袭袭白衣映入眼帘，只见学生们都着白色套装，外披一件白底镶大黄金边或蓝金大边的长披风，青春靓丽极了。

哦，就这样邂逅了朱拉隆功大学的毕业典礼……

原本还带着些倦意和睡意的我们，心情猛地如阳光般明亮耀眼起来了。

朱拉隆功大学是泰国最古老的大学，被尊为"全国最有威望的大学"。学校名字取自朱拉隆功国王，即拉玛五世。

这所以五世王的王冠为校徽的古老学府，将校旗的颜色定为粉红色——据说是五世王出生日，星期二所代表的颜色。多么浪漫的设定！

作为泰国创立的第一所高等教育机构，从拉玛七世开始，每年由国王亲自在毕业典礼上颁发证书，后来拉玛九世普密蓬因身体违和，改由诗琳通公主殿下代为执行。而诗琳通公主殿下在1973—1976年期间正是这所大学的学生。

能在这所学校参加毕业典礼，是多么幸运和幸福的事。一个国家最尊贵的人为你颁发毕业证书，想想都觉得心情激荡。

董卿说："我们每个人多多少少都从文字中获得过快乐。与其说朗读者在传播文字，不如说也在传递文字背后的人生。"

处在喧嚣的世俗中，各种生活各种奔波各种忙碌，当年那颗澄明透亮的心早已披上一层重重的铠甲，日复一日地背负前行。

如今，独在异乡为异客，行走在异国大学的校园，我仍然愿意执着于那种校园的宁静，那份生活的单纯和那片自由的天空。

此时正值初秋，泰国早上的天气还有些微凉，空气有些湿润，花香如此沁人心脾。

走在朱拉隆功大学的林荫小路上，混在朱拉隆功大学毕业典礼的人群中，虽然这次经历时间短暂，但我都愿意拿一年去换取！朱拉隆功大学的毕业典礼，盛大奢华与温馨幸福弥漫着整个校园。

每个女生都画着精致的妆容，穿着黑色的高跟鞋，整个人显得端庄优雅；每个男生都精心打理着帅气的形象，配上锃亮的黑色皮鞋，整个人显得更精神。今天，是他们人生最重要的时刻，他们有同学朋友的祝福，有父母家人亲朋好友的陪伴。每个人都带一个摄影师全程拍摄，所有瞬间的美好都记录其中。

看到这样的美好画面，我瞬间有种回到大学时光的恍惚：我的本科和研究生都是在中国南方的城市里度过。

中国南方四季如春，树木常青，只是在秋天时，成片的绿化树中，黄绿相间，偶有梧桐树或银杏树飘落下片片叶子。一眼望去，树下落叶满地，风一吹，缱绻而起，似金色的蝴蝶，翩然起舞，极致的漂亮。

在大学和研究生时代，图书馆都是我最喜欢的地方，每到这个季节，我都喜欢在图书馆最靠窗户的位置上坐下，天气不冷不热，心情尚好。一面欣赏南国的秋景，一面遨游在唐诗宋词的世界里，追随着诗人词人们的足迹，或豪放或婉约或沉抑或怅然。

多么美好的日子！

读书是门槛最低的高贵。这两年，我亦喜欢在假期的时候，带着儿子在学校的图书馆坐一坐，享受静谧的氛围，氤氲在书香之中。而我亲爱的宝贝今年九月也要上幼儿园了，这是多么让人期待的时刻。

此刻，我又仿佛看到自己肩上正背着一个素雅挂包，怀里抱着一人摞的书籍，正沿着朱拉隆功大学的荷花池边，和泰国的学生、朋友说说笑笑，正赶着时间一起去文学院上专业课呢！我又仿佛看到自己也身穿和他们一样的毕业学士服，手挽着手、肩并着肩，欢呼着"我们毕业啦！"

张爱玲说："于千万人之中遇见你所遇见的人。于千万年之中，时间无涯的荒野里，没有早一步，也没有晚一步，刚巧赶上了，那也没有别的话可说，惟有轻轻地问一声：'噢，你也在这里吗？'"我是如此美好地邂逅朱拉隆功大学，这何尝不是一种深深的缘分呢？每一个能够走在朱拉隆功大学校园里的女子，想必都是一个有思想有味道有智慧有追求的女子。她们像一股清风，和着淡淡的花香，不浓烈却舒适，不炙热却温暖；清新于外，坚韧于内，永远不遗失骨子里的优雅。

今天，修身、载重、笃行，我与同事结伴行走在朱拉隆功大学的校园里，心情太好。

他日，你可否踏着朱拉隆功大学的香气而来，与我共赴一场毕业之约？

# 尖竹汶民宿里的小风光

    我到泰国之后第一次感受它的小美丽，是因为到了这一家民宿。

    这家民宿是位美丽阿姨的家，它位于泰国东部的尖竹汶府的郊区。阿姨今年68岁，看起来却还十分年轻。她毕业于朱拉隆功大学，当时普密蓬国王亲自给她颁发的研究生毕业证书。阿姨是个非常善良热情的人，她的儿子住在曼谷，平时很少回来。

    当我们的车开到门口时，她和帮工已在门口等候多时。一下车，我们便置身于一个很漂亮的小院子当中。首先映入我们眼帘的是一个两面敞开的大客厅，客厅的墙壁上挂着错落有致的贝壳装饰帘，一阵风吹来，整个房间便会发出清脆的贝壳声。客厅的正前方有一块木雕的泰式大屏风，屏风前面是一个陶瓷的荷花水盆，里边长出几朵荷花，有盛开着的，有含苞待放的。清心淡雅的荷花在长形靠背的纯手工木凳的映衬下，幽幽地散发着清新迷人的文艺气息。

    民宿阿姨家的花草都打理得非常精致，而且经过精心挑选和布置。一个人家里的小小院子，往往看出女主人的心性和生活态度。种哪一种花，花的颜色怎么搭配，又或者是做一汪人工的小泉，泉水能否保持干净，全看主人的用心程度。阿姨种的多是素色淡雅的花，但搭配得当，看起来就十分清雅。

左边有一汪小小的莲池，通过卵石铺就的小径之后，便能到达一处木制的小秋千，秋千的周围被各种淡雅的花草簇拥着，秋千上还用泰文篆刻着一行小字：给我亲爱的小宝贝。这里大约是她儿子小时候最喜欢的一处吧？

一位心存仁爱的人，无论身居何处，你都能从她清新幽雅的家里嗅到一缕别样的仁爱之心来。稍作休息之后，阿姨为我们准备了美味的午餐。

午餐是泰国一特色美食——蟹炒米粉，第一次在泰国人家里吃饭，这才知道泰国人都喜欢在一张长长的方桌上吃饭。泰国人将吃饭这件事看得十分神圣，因此每个细节都非常用心。比如说杯垫和坐的草垫，都十分有讲究。勺子和叉子都放在一个很精致的绣花布套子里，置于盘垫的右方。准备开饭时，大家相互帮忙，十分热闹。

同行的李阁庆老师笑着说："这世上，唯美食与美景不可辜负也。"

午饭过后，阿姨还领着我们参观了她的小院。阿姨的家，每一个角落都有她用心打理过的痕迹！文艺小清新范儿的农家别墅，前有木栏围着，后有一片翠绿的草坪，旁边有一排果树或花架，树下花架下是几张石桌，每个石桌都围着几张石凳，草坪右手边还有一个大理石栏杆围成的小水池，每个乳白色的大理石栏杆柱子上都顶着一个夜明珠似的夜灯。每当夜幕降临，一盏一盏的白炽灯，都温馨宁静地照耀并温暖着住宿客人们那一颗颗漂泊的心！

水池对面，是一栋两层楼的房子，房子被隔成好几个房间，听阿姨说每个房间可以同时容纳15个人住宿。房间干净整洁，还散发着淡淡的阳光味道。水池旁边横放着一条小船，在水池的右边还有一棵大树，树上有一个很别致的两层树房，客人们可以在上面喝茶看书聊天休息，在每一个有阳光的午后，漫步于民宿的每个角落，悠闲恬静得让人流连忘返。

吃过午饭，阿姨便带我们去了附近的景点游玩。泰国是个佛教国家，阿姨每到一个庙，都十分恭敬虔诚地拜佛、许愿、求福，神情显得平静从容，从她身上你似乎看不到时光流逝的痕迹，和她在一起的那些点滴时光，你会对生活充满快乐的激情。

到了傍晚时分，回到民宿，阿姨早已准备好了晚饭。或许因为白天过于劳累，我竟然在园子里一个小摇椅上睡了过去。

或许是当时温和的灯光，又或许是因为旁边那潺潺流水，这一睡，居然让我感觉补充了不少精力。泰国乡下的空气是清新的，风也柔和。阿姨过来给我盖毛巾被，我被那轻微的动静惊醒，还以为是同行的老师，一抬起头来，不觉一笑。

她的脸看起来非常慈祥，微微泛着银光的头发在脑后轻轻挽了起来，碎发在风中摇曳。

那眼角的皱纹是温柔的，散发着一种淡淡的母性的光辉。

她看到我醒来，非但没有离开，还轻轻地坐下。与我用泰文聊起一些孩子的往事。更加有趣的是，她还会几句中文。她说：我就是她的女儿。虽然她的发音在我看来自然是不准，却又能辨明意思，这让谈话风趣了许多。

"你在哪里学的这些中文呢?"我笑着问道。

"上学时，中国的朋友随口教的。"她用泰语回答。

我在这里所学的泰语也是十分有限的，于是谈话中又夹杂了一些英语。好在这位可爱的阿姨年轻时是个学霸，研究生毕业的她什么都会一点，我们的谈话在皎洁的月色中，不慌不忙地进行着。她告诉我，年轻时她有幸得到普密蓬国王的邀请，二十几个年轻人一起和国王去做过善事。

在静静的月光下，看着快七十岁的阿姨眼里依然闪烁着对善良美好的执着向往，喝着她泡给我的花茶，感觉这一天与往日不同。

可能因为她经手的每一样东西都精致而且有内涵。在吃饭时，她拿过来擦手的毛巾，都折成可爱的动物图案。又或者是因为她走过大堂，看到佛像时，总会虔诚地拜拜，一脸谦和。在闲聊之时，阿姨还教我们用围巾丝巾来做各式各样的造型，末了还送我们每个人一条围巾。

短暂的相处，民宿阿姨的善良和热情，感染着我们每一个人。这一天，我突然明白了，如果你的内心是充满激情、乐观、善良的，那么你的容颜也就会活力十足！

从民宿阿姨的身上，我似乎也看到了一种青春洋溢的激情：原来岁月并不是真的逝去，它只是从我们的眼前消失，然后转过来躲在我们的心里，再慢慢地来影响我们、改变我们。

这夜的风很温柔，我就这样在园子里坐了许久许久，直到星星们都跑了出来，月亮也探出了头。

不知何时开始，民宿里开始放起了轻柔的音乐，与这日的情景正合。

# 大巴车上的盲人大叔

记得张嘉佳老师在《摆渡人》中说："世事如书，我偏爱你这一句，愿做个逗号，待在你脚边。但你有你自己的朗读者，而我只是个摆渡人。……我们都会上岸，阳光万里，路边鲜花开放。"

漫漫人生路中，人们总希望能够遇到自己的摆渡人，帮助我们走过荒原、黑暗、春夏秋冬，最终迎来温暖、光明。

所谓的摆渡人，大约是让人明白了某一个道理，又或者传授一些生命启示之类的人。

然而，在茫茫人海之中，是否有如孙悟空一般，踏着七彩祥云而来的人，才配得上摆渡人这个称呼呢？

当然不是。

生活之美好在于其细微之处。我常常觉得，坐公交车时，有人给老人让座是美好；问路时，有人给予指引也是美好。而这些细节上的美好，需要我们用心去感悟。

在泰国支教的日子里，我经历过各种恐惧、彷徨、怯懦、纠结、懈怠、艰难、疲惫、冷漠、孤独、冷言恶语的打击。一天天地，开始

将自己的内心慢慢地用一层坚硬厚重的铠甲包裹起来。在很长的一段时间里，我都不曾去发现身边的美好。

那次，我和王文慧在去清迈的一辆大巴车上，遇到一位盲人大叔。就在一瞬间，他给了我印刻进生命的感动。

那日同行的一班人马，左右问路，好不容易上了车。到了车上又忙着订房间、订车票，许久都没有安静下来。

虽然吵闹，却也温馨。好不容易安顿下来，大家都有些累了，便有了睡意。

泰国的大巴车上一直都反复播放着音乐，有时是舒缓的泰国歌曲，有时是欢快的英文歌。这些曲调就像清风吹过，在我们心中泛起清迈旅途的兴奋与喜悦。车前窗顶部挂着几串金黄金黄的金链花手环，透过这些金链花，我仿佛置身在日光下，浮动于月光中，渐渐闭上了眼。

迷糊中，总感觉一束刺眼的阳光从旁边漏着的窗帘缝中斜照过来，直逼我的眼。于是，我便想起身去拉上。但车在颠簸中行走，且又隔着过道，所以很不方便。思忖了片刻，我用蹩脚的泰语对旁边的大叔说道："太阳太大了，请问可以帮我拉上窗帘吗？谢谢。"

他好像听懂了，便没有拒绝。然而我看得出，他很艰难地起身，腿脚好像也不太灵便。即便如此他还是伸过手去，在空气中艰难拨动了几下。直到此时，我才发现他眼睛始终直视前方。

他是看不见的。

然而他还是努力地将窗帘合了起来。

做完这一连串动作之后，他温柔地问我："可以了吗？"

此时我恨不得有个地缝可以钻进去，我居然对一位盲人提出了如此无礼的要求！

大巴车不停地往北走，天气渐凉，空调却还在不停地吹，此刻我们都觉得冷了！于是大家都打开毛毯来盖上。

然而此时我却发现，大叔还是一动不动地坐在那里。便忍不住问道："你冷吗？"

他说："不冷。"

但我还是帮他展开毛毯盖上。迷糊中，一束昏黄的灯光透过窗帘缝隙照了进来，那是加油站的灯光，它洒在盲人大叔的脸上，显得格外温柔。

《了凡四训》有："人之为善，福虽未至，祸已远离；人之为恶，祸虽未到，福已远离。"这是一次美好的旅途。虽然过程有些艰辛，但我却遇到了给予我灵魂温度的好人。

还记得小时候，老师曾与我们讲过一个很浅显的道理，她说：如果我们手上没有金钱、权力、美貌和智慧，那么我们就不能给予别人帮助了吗？并不是。我们还可以给予他们微笑和爱。

这就是每个人身上最宝贵的品质。

# 一个泰国小男孩的哭泣

那是我们泰国西部华文民校联谊会35个华裔少年，赴广西南宁参加2016年"亲情中华·梦牵绿城"中国南宁夏令营的第六天。

像往常一样，白天营员们一直马不停蹄地学习和感受中国各种传统文化，但每天晚上，饭前的必备节目就是9岁的泰国小男孩德明"私人订制"的节目表演。今晚，德明又给我们上演了一出"壮家人"敬酒歌，这是我们去武鸣伊岭岩参观体验壮家民俗文化时，德明看到壮家姑娘唱的迎宾敬酒歌后，自己改编的。

别说，他的确是个十分有才华的小男生。一说让他表演节目，他的状态立刻就上来了。只见他一手拿着茶杯，一手拿着"话筒"（矿泉水瓶）不停唱着咿咿呀呀的泰语歌，时而向老师和营员们鞠躬，时而还故意扭动着身子，摆出各种姿势，样子滑稽搞笑极了。

当我们正沉浸在晚饭前德明私人订制的这种轻松快乐的气氛中时，有个小营员突然从手机上看到泰国国王普密蓬去世的新闻，就悄悄地在领队刘智慧老师的耳朵边嘀咕了一下。只见老师双眉紧蹙，脸上的表情由开始的震惊转为轻微抽搐的痛苦，紧接着她把脸转向右边的美丽老师，又用泰文交谈一番。

刘智慧老师和美丽老师，是这次夏令营活动中的两个泰文领队老师，她们俩是泰国人。白天我们四个领队老师都全程跟着学生一起上课、一起参加各种文化体验活动，此刻已是精疲力竭，又累又饿，面对着眼前这桌丰盛的饭菜，根本没人去关注手机新闻。这时，她们俩一边用手安抚那个学生，一边拿出手机打开页面，这时我有种不祥的预感。

果然，正当我筷子上夹着一块东坡肉悬在半空中的时候，刘老师她们就向我们几个领队、广西华侨学校的谢三妹主席、李崔老师、蔡柳莹老师确认了泰国普密蓬国王于今天下午已经去世的消息。泰国普密蓬国王是泰国人民心中的神，顿时，我们所有中文领队老师说话都变得小心翼翼起来。回想前两天，我们和许多泰国人一起，穿着属于国王的颜色——粉红色的衣服为国王祈福保平安，而现在，我们也必须尊重泰国的风俗，从明天开始，所有营员穿白衣服或黑衣服，为国王服丧尽孝。

后来，晚饭就一直沉浸在略带悲伤的气氛中，小营员们也由之前的欢声笑语变得都默不出声了。这时，旁边那桌刚刚还手舞足蹈制造各种搞怪的德明小营员，突然伤心地抽泣起来！哭声越来越大！平时在营里，德明性格活泼、聪明可爱，有时还古灵精怪，他是一个精力十分旺盛的开心果。白天，营员们的学习任务很重，晚上又要排练各种汇报节目，我们常常疲累不堪。但每次在我们都累得只想趴下的时候，他就制造出一些小花样，把其他营员和我们这些领队老师逗得开怀大笑，我们都十分喜欢这个虎头虎脑、活泼可爱的泰国小男孩。

现在，看着他突然伤心地哭泣，怎么都劝止不了时，我们开始以为德明身体不舒服了，甚至想带他去医院。但是，很快，德明的亲姐姐明美，一个乖巧美丽的11岁泰国小女孩，告诉泰文领队刘智慧老师，德明没有不舒服，他是听到国王去世的消息后，伤心！

那一刻，我们都震惊了！我们震惊的不仅仅是这个善良的泰国小男孩，更重要的是深深地感受到了普密蓬国王在整个国家人民心中的分量。这位神一样的父亲国王，在泰国人的心中该有多重要多神圣！难怪泰国民众会说："我不知道为什么热爱他，但我就是发自肺腑地爱他！"

走在回宾馆的路上，德明还一直在哭泣，我有些动容了，忍不住把这个可爱善良懂事的泰国小男孩，紧紧地拥抱在怀里。那一刻，我突然觉得我拥抱的不仅仅是德明，而是一个泰国人对皇室、对国家虔诚恭敬的态度与热爱！

月光流泻，岁月静好。"人固有一死，或重于泰山，或轻于鸿毛。"泰国小男孩德明的哭泣，告诉我们：一个人，一个民族，一个国家，拥有自己的信仰，是多么让人感动。

我们将永远记住：2016年10月13日，山河失色，举国同悲，万民痛哭，那一天是泰国人民的灾难，却有全世界为之敬仰的感动！

普密蓬国王去世是泰国的哀痛，但是，从德明这个9岁小男孩的哭泣里，我们分明又感到了一种新生力量的升起和传承，那将是一个更具力量的泰国。

# 参加泰式传统婚礼

那天，泰国的阳光散发着花朵一样的光芒，到处都弥漫着阵阵花香，就连空气里都流淌着一股甜甜的爱意。泰文老师 Gu bei（同音）和 Gu pong（同音）结婚了，在亲人、同事和朋友们的祝福声中，他们相亲相爱手牵手，迈进了结婚的礼堂。

泰文老师 Gu bi 告诉我们，在泰语中，新郎和新娘分别被称为"诏宝"和"诏韶"。泰式婚礼的主要内容是新郎、新娘着民族服装，坐在那里，由长者轮流给他们施泼水礼，表示祝福，希望他们婚姻幸福，永远快乐，持续约1小时。一般都是早上在家里先举行泰式婚礼，然后下午四五点时，到宾馆进行西式婚礼。

今天，我们怀着万分好奇的心情去参加 Gu bei 和 Gu pong 泰西合璧的结婚典礼。"诏宝"Gu bei 和"诏韶"Gu pong 的传统婚礼，在简洁大方的泰式家中举行，充满了浓厚的佛教气息，庄严肃穆却又不失热闹的气息。

马上就要成为世界上最美丽的新娘的 Gu pong，抑制不住心中的喜悦，早早起来就开始精心打扮，换上泰国传统的纱缎制成的泰式米色裙子，梳着泰国传统的发型，带上最精美的首饰。新郎 Gu bei 则穿着缎面的泰式棕色上衣和白色裤子，带着聘礼，抬着拱门与香蕉叶，热闹非凡地来迎接我们美丽的新娘子 Gu pong。

按照泰国传统婚礼的习俗，为了显示诚意，在迎娶新娘时，新郎 Gu bei 一进门就在优美的音乐声中，跳起曼妙的泰国舞蹈。跳到新娘 Gu pong 前面的时候，Cu bei 单腿下跪，双手献上精美的礼物。在众亲友们的祝福和欢笑声中，新娘 Gu pong 娇羞地接受了新郎 Gu bei 的礼物，阳光洒满喜庆的房间。

泰式婚礼是在家中进行的，屋内布置简朴大方，大厅正中书写着新人的名字和婚礼的日期，同时屋内还摆上佛像、国旗，并挂上泰国国王、王后御像。泰文老师 Gu bi 告诉我们，今天的泰式婚礼，新郎新娘都要身穿传统的结婚礼服。（新娘今天不能穿紫色衣服的，不然会成为寡妇。）举行戴双喜纱圈、洒水、拜祖宗神灵、铺床、守新房和入洞房等仪式。

屋内，播放着舒缓悠扬的泰国传统音乐，期待已久的泰国传统婚礼马上就要开始了。据说，双喜纱圈仪式、洒水仪式和铺床仪式，是泰式婚礼中必不可少的环节。

在泰式传统婚礼中，双喜纱圈，又叫"吉祥纱圈"，如同碗口大小，另有一条圣纱连接两纱圈和圣水钵，这个纱圈绝对不能用剪刀剪断，在洒水礼结束之后，才由长辈解开。并且，双喜纱圈要在行洒水礼前，由婚礼主持人或双方的长辈分别戴在新郎新娘的头上。泰国人认为圣纱经和尚念过经或符咒后，将产生一定的法力。另外，按照泰国人的习惯，如果先脱新郎的纱圈，预示将来丈夫掌握家庭大权；如果先脱新娘的，则妻子掌大权。

现在，Gu bei 和 Gu pong 两位新人双膝跪下，先点香、拜佛，然后坐在准备好的矮榻上，头部朝向东方。今天的洒水仪式主持者，是一个僧人（Gu bi 说这个主持者也可以是家族中德高望重的长者），他分别给新郎新娘头上戴上吉祥纱圈，新郎坐在新娘的右侧，伴郎、伴娘则在新人后面坐着或站着。

新郎 Gu bei 和新娘 Gu pong 双手合掌的时候，手里捧着鸭蛋和糯米，Gu bi 告诉我们鸭蛋代表着早生贵子，糯米则是象征生活富足。

当新郎 Gu bei 和新娘 Gu pong 双手合掌向前伸出时，僧人便将法螺水洒在新郎新娘的手上，意思是祝愿新婚夫妇相亲相爱，白头偕老。接着，来参加婚礼的我们，也依次上前为新郎 Gu bei 和新娘 Gu pong 洒水祝福。等到新郎 Gu bei 和新娘 Gu pong 的亲戚们都洒水祝福完后，家里最德高望重的长者就可以为两位新人拿去吉祥纱圈了。这时候，我们在场的人都屏住呼吸，待长者先把手伸向新娘 Gu pong 的吉祥纱圈时，一片掌声响起。

这时，新郎 Gu bei 满脸通红，不好意思地笑着说："我的新娘这么善良美丽，我愿意为我美丽的新娘做任何事！"此时此刻，我能感觉到空气都弥漫着幸福甜蜜的味道。

洒水仪式结束后，主持人请新郎 Gu bei 进入婚房里，新娘 Gu pong 的父母已经将一张硕大的白布铺于婚房的中间，并摆上了椰子酒和拜神布。新郎 Gu bei 再次点燃两支蜡烛，两支佛香，然后与新娘 Gu pong 一起礼拜祖宗神灵。礼拜的时候，新郎 Gu bei 举起右手，与新娘 Gu pong 举起的左手交握，跪拜祖宗神灵三次。三拜祖宗后，新郎 Gu bei 还要跪拜新娘 Gu pong 的父母及长辈。而这些亲人长辈们接受跪拜后，祝愿新人幸福，并赠送结婚的礼物。

中午时分，Gu bei 和 Gu pong 的西式婚礼在学校的大礼堂举行。他们的西式婚礼流程和中国西式婚礼的流程差不多，新郎新娘迎接客人，放录像介绍新郎新娘认识过程、证婚人主持仪式，新郎新娘互换戒指，亲朋好友致辞等，然后开始吃饭。参加结婚典礼的客人要准备送礼金、礼品，新婚夫妇也要为来参加婚礼的宾客准备小礼品。这是泰国婚礼的传统项目，回赠的礼物要体现新人的品位和内心关爱。

当一天的婚礼流程结束后，晚上 Gu bei 和 Gu pong 回到新房，在众亲友的见证下，进行最后一项仪式——铺床仪式，铺床仪式又称摆枕仪式。由于时间的关系，我们没有能够亲眼看见，但 Gu bi 告诉我们说，在铺床仪式中，新娘请来铺床的一对夫妻必须是儿女双全、有身份、德高望重的恩爱夫妻。铺床人要为新郎新娘扫床铺、铺被褥、摆枕头、挂蚊帐。另外，新娘还要准备一只冬瓜、一只白猫、一块研药石、一口锅、一个托盘，锅里面盛满清水，托盘上放着包成包的绿豆、芝麻、稻谷等。由铺床人将这些东西放置在新人床铺旁边。

这些东西都有寓意，满脸笑意的 Gu bi 颇神秘地说。清水、瓜果象征新郎新娘心灵纯洁、冷静；研药石比喻恩爱之情深重；绿豆和芝麻象征日后事业发达，并表示自此与父母分开，独立生活；白猫则为新家捕捉老鼠之用。然后铺床，帮铺床的夫妻在新郎新娘床铺上躺一下，妻子躺在左面，丈夫躺在右面，并且躺着时要互相交谈，内容是祝新郎新娘幸福，白头偕老等。至此，铺床仪式即告结束。

铺床仪式结束后，按泰国传统的习俗，新郎需单独守新房数日。傍晚时分，新娘要为新郎送替换的睡衣一套。新郎守洞房为三夜、五夜或七夜不等，直至送新娘入洞房的良辰吉日。届时，由新娘父母或铺床夫妻送新娘入洞房，交给新郎，并教导新娘要忠诚丈夫，夫妻要相亲相爱等。听着 Gu bi 滔滔不绝地给我们讲述这些泰国传统婚俗，我们都觉得很新鲜，都沉浸在两位新人的甜蜜爱情中。

有情人终成眷属。我们看见，Gu bei 和 Gu pong 相互对视的刹那，Gu pong 的眼睛都弯成了月牙，此刻他们的眼里满满地蓄着爱意，脸上漾满甜蜜爱情的美满和幸福。在温馨浪漫的礼堂里，舞台上暖暖的灯光在 Gu bei 和 Gu pong 身上，仿佛洒了一层薄薄的金粉，那样美好，那样浪漫。

在充满浓郁传统风情的泰式婚礼和浪漫的西式婚礼中，我们和两位新人的亲朋好友们一起见证了 Gu bei 和 Gu pong 爱情的幸福，一起享受着热闹喜庆的美好时光，祝愿 Gu bei 和 Gu pong 爱情甜蜜，早生贵子！

（由于工作原因，未能全程参加婚礼流程，一些重要环节的信息通过同事转述整理。）

**2016 12月**

**24**

**星期六／晴**

# 寻访泰国古城大城遗址

　　一段时间以来，由于被各种各样的事情所困扰，心情尤为低落，于是朋友们鼓励我出去走走，散散心，放松一下心情。

　　本来早就计划去北碧府看日落，但由于攻略不足，发现周末两天时间太仓促，北碧日落之行落空！同事林美女提议说去大城，大城是座古城，可以当天去当天回，而向来都有古城情结的我，与她一拍即合！于是，简单的攻略之后，寻访大城遗址的计划随即成行！

　　在百度上攻略得知，Ayutthaya（大城府）在梵语中意为"不可战胜"，在泰国历史上，曾经有33位国君在大城定都，可见在这片古迹的背后，隐藏着大城府过去的无限辉煌。据说大城府曾是一座在国际上享有盛名的人口稠密的大都会，其进步程度甚至与当时欧洲国家的一些首都不相上下。1767年，大城府被缅甸军队攻破，被洗劫一空。

　　后来，泰国重新走向兴旺发达之后，定都吞武里，后来又迁都曼谷。大城府逐渐淡出人们的视线，但是在那里，留下了许许多多的历史遗迹和故事，而坐落在大城的那些古老庙宇散发着沧桑和神秘的历史气息，正等待游人的探寻。

被大城遗址的历史感和神秘感所诱惑着，我们早上6点半就出发了。

我们一路拿着手机问路，换乘了四次车，终于在上午10点到达大城。因为大城的景点很分散，我们就包了一辆小嘟嘟车，让嘟嘟大叔一个景点一个景点地带着我们走，嘟嘟大叔是个热心肠的泰国人，还拿出大城的旅游观景图向我们介绍。从嘟嘟大叔的口中和我们做的攻略中，我们对大城有了大致了解。大城遗迹主要分为四大部分：玛哈泰佛寺，菩斯里善佩寺，波琵古寺和嘉拉布拉纳古寺。大城古都实际是被三条河流环绕的一个岛，这个岛就是曾经辉煌一时的阿瑜陀耶王国的首都，整个遗址公园到处矗立着小乘佛教典型的泰式斋滴式建筑，鳞次栉比的高耸的尖顶，勾勒出一幅恢宏而沧桑的画卷。

当我们踏上大城这个古城的第一块土地时，我们发现时间似乎在这里凝固了，整个古城弥漫着一种历史的凝重与苍凉。最吸引我们的是大城遗迹中的玛哈泰寺，它位于泰国最古老的都城斯科泰古城的中央，是该城的中心，佛寺四面有沟渠环绕，寺内有中央塔台，四周是有四面佛龛的小佛塔和庙堂样式的佛塔，不过现在大部分都仅剩地基而已。走进荒残的寺庙，一种历史的沧桑感油然而生。著名的树包头佛像就在这里，只见一颗佛陀的头被触角一样的榕树根环抱着，佛头与树浑然一体，就像从树中生长出来一样。泰国大城府遗址被树藤枝蔓所缠绕的佛头，是大城古都的标志，也是玛哈泰寺的象征。这个曾经的泰国首都，也曾是世界上最大的城市之一，这里的佛寺佛像世界闻名，只是两百多年前的一场战争让曾经的灿烂文明变成了一片残垣断壁。

行走在残垣断壁的佛塔遗址中，抚摸着斑驳苍苍的古老城墙，我被残破的各色建筑的静谧与沧桑所震撼了！这些遗址主要以泰国独特的红砖建筑为主，多数已经被损毁，一些石刻佛像点缀其中，多数佛头甚至上半身已无踪影，走近佛像，还能清晰地看到曾经被火焚烧的痕迹。古迹无言，却诉说着一个又一个历史故事，它们都是历史的见证，它们见证过大城府的兴衰演变，如今依旧默默伫立，仿佛坚守着佛教所倡导的忍耐和宽容。

此刻，我的脑中闪过一丝遐想，心间闪过一种冲动。如果携一架古筝来此，在大城这样拥有着厚重历史的遗址中尽情弹奏一曲《战台风》，以此模拟当年，两军对垒，战场搏杀的场景该是何等的悲壮与苍凉？

而当我走近那些没有头颅的佛像，不经意间陷入了沉思。远在祖国北京的圆明园，不但建筑宏伟，还收藏着各种奇珍异宝，浓缩了全中国，甚至是全世界最有代表性的杰作，是世间罕有的奇迹。然而，1860年，圆明园被英法联军抢劫一空后放火焚烧，如今的圆明园只是断壁颓垣、伤痕累累的废墟。

那年，我走在圆明园的遗址中，几乎能感受到圆明园的疼痛，感受到一个民族的屈辱。英法联军践踏着圆明园的肌体，摧毁着圆明园的骨骼，冲天大火燃烧的是一个民族的自尊。

鲁迅说："有的专爱瞻仰皇陵，有的却喜欢凭吊荒冢。"今天，我们走进泰国，踏上大城府的土地，寻访大城历史遗址。从残留的废墟中，我聆听到了大城府不平凡的历史故事，感受了大城历史的沧桑，目睹了佛教文化兴盛的印记，和佛教在泰国生活中所产生的深远影响。

我们来到一尊黄色丝绸下的佛像前，只见佛像端坐在莲座上，夕阳笼罩，我仿佛看到大佛的眼睛正凝视着脚下的湄南河和这片饱经风霜的土地，也注视着这一片经历史洗涤之后的大城，那么宁静，那么沧桑。

其实，不论是那些无头的佛像，还是残败不堪的佛塔和斑驳苍苍的城墙，它们都在历史的长河中静默着，又在静默中不停地诉说它们经历过的故事。

寻访大城古城历史遗址，感受大城历史的沧桑，这才是一场真正属于心灵的旅行。

# 我听到了一个民族的信仰在唱歌

白天40℃的高温，依然阻挡不了人们马不停蹄地从四面八方赶来大皇宫祭拜的脚步，有人坐了12个小时的车来，然后再加上中间各种排队与等待就得18个小时左右，为的是在普密蓬国王的灵柩前祭拜那两三秒钟，这该是一种怎样的虔诚和拥戴啊？

今天是泰国的敬师节，一大清早我就被高温热醒了，和其他三位中文老师跟随学校经理等其他泰文老师一起前往大皇宫祭拜泰国逝世的拉玛九世国王普密蓬，他可是泰国人民心中的神！

9点半从学校出发，坐了将近两小时的车才到达大皇宫（The Grand Palace），一到大皇宫的外围，就已经有近两公里长的全身着黑装的队伍在40℃的太阳下排队了。

大皇宫紧邻湄南河，是曼谷中心内一处大规模古建筑群（计22座），总面积218400平方米。大皇宫是仿照故都大城的旧皇宫建造的，经历代君王不断扩建，终于建成现在这座规模宏大的大皇宫建筑群。大皇宫是泰国诸多王宫之一，是历代王宫里保存最完善、规模最大、最有民族特色的。曼谷王朝从拉玛一世到拉玛八世，均居于大皇宫内。1946

年拉玛八世在宫中被刺之后，拉玛九世便搬至大皇宫东面新建的集拉达宫居住。现在，大皇宫除了用于举行加冕典礼、宫廷庆祝等仪式和活动外，平时对外开放，成为泰国著名的游览场所。

今天我们在警察的指挥下，顺利进入到祭拜的队伍中。入乡随俗，时而席地而坐，时而站立。正当我站起来时，旁边有一个七十岁的老者用泰文问我是从哪里来，我用蹩脚的泰语说是从中国来，老人马上用中文和我说话，在简单的聊天中得知老人是个土生土长的第二代华裔，祖籍是中国海南。我问他平时在家说中文吗，为什么中文说得那么好？他说是读书时学的，平时在家不常说。我就顺势问老人："作为华裔，你们也很爱普密蓬国王吧？"老人坚定地点点头。我说："叔叔，您可以告诉我为什么你们这么爱国王吗？"老人就开始给我讲起了他见证的普密蓬国王为民着想、为民解难的事来。老人说国王是一个一心只为他人着想，充满博爱的伟人！

老人给我细细地讲了起来，他自己五六岁时，泰国还是一个非常非常贫穷的国家。那时国王刚刚登基，普密蓬没有像其他国王一样高高在上，而是用自己的双脚亲自去丈量泰国的每一寸土地，体察人民的疾苦，感受人民的艰难。

即使后来泰国被日本人占领，国王也没有逃避，他依然镇定自若，没有抛弃他的人民。他对人民说："不要紧，我们一定会拿回来的！"于是，普密蓬国王在国外重新建立泰国政府，因为他的英明睿智，得到了许多国家的帮助，后来泰国拿回了自己的主权，又重新屹立在东南亚这块神奇的土地上。

在泰国重建的初期，泰国人民常因为天气干旱没有水，没有粮食，农作物供给不足，而陷入灾荒和饥饿。于是国王便日夜不休地与科研人员一起研究出了人工降雨技术来灌溉水稻，并亲自下田间地头给农民指导种植农作物，把泰国从一个什么都没有的国家变成一个现在什么都有，还可以向很多国家出口大米、水果等农产品的国家。在泰国人民的心里，国王就像父亲一样，亲手把泰国这个小婴儿养成了身强体壮的青年，所以他是人民心中"神"一般的存在。

当老人用略生硬的中文向我讲述普密蓬国王的故事时，老人对国王那种敬仰和爱戴的感情一览无遗。当我问到"10月13日，你们听到国王去世的消息时，你的心情怎样"时，老人迟疑了一下，稍作镇定，说："我知道这一天总会到来，无论国王多么地爱自己的人民，他就像自己的父亲一样，所以我不悲伤。身边很多人听到这个噩耗后都哭了！"而这就是一个70多岁老人眼中的国王，我从他沧桑的脸和浑浊的眼睛里看到了泪光闪动。我忍不住哽咽了，从包里拿出一张纸巾递给老人，他摆摆手说没关系，接着自然地从口袋里拿出手帕不停地擦拭着自己满脸皱纹的脸庞。

那一刻，我突然觉得我要为老人做点什么了，于是，我对老人说："你可以帮我写下你们国王是怎样爱你们，你又是怎样爱国王的吗？泰文中文都可以。"老人高兴得像个孩子，翻开我给的本子，站着就写了起来，虽然我看不懂老人写的泰文，但我能理解和感受到他和所有泰国人一样热爱、拥护、敬仰他们的普密蓬国王。

排队等着祭拜已经有八九个小时了，外面的人还是络绎不绝。前面大屏幕上一直播放着国王走遍泰国每个角落时忙碌的身影。

终于，等待了10小时后，在晚上21点，我们排队排到了大皇宫里，眼前这栋有着235年历史的大皇宫，曾经是几代国王办公的地方，现在是接待重要外宾和游客的地方。虽然普密蓬国王生前没有在这里办公，但今天他以这样的方式回归大皇宫，人们以这样的方式来祭拜他们心中神一样的国王，我被深深地震撼了！

今夜，月亮格外的圆润皎洁，月光洒向雄伟瑰丽的大皇宫，金碧辉煌的大皇宫仿佛笼上了一层银纱。在等待祭拜的队伍中，我跟随着人群，在月影婆娑的小树下席地而坐，月光透过被修剪得整齐的绿化树，轻轻抛洒在人们的身上。

没有一丝风，白天炙烤着的地面余温尚存。等待祭拜的人们并不烦躁，大家都在静静地等待着，无数虔诚的心都在祝祷中一起跳动着。

今夜，人们没有哭泣，他们知道陪伴着泰国人民走过了一个多世纪的普密蓬国王没有抛弃他们，国王已在天上，像父亲一样永远守护着他们！

金光四射的祭拜塔，不时传来和尚诵经祈福的声音，时而似哭，时而似唱，立于万人之中却不觉拥挤的我仿佛听到了，一个国家，一个民族的信仰在歌唱……

在泰国人心中，普密蓬国王既是一个完美得近乎神圣的形象，也是国家稳定的基石。

走出大皇宫，夜色如水，星光荧荧。一个国家或民族的文化和信仰，需要你用心慢慢地去体会，需要你用脚步慢慢地去丈量。

只有这样，你才会深深懂得，信仰才是一个民族最有情怀的未来。

## 思念是一条温暖的河流

　　曼谷百里开外的北碧府，静静地流淌着桂河之水。落日的余晖下，一座钢结构的大桥横亘于河流之上，这就是著名的桂河大桥。

　　桥边建有许多水上餐厅，造型别致，热闹非凡。偶尔也可以看到中文指示牌，十分亲切。

　　元宵节这一日，我和一同支教的田甜、沈成慧、王文慧，有幸相聚于此。

　　站在大桥之上，聆听二战时那一段悲惨的故事，不胜唏嘘。如今平凡的我们踏在曾被称为"死亡铁路"的道路之上，看着脚下潺潺流水，感受着泰国的宁静与美丽。

　　离此处大约三公里，有一处墓地，那里埋葬着二战时将近7000名盟军战士的骸骨。那一块块篆刻历史的石碑，依然在风中安详。

　　来来往往的行人们，是否都如我一样，即便享受美食，也依然会因为历史而对这个地方多了一分敬意？

　　站于桥上，任微风拂过。仿佛看到一名战士，正努力躲避着炮火。木质的桥身已经被炸得面目全非，而同伴们正在一个个倒下。他的脸上沾着的不知是汗水，还是泪水；他的眼睛，却依然闪耀着期盼的光辉。

是的，即使到了最后的时刻，他所期盼的，还是和平。

历史在这里蒙上一层厚厚的阴影，而时间是一位充满爱意的老人，他将所有痛苦的记忆一一抹去。如果没有那些拼了性命建桥的人，没有那些在绝崖峭壁上雕刻的勇士，或许这只是一座普通的桥梁。它甚至有点旧，不那么漂亮。但它不是。

它承载了太多人的热血，这注定了它的不平凡。

中国的元宵佳节，如此人月两团圆的好日子，我与朋友为了共同的理想，到了异国他乡。看着同一轮明月，思念着远方的亲人。

你们都还好吗？

思念像一条河流，像这桂河之水一样，在我的心底静静流淌。而文化，则如同一座更伟大的桥梁，让我们能够团结于同一个世界之下。

中国没有这样的桥梁吗？不知大家是否记得卢沟桥，或者它也让你们想起中国那一段浴血奋战的历史？在世界反法西斯战争的洪流里，我们的战士也曾抛头颅、洒热血，用自己的身躯为祖国迎来光明的未来。

我们当然没有忘记。

那些来源于过去，却时时给予未来力量的故事，还在人们的记忆中永存。

母亲在此时打来电话，儿子也向我问好。突然，我已经忘却今日未能看到日落的伤感，也忘却了没能与家人团圆的遗憾。我在这历史的长河里，找到了自己的价值。感悟着生，感悟着爱，学会了珍惜与友人的聚会，亦如与家人的团圆。

又见黄昏，不见夕阳，我把悲伤藏进衣袖里。走在桥面上，我们迎风微笑，远处飘来淡淡的清香，我仿佛看到家乡茉莉花开的微笑。

"我们一起去吃元宵饭吧！"好友们在我耳边轻轻说道。

"好。"我愉快地挽起她们的胳膊，走过了大桥。

# 稻海寻香

我的家乡，就是那山歌聚满坡的广西。每到秋天，稻浪翻滚，金黄耀眼，但身处其间，只觉得那是寻常事，并没有觉得有多美。直至到了泰国，邂逅了那一片稻田。

那是一次课闲，那也是一场说走就走的旅行。绿皮小火车缓缓地穿行，穿过那一片片甘蔗林，路过那一块块木薯地，越过一条条溪流。也许是久居闹市，也许是长时间的火车旅行有些枯燥乏味，一下火车，就觉得和小清新扑了个满怀。阳光随意地泼洒在温暖的土地上，不知名的花草随意爬在农家的篱笆上，那么惬意，那么心旷神怡。

不远处，一条小河澄澈见底，柔波细浪轻吟。远处林木郁郁葱葱，拨开灌木，只见一大片稻海静卧，犹若一卷金黄地毯，一股浓浓的稻香扑鼻而来。放眼望去，大片大片的稻谷，在阳光的照耀下闪闪发光，微风抚弄着稻谷，时而把它吹弯了腰，时而把它扬起来，一弯一扬，被风卷起一片金色的稻浪。近前一掂量，一把把饱满成熟的稻穗，仿佛充满着成功的喜悦；一颗颗稻子弯着腰，躬着背，低着头，沉甸甸的，仿佛在诉说着谦逊者的智慧和感悟；还有些青黄色未成熟的稻穗，充满着青春的旺盛和活力，昂首挺胸，左右摆动，仿佛也在向我们致意：成熟的稻香，终究会到来。

天高气爽，一股股成熟的气息扑面而来。不远处，几个老农弓着腰，猫着背，一脚在前，一脚在后，在炎热的太阳底下，手里不停地挥舞着手中锐利的镰刀，左手抓住稻秆，右手飞舞镰刀，只听见"唰唰"的声响，簇簇稻秆应声倒下，只留下稻谷上洒满了阳光的碎片。我们无拘无束地徜徉于异国的稻海，沉浸在异国的稻香里，当老农们收割到我们站立的田埂边，眼神里明显地饱含惊讶，而后咧着嘴，露出整齐洁白的牙齿，憨厚地朝我们投来灿烂的笑容。

那一刻，老农和我们相视一笑，当彼此笑意相连时，阳光之桥在我们眼前腾空架起，透射着亲切温暖的光芒。一声声温柔的"萨瓦迪卡"回荡在彼此的心底，一片片成熟的稻谷闪烁着耀眼的金色，映着老农们那张烈日暴晒下黝黑的慈祥脸庞，闪耀着万丈的光芒。

这一幕的情景，太熟悉了！我们壮族老家，也是这样的秋季，也是这样的农忙时节，老乡们一样挥舞着农具，一样挥洒着汗水。而童年的我们在一捆捆稻谷中间捉迷藏，从一捆谷子跳到另一捆谷子，从一个草垛跑到另一个草垛，翻着跟斗，笑着，叫着。那成堆的稻草和小山似的谷子，在夕阳下静静躺着，还有那山妹子悠扬的山歌回荡，应和附近村庄的炊烟袅袅，这就是我们童年中快乐的时光。

于是，我决定停下前进的脚步。在和泰国老农的闲聊中，在风吹过的麦浪里，听着老农那一句句"kin kao（吃米）""kin liao（吃了）""na"长"na"短的泰语，那么亲切，那么熟悉。

微风停住了，时间仿佛静止了，余晖透过云层洒在这片稻田上，我再仔细端详这一缕缕的稻穗，它们饱满浑圆，它们深藏着历史和血脉。其实，平凡普通的水稻，只需要阳光和雨露，便深深地扎根生长，不分种族，不分地域。待到收获的季节，便毫无怨言地低下高昂的头颅，等待老农的收割，而后晒干褪去金黄的稻皮，最后以白花花的颗粒形态躺在人们的餐桌上。稻谷的一生，那么短暂，那么安静，那么虔诚，那么朴实，那么顽强，那么金灿，那么芬芳。

对呀！这不正像我们壮族人吗？随遇而安，但绝不沉沦；宁静从容，但绝不软弱；不争不抢，与自然和谐共处，与天地乐睦相安。

似是故人来，同是过路人。这一年，我身处泰国，我身上流淌着壮族人滚烫的血液，我就像一颗稻谷，不远万里，从遥远的中国来到泰国支教。我希望自己也像稻谷一样，不论身处何方，任凭风雨千磨万击，任尔东西南北风，我都默默付出，默默生长，顽强而坚韧，饱满而无畏。

此刻，夕阳日渐西下，行走在泰国的乡间小路上，行走在凹凸不平的田埂上，我不仅闻到了异国稻谷的味道，也闻到了阳光的味道、时间的味道、人情的味道。这些味道，已经在漫长的时光中和故土、乡亲、念旧等情感和信仰混合在一起，才下舌尖，又上心头，让我一时分不清，哪一个是故乡，哪一个是他乡。

中国人，泰国人，何尝不是一粒粒稻子？他们顽强坚韧的风骨，更有着稻子一般默默坚忍的品质。他们经历过阳光雨露，也经历过暴风骤雨，但柔软的茎却未被折断，待到收割季节来到，它们饱含稻穗的头就悄然低下，如智者那般谦逊。

那一刻，我不自觉地伸手抓起一束稻谷，稻子成熟的香气整个扑进我的胸腔。我转身回望，山水含情，稻浪翻飞，家在远方，但情寓于心！

# 不一样的"年味"——宋干节

中国历来有"腊月二十四，掸尘扫房子"的习俗。我一边抚摸着月华家那个略显陈旧的沙发和柜子，一边擦拭着颇有年代的斑驳的楼梯栏杆，脑子里不断涌现出咱们中国在新年来临之际，家家户户也都打扫屋子，清洗各种器具，拆洗被褥窗帘，洒扫六闾庭院，掸拂尘垢蛛网，疏浚明渠暗沟，到处洋溢着欢欢喜喜搞卫生、干干净净迎新春的欢乐景象。

为了在泼水节的时候能有一个干净舒服的家，来迎接在外工作的家人和亲戚的来访，月华妈妈把家中里里外外、大件小件都来了个"大扫除"。那张风吹日晒的黝黑脸庞在阳光的照射下，总是笑眯眯地明媚着，手里一直不停地又擦又搬。看着月华妈妈忙碌的身影，我和潇潇、月华也加入到了宋干节大扫除的欢乐舞曲中。

在这个泰国传统新年到来之际，应我班上的学生月华及其父母的邀请，我和潇潇提前一天来月华家过了一个特别有意义的宋干节。月华的父母，吃苦耐劳，每天都披星戴月，都是勤劳朴实的泰国人。爱笑的月华是三才公学高一的学生，她每天都乐呵呵地露出两个甜甜的酒窝，像春天的好时光。月华不仅才华横溢，而且是人见人爱的开心果，她的中文学得很棒。她家坐落在龙仔厝府最大的海鲜批发市场里，那是一栋五层楼的房子，装修简单，家具古旧，陈设简朴，到处都散发着那种泰国劳动人民简单安逸生活的味道。月华的姐姐也是一个漂亮孝顺的女孩，在大城市上班，在宋干节到来之前，她驱车从外地回来，与家人团聚。看着月华的姐姐风尘仆仆，舟车劳顿，满脸的倦容，月华妈妈心疼地对她说："那么远，回来太辛苦了！"谁知月华的姐姐眨着那双布满血丝的双眸，一脸灿烂地说："没关系！今天，工作在外的泰国人，不管离家远近，宋干节前都纷纷赶回家乡，与亲人团聚呢。"她银铃般的笑声，和着窗外灿烂的阳光，一阵一阵地雀跃着，洒了一屋子的快乐。

泰国的宋干节，又叫泼水节，是泰国传统的新年，也是泰国一年一度的国家家庭日和敬老节，节期3天，每年自公历4月13日至15日。"宋干"一词出于梵文，是"太阳运行到白羊座"的意思，这一天刚好是4月13日，也是泰国最炎热的季节和农闲季节。泰国人喜泼水，泼水有祈求新年风调雨顺之意。泰国传统的宋干节隆重、热闹、喜庆，主要活动有斋僧行善，沐浴净身。人们互相泼水祝福，敬拜长辈，举办放生及歌舞游戏等活动。

烈日当空，万店齐闭，门庭冷落。我和潇潇却神采飞扬，眼前大片的阳光像开了花似的，一路绽放，一路快乐得欲飞。泰国宋干节的第一天，是向长辈泼水祝福、斋僧行善积德的日子，也叫"老人节"。今天，往日干燥的马路早已被水洒湿，宽敞的马路旁，随处可见身着黄袍托钵化缘的僧人，他们每到一处，总有百姓争相施舍，百姓给僧人大米、日用品或荷花。早上，我们早早去市场买各种鲜花，回来后和月华的家人一起准备饭菜、甜品、日用品、布、香烛、日常药物等，用一个篮子或大桶装好。一家人穿上节日的盛装，去寺庙给和尚布施。当那些身穿橘黄色僧服的和尚接受了我们的布施后，就给我们念经并说了一些教导我们的话，然后从一个盛满各种花瓣水的水盂里，拿出一根小树枝，将圣水洒在我们的身上。月华告诉我们，这个洒水的意思是祝愿我们从新的一年开始，有一个大吉大利的人生。

我们听完和尚的教导，接受完洒水后，一起去用寺庙给我们准备的沙子堆起高高的沙堆，在沙堆上插上小旗子或自己剪的纸人。月华的姐姐告诉我们，这些小旗子和纸人是代表自己的意思，做这个沙堆就是把自己不好的东西和晦气留在这个沙堆里，从此以后，你就可以开始一个美好幸福的人生了。听完月华姐姐的话，我和潇潇也入乡随俗，把一个个小旗子深深地插在了我们堆起的高高的沙堆顶上，心中默默祈祷：愿来年事事顺利。

中午时分，我们顶着炎炎烈日，回到月华的家里，马上忙起了今天另外一个重要的传统礼节——泼水祝福。家里的空调凉风习习，作为晚辈的我们和身着泰国传统服饰的月华及其姐姐，一起跪在地上，双手捧着茉莉花串送给月华家的长辈。然后，我们在月华的妈妈早已准备好的一盆放着花瓣和香水的水里，双手掬上一些水，洒在长辈们的手上，这就算是给长辈"泼水"了，意思是祝福长辈身体健康，同时长辈也会对给自己"泼水"的晚辈给予美好的祝愿。月华的姐姐还告诉我说有的泰国人在家里有供养佛的，也会给佛"泼水"。礼毕，我们和月华一家人开开心心地在家里吃了泰国新年的第一餐团圆饭。

下午，我们从月华家里出来，只见路上那些来自四面八方的男男女女，身着艳丽花衣服，或手持水枪，或拎着水桶，互相淋洒，有些干脆开来卡车，运来一车水缸，见到行人就泼，几乎人人都成了"落汤鸡"。我们的脸上、头上、衣服上被涂上痱子粉，快乐的笑声与淋漓的水声交融在一起，写满每一个人的脸庞，流淌在龙仔厝的大街小巷里。烈日炎炎，人们的热情丝毫不减。不远处，有一些游行队伍正向我们走来，只见他们穿着传统的泰式服饰，花车也被装饰得各具特色，佛像端端正正地摆放在花车正中间，时不时有人上前浇水祈祷，因为他们相信这样可以清除所有的邪恶、不幸和灾难。有些行车上还有"宋干女神"在翩翩起舞，只见她们眼妆色彩浓厚，头发高高梳起，发髻戴上黄色大花，一身身色彩斑斓的泰式套装，透露着浓浓的泰式风情。街边还有几个乐手在拼命地敲打着锣鼓，还有人跟着节奏一起跳舞，人们嘴里咿咿呀呀地唱着助兴的调子，在高温的催促下，一切都沸腾了！

当我们走到寺庙市场的广场处，一尊金色佛像端正地摆设在广场的中央，佛像的四周是身着白色衣装的尼姑。许多泰国市民如潮水涌来，或向金佛洒水，或奉献鲜花，或烧香合掌祈祷，或向僧人施舍钱币，或放生关在笼子里的鸟禽，表示消除邪恶，祈求吉祥。烈日下的宋干节，人们个个浑身湿透，欢声笑语，热闹非凡。

月华告诉我们，今天的"泼水节"，无论你是鬓发斑白的老人，还是天真无邪的孩童，人人头发滴水；无论是摆摊的摊主，还是前来观光的外国人，个个浑身湿漉漉，很多人脸上、头上还被人涂上香粉。行走在这水的"世界"、水的人群中，我们有时也会冷不丁被人泼来一身凉水，有时也遭遇路边暗中抛来的一个大水包，"炸"在我们的身上，顿时"水流如注"。一不留神，还有人给我们涂上满脸白色的痱子香粉。

一路走来，这样的"袭击"让我们在炎热的天气中顿感几分清爽，我们能感受到泰国人天性的善良与热情，感受到泰国"宋干节"的淋漓与快乐。这样的宋干节，这样的新年，虽然没有雨，但大街小巷里随处是水，水在欢乐的人群脸上身上流淌，人们在水的节日中欢声笑语。

不一样的新年，不一样的年味，我们快乐地在水世界中或漫步，或奔跑，幸福的年味散发着花朵一样的光芒，亮亮地铺成一条河。晚上回来的路上，天空泛着澄明的蓝色，微风轻拂着我们的头发，有小鸟快乐地从我们头顶飞过，月华家门口的那一片绿草，郁郁葱葱。我拉过月华的手，静静地对月华说："今年过年，我邀请你去我家过中国的新年。"月华睁大泉水般清澈的双眸，那一刻，我看到月华眼睛里流露出一丝丝惊喜和向往的光芒。

此刻，抬头仰望天空，圆圆的月亮当空照，柔柔的月光下，我们三人相视而笑，月华那张被痱子粉涂满的可爱脸庞如茉莉花般绽放，就如一个美丽的宋干天使。

# 第四辑　别样的成长

岁月的长河缓缓流过，前行的路上足迹深深浅浅，记载着欢乐，记载着忧伤，记载着希望。不经意间，在追寻诗和远方的路上，发现成长化作一缕缕馨香，最后留下的是一路成长的足迹。你和成长之间，只差一次支教之旅。

今夜

月光潺潺无语

凄风叩响窗扉

斑驳的卷帘

铺满了苍凉的足迹

黑夜的孤影

拖着冗长的燕尾

潮湿的夜露

从天坠落

淹没在深邃的浩瀚中

驻足于迷迭香的谎言

天使本想等待黎明

翅膀却在日出前夕

狠心夭折

# 芭堤雅的夕阳

等待芭堤雅的夕阳，是旅行中的另一件美事。

泰国守夏节第一天的傍晚，我们来到素有"东方夏威夷"之称的芭堤雅，一个美丽的阳光海滩。这里蓝天碧海，沙白如银，风光旖旎，气候宜人，是泰国著名海景度假胜地。

到达预订的酒店，我们放下行李，跑到楼顶的游泳池。三三两两，不同肤色的人们，穿着泳装，悠闲地躺在椅子上。眼前是一望无际的大海，耳边是清凉的海风，惬意极了。

第二天，我在海滩上慵懒地晒着太阳。附近的景点我都没有去，因为实在提不起兴趣。同伴们邀请我一起去珊瑚岛玩，又说七珍佛山的景色甚好，不去一定会后悔。但我却单单选了金沙岛，因为只有在这里，才能看到最美丽的夕阳。

踩在洁白明净的软沙之上，我等待着落日。

或许每个人看落日的心情都不一样，在我看来，这里的落日，是孤独，也是诗意的。在人多的沙滩上漫步，用相机定格下一个风景未尝不美，而我则更想在这落日的余晖里，照下一个孤独的影子。

因为，孤独本身也是生命中不可多得的留白。

郎永淳的爱人吴萍在美国康州休养时，对大海和落日也有一番解读："一切都安静了，只剩下留恋，不是太阳对世界的留恋，而是世界对太阳的思念，它弥漫在天际，久久不散。其实，来和走都只是一个过程，当太阳从这里沉落，其实它正在世界的另一端升起。生命何尝不是如此？"是的，对于吴萍而言，健康的身体是如此重要，为生命得以延续搏一次，这个过程是艰难的，但也同样美丽！

异国支教的过程何尝不是如此？

自从开始自己的支教生涯，我就真真体会到了什么叫：每天叫醒我们的不是闹钟，而是心中的诗意和远方。

来到异国他乡，我不仅每天要教孩子讲中文，自己还要学泰语。否则，生活中便会生出许多麻烦——在这里，我们成为语言不通的外国人。如果你也曾去过国外旅游，假设你与团体走散，会不会感到某种程度上的慌张？

这种慌张，在我刚来泰国的那几个月，几乎一直伴随着我。

然而，我只能去克服它。既然选择了外派支教这条路，便要付出相应的代价。我知道，如果遇到困难就退缩，终将一事无成。而我热爱教育事业，即使再艰难，我也一定要战胜它！

"夕阳无限好，只是近黄昏。"不，只要你自己不倒，别人是推不倒你的，就算别人可以把你按倒在地上，却不能阻止你满面灰尘遍体伤痕地站起来。

远处海浪拍打礁石的声音告诉我：支教生活也可诗意——我可以用一双瘦弱的肩膀和一颗坚韧的心，去享受这生活中的种种挑战。

每个饱经挑战的外派老师，都是一本内涵深刻、情节丰富的书。不去经历，便永远无法读懂其深刻的内涵。

　　心若向阳，必生温暖。愿我在泰国的每一日，都有所收获，每一次感动，都铭记于心。

# 月是故乡明，情是思念长

　　季羡林说："月是故乡明，每个人都有个故乡，人人的故乡都有个月亮。人人都爱自己故乡的月亮。"是啊，异国他乡的我，每每仰望异国的天空，望见一轮圆月，尤其是天空中那一层层清云，如烟似雾，弥漫在月光下时，心便随月色投向祖国的方向，投向生我养我育我的地方——中国广西南宁市马山县。

　　那是我的故乡，那里有山，有水，有树，有竹，有花，有鸟。每逢中秋，一轮皓月当空，月光闪耀于故乡的姑娘江上，蜿蜒数里，荷香远溢，蝉鸟幽鸣，好一幅中国岭南派的风景画。

　　还记得去年故乡的中秋，碧空如洗，圆月如盘，整个夜空像是一幅生动的水墨画，让人充满了遐想与感动。

　　在故乡，每年的中秋还是我儿子铮铮的表妹艺馨的生日！所以每年中秋节，妹妹的外公外婆都会邀请我们一起去他们家过中秋节，盛况空前。当天下午，我们和铮铮带好礼物，就去到妹妹的外婆家，那天的晚饭总是比往常要早很多。晚饭过后，一家人便开始热热闹闹地准备晚上赏月的东西。

今天，同样一片天空，同样一个季节，同样一个场景，同样一个月亮。不一样的，只是此刻，我身处泰国，内心里多了对远方亲人们一份深深的惦念。

这是我在泰国三才公学度过的第一个中秋节，在这所学校里，有很多华裔，他们的泰文说得很溜，讲中文时音调也和泰国人讲的音调差不多，但他们对学习中文的热情依旧非常高，他们的心里充满了对中文的热情和痴迷，我能感受到他们身上澎湃着中国人的血，骨子里烙刻着中国人的印。这也让我这个外派来泰国的中文老师，受到了深深的触动！感受到了我肩头所担负的责任，我将会以更饱满的热情将中国传统文化和文明不断传播下去！

中国人传统里感念"花好月圆人团聚"之说，历来把家人团圆、亲友团聚，共享天伦之乐看得极其珍贵。尽管在泰国，中秋节没有中国那么热闹，但我们中文教师为了让泰国的学生们体验中国式中秋节的味道，精心地组织了一些以中秋为主题的活动。

我们中文老师组织孩子们制作中国月饼，以便寄托中文老师们对祖国对家乡对亲人的思念之情，我们还教泰国的孩子们唱苏轼的《水调歌头》："明月几时有？把酒问青天。不知天上宫阙，今夕是何年？我欲乘风归去，又恐琼楼玉宇，高处不胜寒。起舞弄清影，何似在人间！转朱阁，低绮户，照无眠。不应有恨，何事长向别时圆？人有悲欢离合，月有阴晴圆缺，此事古难全。但愿人长久，千里共婵娟。"

每做一个月饼，每朗诵一次诗词，都是我们心里对祖国遥遥的祝愿。

在中国的传统文化里，月亮一直是用来表达思念的。一钩新月，可联想到初生的萌芽事物；一轮满月，可联想到美好的团圆生活。在这中秋之夜里，家乡的亲人们也一定在远方祝福着远游在外、客居异乡的我吧。尽管外派的生活是异常艰难的，但我仍会拿出最好的状态来，以最美的姿态去面对泰国的学生，努力做一个有温度有情怀的中文外派老师！"不忘初心，方得始终。"作为一名中文外派教师，我明白自己肩上担着的使命，我一定不会辜负祖国和亲人对我的深深期望，努力将我们中华民族优秀文化传播给更多的泰国孩子们，让他们幼小的心灵间洒满中国文化的种子。期待有一天这些种子会生根发芽，让这些孩子成为中泰友好的更有力的传播者。

走在回宿舍的路上，我再次抬头仰望泰国的天空，凝望天空中的那轮明月，明净如水，月光瀑满了全身。整个夜色里流淌着温婉的思绪，如浅淡的水墨，在月夜里正徐徐舒展出一轴思乡浓情的画卷。这圆圆的月亮，圆圆的月饼，圆圆的笑脸，让我明白，无论在泰国还是在中国，我的心愿唯有一个——祝愿我的亲人们团团圆圆，幸福永远。

# 不要和岁月一起老去

出发之前永远是梦想，上路之后永远是挑战。

此生，我不枉来此，我不要和岁月一起老去。趁着自己内心还有诗和远方的余温，坚持用自己伤痕累累的双脚去丈量异国他乡的每一寸土地，感受那来自异域风情的温度。

"岭外音书断，经冬复历春。近乡情更怯，不敢问来人。"这是唐代宋之问的诗，他写出了常年在外、不得家乡与家人消息的游子，在即将到家之前的复杂心情。真是越到家门口便越是害怕呀！

即使再怎么压抑自己的心情，在下飞机的那一刻，看到眼前"中国欢迎您"这五个大字时，我还是忍不住欢呼起来。

我对孩子们大声地说道："潘老师回到家了！"如果你不曾离开，就不知道归来的不易。离开祖国整整四个月，在那个寒露的时节，风尘仆仆，跌跌撞撞，一路含泪狂奔，只为可以回归和拥抱一次美丽的大中国、熟悉的大南宁！那种心情，不曾经历的人是不会真正懂得的！

南宁啊，我的家！这里山环水绕、四季花开、瓜果飘香、稻香蔗甜、鱼肥蟹黄，这里有歌仙刘三姐缭绕不绝的动人歌谣，这里还有美丽的民族文化之花在八桂大地上争奇绽放。

再次行走在秋日的南宁，阳光依然璀璨夺目，路旁的行道树绿荫蔽日，鲜花满城绽放。这次我是和35位泰国西部华文教育联谊会华裔青少年们一起走近中国文化，一起体验和感受对我来说并不陌生的中国文化。

12天的夏令营行程安排得非常紧凑，白天有时上课，有时也马不停蹄地行走赏玩，晚上吃完晚饭后，还要带着孩子们在学术报告厅排练各种节目。

虽多次路过家门口，但最终未能回家，好在老妈向幼儿园请假，带着儿子铮铮到宾馆陪我两三天。即便是这样的回归，我依然感到无比幸福，因为我可以和我的家人相聚，还可以和异国的孩子们带着一颗兴奋和好奇的心去行走，去重新丈量南宁的每一寸土地，去触摸那些我曾经熟悉的一切。我很喜欢这样的行走，它一路充满挑战，但它也随时可以让我重新捡拾起，一些似乎遗忘的中国文化。

《学记》有云："独学而无友，则孤陋而寡闻。"我们乘着中泰友好歌声的翅膀，开启"亲情中华"寻根文化的旅程；我们通过"小手牵小手"的方式，共同加固中泰友谊的桥梁。和孩子们在一起的这12天中，每一天我都是快乐的，每一天我都在学习新鲜的知识，每一天都充满了活力，虽然很累，但没有一次痛哭流泪，我默默地坚持着自己的初衷。

一路走来，一路梦想，一路挑战。是的，所有的心路历程都值得珍惜，我在重新学习中国文化的路上继续行走，我在行走中不断地改变自己，修炼自己，我有力量接受自己的好和不好，然后生发出更好的力量去传播和传承中国最优秀的文化。作为中泰文化交流的使者，在这12天的行程中，我沉下心来，专注地做好了一件事——带好华裔青少年，写好夏令营的每一篇新闻稿，我知道我不用急着知道结果如何，但我相信有努力的过程，结果不会差。

"不忘初心，方得始终。"尽管多少次在梦境里，我都奋不顾身地奔向你的怀抱，每一次你都把我这颗漂泊孤寂的心温暖了再抱紧；尽管多少次在梦魇里，我还不忘记细数往昔秋风秋雨的浓意，我知道，数不完的仍是门前那几度桂花的暗香。

白居易的《岁晚》诗云："霜降水返壑，风落木归山。冉冉岁将宴，物皆复本源。"是啊，霜降时节水流入深涧，风吹落叶飘飘洒洒地回归山上，慢慢地不知不觉中一年已结束，万物都回复到本源的状态。我相信我这一年的泰国支教也很快会过去，一切都会回到最初的样子。来年霜降的时候，我肯定会回归祖国的怀抱，那时的我一定挽着爱人的臂膀，牵着孩子的小手，行走在南宁那片熟悉的热土上，那时的我不再害怕天黑，不再害怕孤独，不再害怕憔悴，不再害怕容颜消逝，不再害怕行走。

今日霜降，残荷凝日，身处泰国，但心系中国。此刻，我别无他念，只想在窗下，和你慢慢饮一壶茶，让茶香袅袅地沾上衣襟，看清风吹过帘外的花架，时间老了，但你若不来我怎敢和岁月一起老去。

# 你就是自己的拐杖

站在空空的走廊上

迷离的双眼

洞穿云雾

漆黑的高空

划出一道白光

那时的伤痕

在遥远的天际

霎时被星光浸染

鹊桥上的故事

从此流传


站在空空的走廊上

冰冷的雨点

敲打我的黑夜

受伤的天空浸过雨水

粉红的花苞

颤抖着

在黑色中小心翼翼地绽放

犹如幽远而飘忽的双眸

是谁

偷走了夜的梦


空空的走廊

风轻轻拂过

没有痕迹

黎明的草尖上

闪烁着晶亮的小星星


　　"每当我找不到存在的意义，每当我迷失在黑夜里。夜空中最亮的星，请照亮我前行。……夜空中最亮的星，能否听清，那仰望的人，心底的孤独和叹息……"耳机里一直播放邓紫棋翻唱的这首歌，而眼前却是水灯曲子优美的旋律。

　　今天，是2016年11月14日，是泰国的传统节日——水灯节。在这一天，人们都有放水灯的习俗，泰国各地民众都会前往河流或湖泊沿岸，放用香烛和鲜花点缀的水灯，希望水灯能消灾，扫去一年的阴霾，祈求流水带走厄运，祈求未来的一年平安好运、幸福如意。

　　今天，我们学校幼儿园的小朋友和老师们，都穿上节日的盛装，双手捧着各式各样精美的水灯，在幼儿园的游泳池里举行放水灯活动。

然而，这一天所有的热闹都是他们的，我什么也没有。今天，在泰国一年一度热闹的水灯节中，我的内心也经历了一场异常艰难的斗争。除了田甜，没有人知道我今天经历了什么，因为一大早起床7点30分前到学校打卡、进琴房、升旗、交教案、上课，中午幼儿园的水灯活动，下午的茶艺课，晚上的放水灯、自助餐……一切都再正常不过。我知道今天这一天即便我还可以微笑，即便在这样的夜晚，这些异国他乡的朋友同事们都愿意带着我一起快乐地放灯许愿，可我内心的那一丝恐惧仍然笼罩着我。此刻，我胸口的那个硬块疼痛异常，竟然红肿发炎了，我有想到那种不好的东西。幸运的是，一路走来，有你们的相伴。

　　今夜是我在泰国见过的最圆最满的月亮，今晚的月亮也是68年来离地球最近的一次。参加完学校的水灯节活动，我和几个中文老师一起来 da la 市场，感受泰国人传统的节日。

　　在 da la 的整条小河上，弥漫着浓浓的花香和轻快悠扬的水灯歌声，水面上漂满了五彩斑斓的水灯，闪亮着一片片烛光，辉映着人们祈祷祝愿的目光。

　　每个人的手上，都捧着各式各样造型的水灯，有塔形、船形、莲花形……水灯中间，插有香烛、鲜花和彩色的小纸旗，表示礼佛；也有在水灯上放数枚硬币，表示布施。按照泰国传统习俗，在放水灯前，人人都会在点燃香烛后，闭上眼睛，口中喃喃有词，祈祷家人一年平安、幸福，或孩子学业进步，或寄托美好祝愿。

　　在 da la 市场的那条小河边，我也放了一个水灯，许一个小小的愿望，6天后再去一次，我希望所有的阴霾都消失无踪影。看着粉红色的水灯顺着河水飘远时，仿佛那些灾难、疾病，都统统能随水东逝、随风而散了。其实，今天在排队等拿药时我内心有点虚虚的，于是给朋友打了个电话，没说几分钟，田甜已帮我拿好药，校车也在门口。一起上车后，田甜听到我在讲电话，她就批评我说又没有什么，干吗给家人打电话，远在他国，要报喜不报忧，不要让家人担心！

我知道田甜是关心我的，她很坚强，她也希望我坚强，她曾说："这里和国内不同，在国内你有很多拐杖，在这儿，你没有拐杖了，你就是自己的拐杖，任何时候你都必须靠自己，而当有一天你可以不借用拐杖了，你都佩服自己的勇敢和坚强！"

其实，我何尝不是自己的拐杖呢？很多时候，在远离亲人，遭人误解，无人理解的日子里，我孤身一人，在无数个无人知晓的晚上，在学校的中文办公室里，战胜过无数个暗黑恐惧的夜晚。唯有深夜还一直散发着昏黄光亮的灯管，只有它们是我的朋友，它们从不嫌弃我，当我痛哭时，或是当我默默流泪时，都是它们陪着我。饿了就靠几口面包充饥，渴了就喝学校冰冷的矿泉水，我不但完成学校布置的各种活动和教学任务，还一直坚持书写很多生活的心得体会、教学感悟、行旅见闻等。虽然记录的这些文字很生涩，甚至还很幼稚，但我想用自己的双手敲出一路的足迹。这样的夜晚，只属于我一个人。

甜，展示人前；苦，独自承受。也许吧，我以前的生活有太多拐杖，以至于很多时候，自己都不敢放手让自己去走。今夜，趁着最亮的月光我决定要自己走一回了，但我还是想用文字来记录生活、记录生命。

一位朋友对我说："没想到你这么能吃苦！"记得我当时听到这话时，内心不由得一惊，其实我的内心无比脆弱。但是，那一刻，我的心就像是久久阴霾的天空突然透过一丝光亮，神清气爽，豁然开朗。朋友的这句话，仿佛让我长久以来压抑的心绪得到了瞬间的喘息，顿时增加了些许继续前行的力量。其实，今天这样的电话，我何尝不是在找寻那样的一种力量？尤其是身处异国他乡内心最脆弱的时候。但我也坚信，匆匆流去的时光，一定会将我身上的这些坚持和磨难都雕刻成一朵朵耀眼的花来，绽放自己，芬芳他人。

"路是大地的伤疤，因此走在路上的我们，前行的每一步都会异常艰辛。"2016，离大地最近的月光，我是一只不怎么美丽的蜗牛，我没有轻盈灵动的翅膀，没有触手可及的梦想，我只愿健康最好，岁月无恙。

佛陀说，黑暗中，你要成为自己的光。流年逝去，不论身处何方，我就是自己的拐杖，我要迈开自己的双脚去丈量那些未曾经过的地方。

# 不求桃李满天下，但求无愧于心

前段日子在微博上看到李冰冰写的一篇文章，大致是说她在国外生病，想去治疗一下，但因为语言不通等原因，历经千般波折，最后还是没有起色。

我在泰国也遇到同样的事。

那日，我正在上六年级的才艺课的时候，突然晕倒在教室里，脸色惨白，很是吓人。大家那时都在上课，只有辛悦老师在办公室。看到我这般模样，她二话不说，立刻给我冲了一杯热盐水。之后田甜叫好出租车，直奔当地的 Mahacai（同音译）医院。

这原本只是一件小事，但因为我是个女老师，平时身体的抵抗力都不太好，便生生把其他中文老师给吓坏了。那时的我，哭得触目惊心，好不伤心。

平日我们在学校，老师都是自己人，学生们也懂几句汉语，再不济也会几句应急的英文，交流起来并无大碍。但出了门便不一样，我们真正领教了"在家千般好，出门万事难"的说法。

幸好，这次有会一些泰语的田甜老师。看着她在医院里忙前忙后的身影，我心存感激的同时，更庆幸自己没有遭遇语言不通，致使病情被耽搁的尴尬。

在异乡工作，克服思乡之情也是门大功课，尤其是生病时的思乡。我一来这里，因为年纪比人稍长些，所以一直克制，很努力地不表现出来。但是也会在突然的某一刻，心里那根小神经会突然一绷，就断了。

第二天，田甜因为有其他工作安排，要出差几天，没能够留下来陪我去医院。临走的时候，她特意来和我道别，特别不放心我。

夕阳西下，看着她坐的校车渐渐变成一个小小的点，消失在路的尽头，我心里很不是滋味。

星期一，我的病尚未痊愈，但也依然坚持着，给初中的孩子们上茶艺课。

孩子们似乎也感觉到了我的不舒服。文标，一个皮肤黝黑、眼睛晶亮的泰国男生，主动要求给我泡茶。他平时最不爱说话，看起来腼腆又瘦小，却是最有洞察力的孩子。

由于上午我外出开会，他看到我没有去教室上课，特意下课到办公室来找我。懂事又善于观察的文标，下午一上课就发现了我的不舒服。虽然他的中文水平不高，我无法用中文和他交流，但是他明亮的眼睛里，分明什么都懂。

出门在外，亲人不在身边，也只能勤打电话、发信息。但在我脆弱的时候，有人能够给我泡一杯热茶，这本身就是最大的安慰。

来这里教学的老师，平日里在家也是父母的宝贝，丈夫的爱妻，而一到了国外，便什么都要自己来管，想来谁都不容易。

庆幸的是，你之前所有的努力和付出，总有人会看得见。那些用心去浇灌的幼苗们，此刻便成长为一棵小小的树，为老师遮风挡雨。

透过窗格，夕阳斜照在我们简陋的茶室里，如梦如幻，我用手机把这幅画面定格下来。

这一刻，我真切地明白了教育的意义。

爱原来是不需要任何语言，亦能沟通的一门艺术。

下课了，我回到办公室，老师们依然在忙碌地准备着各种教具、教案，热情丝毫没减。我对窗而坐，窗外的夕阳，渐渐西落，红彤彤的晚霞把三才公学映得光芒四射。转眼间到泰国已经数月，虽然会偶遇风险，但只要看到那些可爱的孩子，也便什么都忘记了。

不求桃李满天下，但求无愧于心。

# 有情不必终老，暗香浮动正好

　　人生总有许多的感动，来自于那些日常的细节：一抹善意的微笑、一双友善的小手、一个温暖的怀抱、一句安慰的话语、一个充满力量的电话、一袋爱心满满的奶昔……即使远在他国，也会让你内心温暖无比！

　　当眼前那蓝色的幕布越来越模糊，直到什么也看不见，接下来便是静静地，静静地等待，仿佛全世界只剩了自己心跳的声音时。那一刻，我才知道过往种种的不易，在这一刻都显得那么微不足道。

　　今天是手术后的第三天，感觉没有前两天那么疼了。术后第一天是穿心的疼，换完药才去吃饭，连下咽都觉得胸口在颤抖。就在校医给我换药的时候，我本来叫雅乐帮我拍照的，可她说没带手机，又好心地告诉我说伤口不大，只是有个小洞，校医就用消炎药消炎，放点药进去，再用纱布固定包扎好就可以了。之前我还一直紧张，后来她说得这样轻描淡写，心情便不再如先前那般紧张，连伤口的疼痛竟然也觉得锐减了不少。

　　今天吸取了昨天的教训，先吃饭，再换药。校医是个十分善良的阿姨，退休前是医院的主任，她每次都很小心很用心地帮我查看伤口，帮我消毒消炎。她总是安慰我说 mei bian lai（没关系），每次看到她布满细纹的笑容，我都心生一丝宽慰。不过今天换药的时候，也许是因为真的疼，也许是因为我不够坚强，更也许是因为没有安全感，就在校医把昨天的药线往外拉出，再把新的药线往里放时，我忍不住轻喊了几声，恰巧幼儿园园长 Mrs. Andu Kullawong 进来，看到正躺在床上的我，就过来用双手紧握我的左手，温柔地安慰着我。很快田甜也进来了，她俩一起握住我的手，悄悄地说，生孩子那么疼的事都经历了，这个不要紧的，很快就会好起来的。顿时我的泪水夺眶而出，各种心情交织在一起。是的，人只有在困难的时候，才更能体会到来自关怀里的那份温暖，这份温暖超越了语言，跨越了国界，留在我的生命里，如一块宝石，熠熠闪光。

其实，我已经挣扎了很久，本来是决定回国做的，大前天晚上都已经让田甜在网上帮我订好机票了。和经理请假时，经理说如果不严重就不用回中国，在 Ma Ha Cai Hospital 都可以做的。那时学校经理正好在幼儿园的校医室旁边，我就说再让校医帮我看看，校医说："没有那么严重的，只是一般性的，不是你想象的那样。"如果有工具她都可以帮我处理，但学校这里没有那些设备和器械，只能去医院让医生帮做，不用回中国。在经理面前我也不能坚持说一定要回国了，于是就决定马上去医院，因为第二天田甜要外出开会，我就没有人陪没有人帮翻译了。田甜的动作也快，我一面去找人帮顶课，田甜一面去学校找校车，还顺便帮我从 Pi Zhou（同音译）老师那里拿回了护照，她特意叫上 Ku Pi（同音译）一起，说是怕有些泰语太难我听不懂。无论做什么事，田甜的考虑总是比我要周到得多。经过一番检查后，就在那天中午，我躺在了那一间蓝色幕布围起来的简易手术室里，静静地等待医生的各种冰冷器械了。好在一切都进行得很顺利，由于打了麻药，做完后我完全没有感觉到有多疼痛，一路说说笑笑着回到了学校。

其实，真正的疼痛是回来后去上二年级两节才艺剪纸课的时候，那个疼真的是穿心入骨的，冷汗淋漓，一向自认为坚强的我，依然无法抑制住疼痛对我的折磨。我和泰文老师说我不太舒服，这时我那二年（2）班的学生就大声说起来，老师不舒服，不要吵了。这时小男生洪西走上讲台来用双手拿起我的右手亲了我的手臂，大眼睛里竟然留下了晶莹的泪珠，因为每天他见我都要和我拥抱一番才依依不舍地回去，今天看见我这么不舒服还坚持来给他们上课，他说他很感动。而他，这个泰国的小男孩，同样也把我给感动得一塌糊涂。这是些多么善良暖心的孩子们啊，我此刻就是再疼再累，有他们在都无足轻重了。

昨天晚上8点多，我想去学校打水，就想去叫弟弟卢老师陪我一起去。到弟弟家门口时，学生艾嘉的妈妈正好从小车里出来，说是来接艾嘉的，我们就用泰语、英语寒暄了几句。她听艾嘉说我不太舒服，便嘱咐我要照顾好自己。接着又去车里拿了一袋泰国人自己做的奶昔之类的饮料，说是对我的身体好。我感谢并接受了她的好意。

临走前，艾嘉妈妈又说起我上次指导艾嘉演讲的事，对我一再表示感谢，说艾嘉很喜欢潘老师！这让我心底里升腾起浓浓的暖意，仿佛伤口处也被这份温暖给包裹起来了，有了热热的温度，不再感觉伤痛。

其实无论在泰国，还是中国，家长与学生的认可与感恩都是给老师最大的温暖。特别是我身处在泰国这片异国他乡的土地上，在习惯不同、语言不通的情况下，这些赞扬更是让我从心底里升腾起了一种欢乐与幸福。

在泰国，孩子与家长特别懂得对老师的感恩。甜甜妈妈就是其中一个，甜甜是我在HSK（汉语水平考试）课的学生，她这次HSK考试通过了，满分200分，她得195分。甜甜妈妈每次见到我都微笑着对我说非常感谢，昨天还喝到了她自己做的桑葚茶。

还有沈成慧、王文慧两位老师，知道我做了小手术后，都特别照顾我，时时提醒我要多休息，按时下班，别老加班，还问我要不要请假回宿舍休息。

真的，在三才这个小地方，其实感恩无处不在，只要你用心了，只要你去做了，总会有意外的小惊喜、小收获。

人生如天气，瞬息万变，冷暖自知。许多的事，需要自己去经历，许多的情需要自己去感受。毕竟，一辈子不长，相聚就是缘分，一路走来，有过风风雨雨，也会有繁花满园。不经意地，花就开了，曾经的冷漠也会在暖风里生根发芽，从而拥有一个属于自己的春天。生活中，哪有什么错过的人，会离开的都是路人，所以不要亏待每一份热情，也不讨好任何冷漠，没有上不去的山，只有不坚强的心。

有情不必终老，暗香浮动正好。这个冬天，虽寒风凛冽，我却依然心生温暖，风骨傲然。

## 我的支教，我的中国年
## ——写给远方的儿子

铮铮，妈妈日思夜想的好儿子：

你是来自天上最纯洁的小天使，是上天送给妈妈最珍贵的礼物。因为有了你，妈妈的生命里充满了美好，也因为你的到来，妈妈的生命从此变得更加完整。

今天是大年三十，你一定在和表哥、舅舅、舅妈、外公、外婆一起过大年，相信你们一定很开心吧！2017年，是妈妈第一次在泰国过中国年，也是妈妈第一次离开我的铮铮这么远这么久，也许是过年的缘故，妈妈在异国他乡里，格外想念我的铮铮。妈妈期盼着，等妈妈回国的时候，你会怎样笑容满面地冲妈妈跑过来呢？我的乖儿子，妈妈此时此刻，真的很想你！

铮铮，虽然今天是中国的大年三十，但是泰国人是不过中国年的，泰国人的新年是4月份的泼水节。但是这里的华人华侨会一起过新年哦，至今他们还保留着很多中国的传统习俗，比如早上早早起来贴春联、贴门神、挂灯笼、挂中国结、烧爆竹等，然后再祭拜神佛，到中午时再祭拜阿公祖母。和中国现在有所不同，他们祭拜的供台上只是给神佛用，祭拜祖先的则是直接摆放在地上，饭、肉、汤分别排成三列，有多少个祖先去世，他们就摆放多少个碗，每个碗里都放着一个小勺子和一双筷子。中国年味依然浓郁十足！

"独在异乡为异客，每逢佳节倍思亲。"妈妈在新年的钟声里，心底深处充满了无比的思念，希望远在中国的亲人们都幸福安康。

为了庆祝这个远在泰国度过的中国年，妈妈今晚和田甜老师、王文慧老师、黄心怡老师、秦稚婷老师在田甜老师的房间里一起看中央电视台的春节联欢晚会，我们还找来了一个投影仪和夜光闪闪灯。我们把去超市买来的菜做成了饺子馅，我们自己包饺子，最受大家欢迎的是胡萝卜猪肉馅！

以前在国内，妈妈都是去市场买饺子皮和饺子馅，回来简单搅拌一下就可以包了，可是在泰国，妈妈和其他几个支教老师都是自己和面、擀面皮、包饺子的。由于我们都不会做，田甜老师就直接和她妈妈视频教我们做。面是妈妈和的，刚开始妈妈连和面是要放冷水还是温水都不懂，还有因为放水少了面和出来后很硬，后来在田甜老师的妈妈的耐心教授下，终于一步一步地学会了。

我们五个人中，妈妈包的饺子是最丑的，被其他支教的老师取笑啦。她们说：首先把饺子皮平放在左手靠前一些的位置上，然后将饺子馅放入皮中央，不要放太多馅，先捏中央，再捏两边，然后分别将两边的饺子皮沿着边缘挤一下，这样一个金元宝状的饺子就出来了，而且下锅煮时也不会漏汤呢。按照她们教的方法，经过两次动手试验，妈妈精心包的金元宝饺子果然成功啦！铮铮，等妈妈回国后一定自己做饺子给你吃！

"花开须有时，唯有静待之。"铮铮，2017年，这个中国年是一个特别有意义的中国年！因为妈妈获得了在泰国教授中文的宝贵经历，还收获了田甜老师、沈成慧老师、王文慧老师的友情，我们四个人远在异国他乡，风雨同舟，同甘共苦，荣辱与共，相互鼓励，搀扶前行，这份友情实在弥足珍贵，妈妈无比珍惜。

铮铮，你知道吗？妈妈在泰国三才公学，遭遇过很多事，遇见过很多人，流过很多泪，受过很多的委屈，付出过很多的努力，经受过很多考验。所以现在，妈妈比起从前又坚强了许多许多。妈妈懂得了一个人不管在顺境，还是逆境，都应该像野草那样坚强而有韧性地活着，不畏严寒酷暑，坚忍不拔、顽强生长。在过去的2016年里，妈妈不在身边的日子里，你一定也长大了许多，也学会了很多，妈妈希望你每一天都有新的进步。

此刻，已经是夜深人静，妈妈办公室的灯光依然温暖明亮，妈妈翻开了龙应台那本《孩子你慢慢来》，轻轻地读着："我在石阶上坐下来，看着这个五岁的小男孩，还在很努力地打那个蝴蝶结：绳子穿来穿去，刚好可以拉的一刻，又松了开来，于是重新再来；小小的手慎重地捏着细细的草绳。淡水的街头，阳光斜照着窄巷里这间零乱的花铺。我，坐在斜阳浅照的石阶上，愿意等上一辈子的时间，让这个孩子从从容容地把那个蝴蝶结扎好，用他五岁的手指。孩子你慢慢来，慢慢来。"妈妈一边读着，一边仿佛看到了正在成长中的你。现在，每天通过视频看着我的铮铮学会了背古诗、背《三字经》、唱红歌，学会了讲礼貌，我亲爱的铮铮，妈妈愿用一生的时间去等着你慢慢成长！

铮铮，谢谢你，因为有了你，妈妈学会了坚强和忍耐，还有更多的付出与努力。在泰国支教的这八个月里，妈妈在教学上倾尽全力，还利用晚上和业余的时间写了很多的感悟随笔，妈妈准备回国后把它们整理成书，它将是妈妈送给铮铮最美的礼物。现在妈妈写着想着，仿佛你已经不再是个两岁半的孩子，而是迎风长成了一个英俊的少年。妈妈多么希望你快快长大，从一株幼苗长成一棵能独自挺立风雨的大树！

　　铮铮，今天是除夕，过了今天又将开启新的一年。新年的阳光将会再一次从地平线上灿烂地升起，可爱的你将会迎来又一个新的春天，拥有一段快乐成长的美好岁月，妈妈盼望着我的小铮铮每一天都开心快乐。

　　在新年伊始的时刻，妈妈想跟你分享颜真卿的一首叫《劝学》的诗："三更灯火五更鸡，正是男儿读书时。黑发不知勤学早，白首方悔读书迟。"妈妈希望自己，也希望铮铮，长成一个知道珍惜时间，懂得努力读书的人。不浪费时间，不虚度光阴。任时光匆匆，岁月无痕，妈妈也要牵着铮铮的手一起走过，看每一个春天的温暖花开，望每一个夏天的绿荫婆娑，赏每一个秋天的碧水长天，观每一个冬天的千里冰雪。每一个季节里的每一天，都将有我们最美好的回忆。

　　陪伴是最长情的告白，长长的路，慢慢地走，妈妈愿意陪着你一起走。爱在缘深，宝贝，好好地等着妈妈，我们很快就可以在一起了！末了，祝我可爱的铮铮在新的一年里，身体健康、快乐长大！

　　　　　　　　　　　　　妈妈，写于泰国龙仔厝三才公学

# 凌晨三点半的素万那普机场

　　弟弟李围庆在机场调侃地念道："三更灯火五更鸡，正是男儿读书时。黑发不知勤学早，白首方悔读书迟。"在灯火通明的机场大道，在这样寒意略浓的机场里头，弟弟开这样的玩笑似乎有点像是在伤口上撒盐了。

　　今天是大年三十，广东韩山师范学院四个实习生三个月的实习生涯结束了，他们今天可以回国和家人一起过除夕了，我们几个人一起去机场送行。踏着小渔村碎碎的月光，凌晨2点我们就前往素万那普国际机场了。

　　也许是半夜的缘故，校车飞奔行驶在夜晚的高速路上，提前半个小时到达了机场，凌晨3点半的素万那普国际机场旅客寥寥无几，我们几个人的到来给暂时冷清的机场增添了些许的热闹。

　　祖国近在眼前，然而我们只是来送机的。当行李从校车上搬下来后，他们就开始忙碌起来了。看着他们忙着办理退税和登机等各种手续，我眼睛瞬间模糊了。还记得这几个实习生刚刚来的时候，我带杨雅乐和李元婷出门去吃饭，看着她们俩，那时我就特别感慨年轻真好！现在却要在这个喜庆的中国年里送他们，我们心里都特别羡慕：我们何尝不想飞回中国和家人一起过大年。

　　他们四个实习生快要大学毕业了，青春、有活力、有特长，女生漂亮，男生阳光。他们刚来时，我由于工作的安排，和他们接触较多，第一次请他们吃饭时我就开玩笑说："今晚可是拜师宴哦，以后你俩就是我的老师了，一个是古筝专业，一个是国画专业，书法也是棒棒的！"那时她们俩开心地答应了，我嘴上虽然这样客套地说，但心里却一点也不报任何奢望的，因为世事无常，过分的亲近可能是疏远的开始。可是，在后来三个月的时间里，她们俩在很多的课余时间真的教会我很多东西，她们手把手不厌其烦地教，尤其是杨雅乐，她学的是古筝专业，而我本身就有一些基础，所以兴趣就很浓。有一次，为了教我弹《时间都去哪儿了》这首流行歌，她从下午3点一直教我到6点多，一个一个节拍、一个一个音符地教，我虽然只学会了几个小节，但因为杨雅乐那一次的刻苦执着教授，我从以前对节奏、节拍的一无所知变成了现在可以自己独立看谱子并学着自己弹的程度了。李元婷也教会了我很多国画基础，我慢慢地对画画也产生了兴趣。她们都没有嫌弃我这个又笨又不开窍的学生呢！

　　在主席和经理宴请我们全体中文老师的新年宴会上，也是韩山师范学院实习生的欢送宴会上，杨雅乐发表感言时第一个感谢的人竟然是我。那一刻，我心里真的很感动，我没想到我和雅乐聊的那些家常话语，竟然在不知不觉地影响着她。她说，是我教会了她生活中很多做人做事的道理，尤其是我做小手术的那段时间，她陪我去校医院换药，我就把整个过程写成一篇文章，在练古筝时给她看，她竟然伤心地哭了起来。我拥抱着她，她说她想到了她的妈妈，她来泰国之前，她妈妈刚刚经历了一场大病，她自己在高考之前也经历了一场大病。在这样的年纪就经历这样生死别离般的煎熬，对她确实是太沉重了！后来她还跟我讲起了她家很多很多的事来，末了她还说："潘姐，为什么你在办公室什么都不说，但你却做了很多很多？"我笑笑不语，毕竟，没有经历过那样被人伤害过的痛是无法理解的。是的，以前我是一个爱憎分明、爱打抱不平且开朗爱笑的人，现在变成了沉默少言的人，在宿舍和办公室能不说话就不会多说一句的人，现在再也不想去向任何人敞开心扉，再也不想去相信任何人了。他们新来的实习老师也一样，因为就算你这段时间去尝试了，但最后还是会受伤，最后还是要互为陌路，还不如永远都不开始。然而，现在骤然发现，一路走来磕磕碰碰，但只要我们内心种下了纯真、独立、坚强、悲悯的种子，自然就能收获福报的果实。

当弟弟卢春剑在留言中对我说："从我进办公室的那一天起，就是你给我信心，让我安心。"李元婷和杨雅乐告诉我，是我的那种活到老学到老的精神感动到了她们，在今天各种形形色色的人中，像我这样有冲劲的人很少见了。杨雅乐在临走前请我去咖啡店吃饭，李元婷给了我和王文慧一堆宣纸和画笔后，又送给我一个背包，我知道这样出乎意料的惊喜和情谊是无法用金钱或贵重物品来衡量的。记得我第一次在一楼宿舍与他们聊天时，我曾对他们说："在三才这个地方，身在苦中不觉苦，要不断解锁人生新技能，不断强化打磨自己人生的工具箱。要知道现在的我们是一路在走上坡的路，只有坚持再坚持，对于工作上的事，只要自己能够做的就尽量去做，不要怕吃苦，也不要怕吃亏，三个月的实习期很快就过去，如果你一无所作、一无所获，那将是你人生最大的遗憾和损失。"那时他们是似懂非懂地听着，现在三个月过去了，他们的实习生活已经结束了，我没想到他们听进了我的话。现在他们收获到了来自泰国龙仔厝三才公学三个月来的点点滴滴，从一开始什么都不懂的学生，转换成一名老师的角色，不论是与泰国孩子，还是与三语老师们，他们都一起学习、一起成长过来了。他们临走前对我说的这些话瞬间让我明白了，原来我们每个人的努力与真心是不可能被蒙蔽掉的，只要足够真诚，就一定会在潜移默化中影响他人。

在过去的时间里，我们一起经历过欢喜，也曾悔恨落泪，但来日方长，需要我们慢慢行走，慢慢品读，慢慢了解。在脚步急促的日子里，依然坚定地相信未来，相信更好的自己。毕竟，生命中有些人的到来，就是为了教会我们：不要在意不在意你的人，不要考虑不考虑你的人，不要担心不担心你的人，不要花时间给不会为你花时间的人。哪怕在经历过万水千山、百转千回、物是人非之后，不要被生活打败，不要被流言所击垮，坚信所有美好，终会如期而至。

送机回来的路上，已是凌晨4点半了，一路灯火辉煌，星光闪烁，我静静地欣赏着曼谷的夜景，睡意全无，也不觉寒冷了。我知道世上最美的风景，是回家的那段路，实习生们回家了，他们踏上了最美的旅程，而我们却依然坚守自己的初心，返回学校。看着来来往往的车越来越多，我想，每个人都一定在赶路，我也赶路，但我不能赶心，更不能盲目赶路了。任何时候都要拥有一颗向阳的心，这样阳光才会流进心里，驱走恐惧和黑暗，无须追赶，无须羡慕。不同年纪可以活出不同的优势，不用去羡慕别人的青春，你的青春别人也羡慕过，现在你只要每一天都真诚地去做好自己，做好每一件事，不用去管别人的眼光，评判自会有公道。

　　此刻，我突然有点喜欢现在的自己了，毕竟我努力过、拼搏过、彷徨过、苦闷过、绝望过、快乐过，活得那么认真才换来现在那么通透明朗的自己，现在这个我应该是最饱满最自信最富正能量的了。

# 我日思夜念的家，温暖如春

　　我的老家在一个山清水秀、气候宜人、四面环山的小县城里，人们每天日出而作、日落而息，生活节奏缓慢、生活随性闲适。

　　每天晚上，你都会看到很多的人沿着那条穿城而过的姑娘江，在那树木掩映的长长河畔上，在那流水潺潺的风雨桥和垂柳旁，散步、打壮鼓、跳舞，小朋友各种嬉戏，不远处的体育馆广场上时常传来各种广场舞的跃动旋律，小城不眠，欢声笑语不止。

　　在我外派赴泰支教的这八个月里，我的儿子铮铮一直生活在这个美丽惬意的小县城里，和外公、外婆、舅舅、舅娘、小表哥昊天一起，而我的弟媳即铮铮的舅娘一直无怨无悔地帮我承担起铮铮"妈妈"的角色。

　　有舅娘在的家，一直明媚温暖。舅娘是县城一所幼儿园的园长，年纪和我相仿，工作踏实认真、能吃苦耐劳，曾获得过三八红旗手，平时在家对我爸妈也都很客气孝顺。在昊天还没有出生之前，家里随时都能听到她一声长、一声短地叫着"老爸、老妈"的声音，后来有了昊天，家里依然回荡着"老奶、阿爷"的声音。

在我怀铮铮的那段日子里，我也时常回老家和我弟媳他们一起住。那时候，我们家的新房还没装修好，我都是和他们一起住在幼儿园里，就连儿子铮铮出生后，坐月子也是在幼儿园里的，可以说，在我们这个大家庭里，弟媳是功不可没的。对于两岁八个月的铮铮而言，舅娘可是一位严母，要求严格，不妥协，不拖泥带水。只要舅娘在家，铮铮是不敢耍赖不吃饭的，因为只要舅娘说一句："拿过来，我喂！"铮铮立马就跳起来，双手用力摇着，张开双手挡着舅娘大声喊道："不要过来，不要过来，我自己来！"说罢就急忙捧起大饭碗，大口大口地用勺子不停地往嘴里扒，眼睛还不时地往上翻看舅娘在哪里，这样囫囵吞枣被迫吃饭的样子，每次都让全家人哭笑不得。但是，舅娘也经常带着铮铮和昊天哥哥一起去书店、超市、游乐场、野外，去摘果、打红薯窖等，铮铮对这个舅娘真是又怕又爱！怕的是舅娘的这种说一不二的威严，爱的是外出可以随意开心快乐地玩耍。

　　林清玄说："好的教育不是教孩子争第一，而是唤醒其内心的种子。"这个幼儿园园长的舅娘是在唤醒铮铮：没有妈妈在身边的日子，舅妈就是你妈妈，妈妈的爱和舅妈的爱是爱的平方。铮铮得到的爱并不少，反而增多了，一如早春的嫩芽，随着季节的变化，慢慢变得枝繁叶茂。

　　有段时间，因为小舅娘住院生孩子，外婆不能接送铮铮上幼儿园了。那段时间铮铮每天都是早早就跟着园长舅娘一起去幼儿园，下午放学也和舅娘、昊天哥哥一起回来，吃过晚饭，舅娘又带他们出去玩，回来之后又忙着给他们洗澡，睡觉之前，还坚持教他们读书、背三字经等。在那一周的时间里，因为昊天哥哥要参加幼儿园的讲故事比赛，舅娘每晚睡前就教他们讲《一颗纽扣的故事》，铮铮每晚都是听着、跟着、学着舅娘讲的故事进入梦乡的。当我和铮铮视频时，铮铮和昊天哥哥就自告奋勇地讲这个纽扣的故事给我听，当时我都震惊了，那时觉得才两岁半的孩子，怎么能这样声情并茂地讲着这么可爱的小故事出来呢？铮铮那小嘴巴一会儿嘟起，一会儿咧着；小眼睛一会儿扑闪扑闪的，一会儿瞪得圆溜溜的；小脑袋一会儿摇来晃去，一会儿斜着头倾听的样子……整个人表情时而搞怪卖萌，时而一脸认真，时而滑稽可笑，声情并茂地和昊天哥哥抢着讲的样子，可爱极了！

有一次放学时，外婆因为要去接小雨姐姐和昊天哥哥，就让铮铮和隔壁的辉辉奶奶先回来。一路上，吹着小城习习的风，铮铮站在电车的踏板前面，时不时地扭过头来和辉辉奶奶聊天，嘴巴甜蜜蜜地说："辉辉奶奶，以后我不打你了喔！"辉辉奶奶笑着回答："真的吗？骗人是小狗哦。"铮铮一脸正经地说："嗯，骗人是小狗！"是的，在孩子的世界里，他有时任性、有时哭闹、有时顽皮捣蛋，但谁对他好，谁对他不好，他都能真切地感受到，而当你以一颗真诚的心去对待他，走进他，他也会报你以一颗真诚的心。人与人之间，不论大小，彼此的态度，都决定孩子成长的高度。

大年三十那天，小区里过年的气氛热闹非凡，炮竹声、杀鸡宰鹅声、欢笑声，声声入耳。在舅娘的引导下，铮铮和昊天哥哥一起站在喜庆的家门前给大家拜早年，在视频里，我看到了铮铮和昊天哥哥双手握在一起，十指交叉，举到胸口，满面笑容，咧着小嘴，呲着小牙，小屁股一撅一撅地跟着双手的节奏，一上一下地模仿大人们拜年的样子，稚嫩的童音满满："祝大家新年快乐，身体健康！"当昊天哥哥和铮铮一起介绍自己的时候，昊天哥哥的声音大过了铮铮的声音，铮铮就拉住哥哥说:"别、别,给、给我说咯——"稚嫩话语的尾音中已经开始略带有小县城的口音了,但那种带着方言的童音翻过高山,越过大海,穿过千里万里的电波,传到了远在泰国的我的耳际,瞬间阳光洒进房间,铺了一地的幸福。

在外派泰国支教的八个月里,我的这个弟媳、铮铮的舅娘就是这样,每天忙完学校的事外,在家里还替我承担起铮铮日常生活饮食起居的各种照顾,还操持着家里各种日常的生活,正因为有这个弟媳,我在国外支教的日子里才得以安心工作,没有后顾之忧。常常听说:孩子是树,父母是根,树的健康成长与根的关系紧密联系着。我知道铮铮、艺馨妹妹、昊天哥哥还有襁褓中的弟弟,这几棵小树苗的健康成长是离不开舅娘、舅舅、外公、外婆的共同培育的。

因为"培根教育"其实就是家庭教育,它是一个人成长的根本,父母就是孩子认识世界,获取知识的第一所学校。回国之后,铮铮即便回到南宁上学了,我也要时常告诉他,在你成长的路上,妈妈并没有缺席你的人生,妈妈只是暂时不陪你一起走某段路途而已,但妈妈的家人,爸爸的家人,都是你的家人,他们都是你生命中最最尊贵的客人,不论身处何方,你都要常怀感恩之心。

立春之日,百草回芽,万物复苏。临近周末,泰国的阳光依然明媚璀璨,我迈着轻盈的步伐走进学校的三楼办公室,对窗静坐,细数着回国和铮铮相见的日子。看看窗外的蓝天白云,远处的天空上云卷又云舒,校园的花圃里花开又花落,一阵风轻拂而过,阳光正好洒在办公桌的那张我们全家人第一次合照的照片上,我能感觉到空气中流淌着幸福的味道。

　　小城，我的家。父母在，家就在。我日思夜念的家，始终温暖如春。

## 即使在平淡的生活里，也能遇见最美的自己

　　"黄色的树林里分出两条路，可惜我不能同时去涉足，我在那路口久久伫立，我向着一条路极目望去，直到它消失在丛林深处……"以前给学生讲解弗罗斯特的这首《未选择的路》时，我都会要求学生把它背诵下来。我会对学生们说：在以后的人生中，你们会遇见很多十字路口，而当你们面临十字路口的选择时，你们不妨默念一下这首哲理深邃的诗。而今天我的心情和作者在面临抉择时的心情是何等的相像！

　　博尔赫斯说："任何一种命运，尽管它也许是漫长而复杂的，实际上却反映在某一瞬间，正是在那一瞬间，一个人才永远明白了他自己究竟是什么人。"人生百转千回，你根本无法预知。在无数的未知与变数里，你能做的只是走好脚下的每一步。

　　周末两天，我和学校经理一行人出差泰国东部的尖竹汶，提前踩点本周末学生要参加比赛的学校和住宿地。回到学校时已经8点多，在田甜的房间煮了螺蛳粉吃完后已经10点了，又一起去学校拿了文件，然后就像往常一样，顺便在校园里走了几圈。我们边走边聊，田甜时而抓着我的手，时而放开我的手，似乎有话要说，但欲言又止。

我知道她面临的处境和压力，在来回往复的脚步声中，终于，田甜对我说："潘姐，有件事我已经压抑了好久，我想跟你说我很想要你明年留下来帮我，如果你留下来，你将会拥有一个更好的自己！"

我知道田甜在这边第三年了，明年如果她留下来，她一定会闯出一片属于自己的天地。

我们边走边聊，田甜说她来泰国每一年都能收获不同感受：第一年明白了不要去在意那些不在意你的人，第二年明白了如何慢慢地观察周围的人和事，第三年明白了自己到底能做什么。而我现在所处的境遇和遇到的情况和她第一年来的时候一样，她告诉我，与其在意别人的背弃和不善，不如经营好自己的尊严和美好，选择一种方式证明自己，让自己变得强大，变得无可替代。

"如果明年你留下，你就可以做你想做的事，也可以去看你想看的世界。"听到田甜对我说的这一番话，我有点震惊，但是我也能听得出她对我在三才这7个多月工作的认可。每天的生活表面上看来似乎很简单：上课、写教案、批改作业、出试卷、培训学生、练琴、画画、写心得，我从没觉得我有多聪明有多重要，别人一天能做完的事，我可能要两三天才能做完，我也从不敢奢望自己能给别人带来什么帮助或影响，但田甜的这一番语重心长的话，还是让我有了瞬间的存在感和价值感。

田甜见多识广，为人和蔼可亲，处事得体稳重，常常能够以不变来应对万变。每年见识那么多从国内派来的中文老师，每个老师的性格特点、个性能力她一眼都可以看出一二，她希望我留下来自然有她的道理。人生总是这样充满些许的巧合，在存在许多未知与变数的日子里，有的时候，我们弯下的是腰，但拾起来的，却是无价的尊严。

在洒满月光的校园里，银辉朗照，我们俩手拉着手，有着别样的感触。我笑着对田甜说："你今天跟我说这样的话，对我而言，多少有些意外，我从没考虑过留在泰国！"其实，田甜也懂得我内心的想法，无论如何，我是放不下中国那个家和亲人们的。可即便这样，她也要做最后的努力。她说，如果不说出来，她一定会后悔。我深深地感到，在泰国历练了这几年后，田甜已经变得更加果敢和目标明确。

田甜把她想说的说完了，想做的做到了，她说，今晚至少她努力了，无论我是否留下，她将无怨无悔。而我在这个夜晚，也最终作出了我的选择，中国有我温暖的家园，孩子和母亲是我的牵挂，我不能留下来了！

走在回宿舍的路上，已经凌晨2点多了，我抬头一看，发现今夜的夜空如此美好，月亮周围的云层已经飘散开来了，在朗朗的明月下，我看到了脚下有无尽的路，也看到了夜空中最闪亮的那一颗星。我和田甜手挽着手，再次走过宿舍前面这片泥泞的草地，我们在收获各自的人生感悟的同时，也在自己人生的十字路口处做出了各自艰难的抉择。对于我们，生活的磨砺和岁月的雕琢，会让我们各自丰盈起来，我们都将拥有最美好的自己。

回到宿舍里，躺在房间的黑暗里，我依旧心绪难平。我静静地在心里默默念起《未选择的路》这首诗来："林子里有两条路，我——选择了行人稀少的那一条，它改变了我的一生。"

我记得，最后诗人弗罗斯特选择了一条人迹稀少、布满荆棘的道路。诗人做出艰难的选择后，并坚定地走下去，只是在多年回忆中轻叹遗憾罢了。细细想来，这一路的蜗牛爬行，有苦，有甜，有笑，有泪。但总是在不经意的时候，回眸远眺，看着一路走来时的脚步，才发现，在人生的拐角处，在人生的十字路口上，每一次选择，都是一次淬炼与成长，那一刻的光芒总是温暖着我的生命。

2016，我的泰国之行，让我学会了选择自己的人生之路。此生，我将永远记得这次异国任教之行，它让我深深地懂得了，即使在平淡的生活里，也能遇见最美的自己。

## 春种一粒粟，秋收万颗子

在曼谷有一个很小的车站，它叫 AnNuSaWaLi（同音译），中文名叫胜利纪念碑。那里长年有一个售票大叔，他是地道的泰国人，皮肤黝黑、身材高大、头发微卷、眼睛黑大。他的脸上总是挂着灿烂的笑容，一如泰国的阳光，一年四季从未缺席。那天，我从唐人街买回几支大毛笔，大叔看到我手里的毛笔，兴奋地咧着嘴，向我借来毛笔，左手在空中有模有样地比画着，样子显得有些笨拙，但是可以看得出是不规范的"中国"两字。末了，他告诉我他的儿子现在就读于华文学校，今年参加中文学术比赛，还获得了金奖，他们全家都喜欢学习中文。看着这一张黝黑却发着光的笑脸，我脑海里闪现出电影一般的画面。灯火辉煌，霓虹闪烁，我突然觉得中国的汉字真是太美太有魅力了！

这是我在泰国支教时，亲身经历的一件小事。然而，就因为这样的一件小事，让我在异国支教的课堂里，有了更加坚定的信心！平时，我不光教孩子们学中文，还教他们中国茶艺、古筝、古典诗词朗诵、剪纸、国画、毛笔、民族舞蹈，我还和他们一起欣赏过我们江南平话的表演呢。虽然他们听不懂，还经常笑翻天，但是我想给他们营造更多的中国文化氛围！

曾经有人说："你走到哪里，你就是一个移动的中国。你的一举一动，都代表着中国的形象。"为了让更多的泰国人了解中国文化，我先后在泰国五大华文报上发表了十多万字的新闻报道和随笔。我一直觉得这十几万字根本就不会有什么人看，可是那次在中国华侨大学面向全泰国华校招生的大型会议上，华侨大学驻泰代表处主任余秀兰女士当着所有人说："三才啊，很年轻的学校，但是你们的每一次活动，我在报纸上都看到了！"听到这话，我突然发现，过去我发出的那些微小声音也可能代表着海外很多中国人的声音。那一刻，我眼眶一热，拳头紧握！

后来，我参加了国内一个传统文化的课题研究，国内的老师做过问卷调查：在调查的一百名学生中，有53%的人不知道中国节日的起源和习俗，但是82%的人却知道圣诞节、复活节的活动；对于中国古代文化名人知道的人仅占47%，对于日本动漫的著名人物知道的人却占84%。现在，还有很多学生不知道我们为什么要过端午节、重阳节，他们只活在二次元的世界里。这些都是我们应该反思的！是我们的教育有问题了吗？是我们的文化不好吗？

习近平总书记在十九大报告中强调了中华民族的伟大复兴，民族复兴的第一步就是文化复兴，而文化复兴的前提就是文化自信！如何让我们的学生喜欢我们的文化，对我们的文化充满自信，就是我们目前必须做的。

我教学生们喝茶，如何喝茶？很多人都喜欢喝茶，可是你知道一杯茶的背后有哪些历史文化、地域文化吗？你知道一杯茶里还有哪些礼仪吗？我们班的颜青青同学在"一杯茶的礼仪"课中对我这样说："老师，今天我遇到了人生中的第一杯茶，在这杯茶里，我喝到了最甘甜最清香的味道，学到了许多传统文化和传统礼仪！"在孩子们好奇、喜悦的眼神里，我看到了熟悉的一道光——那道光在泰国那个小小车站里，那个泰国老人的眼里也闪现过。是啊，小小的一杯茶里，文化的内容是丰富的，是广大的！

我们的文化很大：它横跨五千年，雄伟如长城，蜿蜒如长江；它有壮丽的山脉、辽阔的平原；它有"晴川历历汉阳树，芳草萋萋鹦鹉洲"，也有"月下飞天镜，云生结海楼"，更有"黄河之水天上来，奔流到海不复回"。它的内在，有"自强不息"的奋斗精神，"精忠报国"的爱国情怀，"天下兴亡，匹夫有责"的担当意识，有"革故鼎新"的创新思想，有"扶危济困"的家国意识，更有"国而忘家，公而忘私"的价值理念。

我们的文化也很小：小到一杯茶、一双筷子、一个鞠躬；小到离别赠柳，宴先敬老，桥前渡童；小到"慈母手中线，游子身上衣"，小到"疏影横斜水清浅，暗香浮动月黄昏"。

文化就像一粒种子，它是一个国家、一个民族的灵魂。作为一名教师，我们迎春出发，我想把这些种子种在学生们的心里，用爱去温暖，用德去浸润，然后静待秋天。那时，这些种子会生根，发芽，生长，开花，长成参天大树，结出累累硕果，傲立于世界之巅！

这才是我巍巍中华，这才是我大国风范！

# 遇见写作群，我改变了自己

## 1

1月19日，星期四，在泰国龙仔厝三才公学。

泰国的阳光，每天都早早地迫不及待地从教学楼的东边铺射过来，照在宿舍的阳台上。我是一个有赖床习惯的人，终于碰上没有新生班的早课，也没有国际汉语能力标准化考试（YCT）的补课，更没有幼儿园门口的值班，多睡五分钟，那可相当于美容一小时。

7点的闹铃已经响了两遍，我才懒洋洋地伸出右手，胡乱摸出枕边的手机，习惯性地，迷迷糊糊地看了一遍朋友圈的各种"暴晒"。突然，看到君姐姐的朋友圈里，有写作群写手圈30天训练营的报名链接，我眼睛一亮，毫不犹豫地点击进去。

那一刻，一米阳光恰好从墙壁中间那条巴掌大的细长玻璃窗里跃进来，直直地照在我的脸上，我脑袋立刻清醒，端坐起来。

写作群写手圈训练营，就如这一米阳光，不经意就照进了我异国支教的生活，没有怀疑，没有犹豫，一见便钟情。

在遇见写手圈训练营之前的那段时间，是我异国支教生活中的瓶颈期。那段时间，我几乎陷入了一种干涸绝望的境地。我一直觉得自己是一个不聪明的人，别人一个小时能完成的事，我可能要两三个小时，甚至更长。

所以，每天我一个人，都待在办公室里很晚很晚，但每次写出来的东西也如流水账一样，单调乏味，没有激情，没有活力，没有灵性。

在绝望之时，我有过无数次放弃的念头，异国支教的日子本来就不轻松，每天身经百战，没有丝毫休息的时间，不论心灵还是身体，都已远远超出了常人所能承受的范围。

直到，在写手圈30天魔鬼训练营里，我看到了营员们每天也是在各种忙碌之后，挤出碎片的时间，按时完成老师的作业，且每一个人的作业质量都很高。

于是，我在敬佩的同时，暗暗使出洪荒之力。每天在完成教学任务之后，努力挤出碎片时间：不仅把营员们上交的作业都一一拜读，私下里还经常向曹老师和君姐姐请教写作的各种问题。

曹老师和君姐姐对我这个悟性不高、语言表达能力和语言组织能力都欠佳的学生，从不嫌弃，每一次都有求必应，每一次都热心、诚心、全心地帮助我，指导我。

30天写手圈魔鬼训练营里，慢慢地，跟着老师和营员们的步伐，我发现之前所有流过的泪，哭过的伤，忍过的痛，也可以在我敲响的键盘里，以另一种倔强的文字之美，坚持出现在我的文章里。

这是2017年春节，我在泰国支教9个月生涯中，收获到意义非凡的一个礼物，它给了我一个盛放内心语言的舞台。我相信，只要我坚持，不久的未来，我一定能舞出精彩的篇目来。

## 2

3月2日，星期四，在泰国龙仔厝三才公学。

很多时候，很多人都会以为生命中的贵人是被隆重的仪式感安排好，站在聚光灯下深情等待着的，现实却是，那个所谓的贵人或许就在某个不起眼的角落，在某个不经意的时刻，向你伸出点石成金的金手指。

在我外派支教的日子里，很幸运地，我不止一次地得到那样的贵人向我伸出点石成金的金手指。在写作群里，我遇到了曹老师、花老师、张珠蓉老师、慕如雪老师、清心老师，他们就是我写作生涯中的贵人。

记得花老师第一次点评我的文章《舅娘在的家，温暖如春》时，对我的文章存在的问题，一语击中。她说我的文段落太长，主角关系不明朗，在叙述方式上选定的人称不要模棱两可，在主题升华时，一定要亮出"因婚姻关系进入到一个家庭的人，即使不是血浓于水的亲人，也是守望相助的家人"的题义，这篇文才有了更深的意义。当晚的点评课，我就被花老师这样细心、耐心、到位的点评所感动到了。在点评《当一杯浪漫的中国茉莉花茶遇上泰国学生之后》时，花老师更是告诉我在学生喝茶之前，加入一些茶道的流程更好，这样读者会得到更多的信息和营养；在学生不习惯中国茶的失败教学后，还建议我写出解决的方法。

"借一个支点，稳稳抓住一团面。"在张珠蓉老师的课上，我懂得了在生活中该怎样去寻找素材、挖掘素材；怎样观察身边发生的事，把启示的片段当素材；怎样利用手中的素材去写一篇好的创意文。老师反复通过自己佳作的构思，给我们详细分析一篇好的文章是怎样练成的……

张老师的每一次课都是娓娓道来，在2月13日晚的课上，我知道张老师是有两个孩子的全职妈妈，在《写给麻烦的天使》的文中，我知道了张老师在面对儿子突如其来的"麻烦"时，依然从容淡定，坚强面对；在以医院为家的日子里，张老师每天精心护理儿子的同时，还坚持写文发文。张老师用自身的坚强告诉我们：没有上不去的山，只有不坚持的心。

李捷老师，是瞬间让我想哭的人。第一次给我的文点评时，突然来一句"小潘！"我的眼泪在那一刻真的要溢出来了。外派9个多月了，在这里从来没人这么叫我，在这里都是"潘姐，潘姐"。在这里，我的年纪差不多是最大的，所以一直以来都必须以一种姐姐的形象去面对周遭的一切。猛然间，老师这么一叫，长期努力建立起来，看似铜墙铁壁的围墙，顷刻间，就倒塌了。李捷老师每一次给我点评，都会从文中的某一段入手，详细修改本段，再以此段为修改的范本，引导我修改文中其他部分。如果文章后面的部分没有大问题，李老师会再提醒我把句子理一理，去掉不必要的字句。李老师的每一次改文，都会给我极大的启发；李老师每一次改文的末尾，都不忘鼓励我。这些点滴，对于新手的我，就如看到沙漠里的绿洲，希望慢慢升起。

清心老师，是一个特别温情的人，她手指舞动出的文字，让人如沐春风。从她温情的文字里，你会发现写作不是启迪他人，而是疗愈自己。在清心老师的课上，我知道了"成为一朵花，比欣赏一朵花更幸福"的道理。在我学习写作的过程中，清心老师的课，恰如一盏启明灯，让黑夜迷途的我，找到了继续前行的方向。读了清心老师的《乖，其实你不用怕》《时光轻柔，小心轻放》和《情似菩提爱如佛》等书，我长期以来内心各种纠结苦闷拧巴的矛盾，瞬间豁然开朗。

遇见了写作群，也遇见了很多美好的文字、很多优秀的老师，每个学员、每段文字、每位老师都给我留下了深刻的印象。老师们不仅学识渊博，佳作频发，授课方式独特新颖，而且传授的方法技巧更通俗易懂、简单实用，每听一次课，都像在享受一次文化的盛宴。

### 3

3月20日，星期一，在泰国龙仔厝三才公学。

竹子的启示震撼着我。有一种竹子，它们用了四年的时间，仅仅长了3厘米，从第五年开始，以每天30厘米的速度疯狂地生长，仅仅用了六周的时间就长到了15米。

其实，在前面的四年，竹子将根在土壤里延伸了数百米。做人做事写文章亦是如此，不要担心你此时此刻的付出得不到回报，因为这些付出都是为了扎根。人生需要储备！写作需要积累！多少人，没熬过那三厘米！

在没有遇见写作群之前，我就像一只无头的苍蝇，没有方向，没有目标，还经常三天打鱼两天晒网。即便偶尔在微信里发点小感慨，那也不过是一些无病呻吟的小矫情，没有思想，没有灵魂。丽君姐姐常说我的文很飘，很不接地气。

我优秀美丽的丽君姐姐，一个才华横溢的南方女子，聪明能干、文笔过人。她的文字不仅优美灵动，而且富人情味、接地气。她先后在《人民日报》《中国青年报》《中国教育报》《知音》《家庭》《婚姻与家庭》等全国各级报刊上发表了1000多篇共30多万字的作品。

丽君姐姐特别喜欢读书写字，每天坚持看40页书，写300字以上的文字，一直努力做一个灵魂有香气的女子。她的这种二十几年如一日的坚持，我佩服不已。

没事的时候，我常常问姐姐，为什么你能够写出这么好的文章来？为什么你的写作驾驭能力那么游刃娴熟？丽君姐姐每一次都笑呵呵地说："妹啊，你要静下心来，多看、多读、多想、多积累。"

"胸藏文墨虚若骨，腹有诗书气自华。"柔弱的身体里，暗藏着巨大能量的姐姐，这样的女子灵魂里香气盈满，谁看谁喜欢，谁见谁敬佩。

春天，阳光明媚，我给自己种下了一颗写作的种子。我要像丽君姐姐一样，哪怕生活平淡如常，我也要凭一己之力坚持把灵魂书写得香气袭人！

短短两个月的时间里，一个普普通通的中文外派教师，在异国他乡的日子里，因为遇见了写作群，改变了自己，而那些改变自己的时光，都是丰盛而快乐的。

# 绽放自己，芬芳他人

　　"环佩青衣，盈盈素靥，临风无限清幽。出尘标格，和月最温柔。堪爱芳怀淡雅，纵离别，未肯衔愁。浸沉水，多情化作，杯底暗香流。凝眸，犹记得，菱花镜里，绿鬓梢头。胜冰雪聪明，知己谁求？馥郁诗心长系，听古韵，一曲相酬。歌声远，余香绕枕，吹梦下扬州。"这是宋代词人柳永在《满庭芳·茉莉花》中描写的茉莉花。也许每个人的心中，都有一朵小茉莉。

　　今夜，身处异国执行援教任务的我，再次读到柳永这首词，涵咏着那淡淡的清香，竟然有说不出的感动。

　　泰国是一个全民信佛的国度，拜佛供佛是当地民众日常生活中不可或缺的一部分，而种类繁多的供佛物品中，供佛的香花品种也较多，其中以茉莉花最为常见。洁白素净的茉莉花深受泰国民众的喜爱，泰国人喜欢购买茉莉花环以用于拜佛、祭神及向父母长辈和所尊敬的人祈福。晨风晓露，茉莉盈盈轻绽，绿叶，白花，淡香，搁在窗台上，那一朵朵的茉莉花串成的馨香悦目的手环，不仅体现着泰国民众对信仰的坚定追寻，同时也是对美好生活的向往。

每次走在泰国的大街小巷里，闻着丝丝缕缕的茉莉清香，我的思绪总是飘飞到我们中国广西横县，那里是中国的茉莉之乡，我的第二故乡。每年七八月，含苞待放的花骨朵竞相绽放，茉莉的花蕊绽放出阵阵清香，清新淡雅的花香弥漫整个县城，满城飘香的横县恰如仙女散花下的花城。而每年八月茉莉花节，我也像一朵小小的茉莉花，在横县茉莉花节青年志愿者的队伍里默默绽放自己。也许是缘分使然，在纷繁斗艳的百花中，我唯独对茉莉情有独钟。

　　夏天来临的时候，在横县的中华茉莉园里，茉莉的茎细长而挺拔，它那碧绿的叶子呈椭圆形，叶脉微呈白色，清晰可见，远远望去，就像一位亭亭玉立的少女，楚楚动人。洁白的茉莉就开在细细的枝丫上，花瓣尖尖的、色淡、素雅，小巧、可爱的茉莉花儿藏在碧绿的叶子中间，花儿一朵比一朵美，一朵有一朵的姿势，有的花才展开两三片花瓣儿，有的全展开了，有的还是花骨朵儿呢！而那些含苞欲放的骨朵，也是那么馥郁芳香，仿佛要和盛开的花儿争个高低。盛开的茉莉花瓣层层分开，温润如玉，轻盈如丝，散发出阵阵清香。在绿叶的映衬下，洁白的茉莉花就像碧玉盘上镶嵌的颗颗明珠。傍晚时分，这些明珠似的茉莉花就会安静地躺在茶农们的竹篓里，一颗又一颗，那么温润，那么芬芳。

　　横县拥有中国西南最大的茶城，中国茉莉花茶是横县茉莉花文化的代表。茉莉花茶，是摘自春天里盛开的茉莉花和茶叶一起搭配窨制而成的花茶，具有春天花朵的香气又有茶叶的清新之气。

　　横县的茉莉花茶，观之则赏心悦目，闻之则馥郁芬芳，品之则韵味幽远，有"窨得茉莉无上味，列作人间第一香"的美誉。尤其是茉莉龙井，它是龙井茶和茉莉鲜花进行拼和、窨制而成，使龙井茶吸收花香而成的茶叶。其香气鲜灵持久、滋味醇厚鲜爽、汤色黄绿明亮、叶底嫩匀柔软。

而创制这个名茶的，则是一位叫巧恩的奇女子。

她是我茶香生命路上遇见的第一个贵人，是她引领我走进中国茶文化。在那里，我偎依在茉莉之乡的怀抱里，沾染着茉莉的幽幽花香，熏陶过茉莉的悠久文化；在那里，我遇见了生命中的第一杯茶，遇见了生命中许多不期而遇的美好。

她轻柔淡雅，素衣长发。"我只是一杯龙井，恰巧遇到了茉莉。潘，你才是生长在这片热土上的茉莉，别忘记了，老师才是真正'绽放自己，芬芳他人'的茉莉呀！"姐姐的这番话在我沮丧之时，像清香的茉莉一样，在我的心底不断盛开，一朵又一朵。

在泰国支教的那些日子里，初到异国，三才的夜总是无比地黑，无比地漫长。而我，总是一个人，临窗，独坐，听风，观远方的天，念祖国那头的儿子。想着无法和异国学生沟通，无法实现自己的教学设想，甚至饮食都无法下咽，寂寞的晚上总是以泪洗面。

第二天醒来，纠结自己适不适合在这个地方。打开窗，阳光洒了进来，突然间，闻到一股沁人心脾的熟悉香味儿。一张熟悉的脸蛋冒了出来，若飞展开笑颜，双手合十，一句泰语问候后，嘴巴一字一顿吐出："怒发冲冠，凭阑处，潇潇雨歇。抬望眼，仰天长啸，壮怀激烈。三十功名尘与土，八千里路云和月。莫等闲，白了少年头，空悲切。"泰味口音甚浓，但是很流畅！这不是我昨天刚教的吗？昨天我就是因为这首词怎么教都无法得到好的效果，整个人都显得有些焦躁和绝望了。此刻，若飞背得这样流畅，肯定没少下功夫。我笑了，给他竖起了大拇指，他顺势把我的手拉了过去，然后变魔法似的从背后变出一个白色花环套在我手上。仔细一看，我才发现，那就是我最喜欢的茉莉呀！

真正的智者，在绝境中也可以开出花来，不只是温暖自己，也能照亮别人。看着若飞黝黑灿烂的笑脸，闻着芳香的茉莉，我心里的堵一下子被撞开了，无比通透。

那一夜，我在支教老师住宿的黑暗小楼里，内心安详喜悦，我枕着学生送的茉莉手环，闻着幽幽茉莉的清香，安然入梦。梦中，我梦见自己回到了祖国的怀抱，置身于祖国的那一片茉莉花海里。一阵微风吹来，茉莉花在风中摇曳，散发出一阵阵恬淡的清香，泰国的孩子们和我原来的那些学生一起追逐打闹。在孩子们银铃般的笑声里，我闭上双眼，深深吮吸着它散发的香气，沁人心脾，令人陶醉。

对呀！巧恩姐姐说过，我是一朵茉莉花，我能和龙井融合，我也能扎根在异国的土地，盛放出最醇厚的香气。

席慕蓉的诗写道："茉莉，好像没有什么季节，在日里在夜里，时时开着小朵的，清香的蓓蕾。想你，好像也没有什么分别，在日里夜里，在每一个恍惚的刹那间。"茉莉梦，你的梦，我的梦，我们所有外派老师的梦。不论在中国，还是在异国他乡，茉莉花正散发着幽幽清香，让我们始终怀揣一颗茉莉之心，去做茉莉般的老师：绽放自己，芬芳他人。

# 第五辑　别样的友谊

人生最好的旅行，就是你在一个陌生的地方，发现一种久违的感动。没有约定，却能邂逅于茫茫人海，曾经的那些暖，如春天的太阳，在尘世里闪烁着钻石一样的光芒，一直暖身暖心。常常想起和你们在一起的那些日子：开心、快乐、幸福、失落、伤心、痛苦的所有日子。

此恨绵绵

当流星划过天际

干枯的诗情

依旧幽香满怀

秋凉冬寒的尘封

却与脸上的无奈相遇

曾经飞舞的轻盈

在飘渺中彰显虚无

徒有伤口上的笑

一如含泪的花

在哀怨地诉说着

不老的恋情

# 相遇即是缘分

今夜，泰国的夜空依然很美，堆璨的星星在深蓝的夜幕上眨着眼睛，素万那普国际机场的候机室人来人往，似乎都在奔赴下一段忙碌的旅程。

今天辛悦和周宇彤的实习生涯结束了，我们去机场送她们回国。晚上8点从学校出发赶往机场，她们是晚上11点的飞机。我们心中满是依恋和不舍，犹记得她们刚来的时候，两个懵懂少女，看起来青涩而腼腆，青春而美丽。

转眼，已是三个月有余。辛悦和周宇彤刚来的时候，我们一起在田甜的房间吃饭，那时她们俩都有些害羞，不怎么说话。可现在，她们已经完全能和孩子们打成一片。今天临走的时候，周宇彤对我说："潘姐，谢谢你，跟你在一起的日子，有阳光，有欢乐，有坚持。"我从未想过，我们平时在一起嘻哈的欢笑和那些可有可无的交流，也曾给予她勇气和力量。这话，是她对我的离别赠语，如寒冬的火炉，将我的心瞬间烘暖。

"独在异乡为异客，每逢佳节倍思亲。"刚来的时候，这些孩子们有诸多不适应，但好在她们青春年少，有一种初生牛犊不怕虎的精神，无论遇到任何困难，总能以积极的心态面对。我曾看到她们躲在办公室里偷偷哭，对了，就是那个爱哭鬼辛悦。那时她是想家了吧？不敢在人前哭泣，独自躲起来在办公室的角落里偷偷哭泣。那天，我突发晕厥，还让辛悦帮我去烧水，冲盐水给我喝。这一路的实习生涯，所有的不适应和苦楚，她还是都挺过来了。对于一个从未出过远门的小女生来说，挺过了异国实习的日子，就是一个大进步。

周宇彤做得一手好菜，记得她刚刚来时，我随口说一句喜欢东北的白菜炖粉条。那时我不过随便一句玩笑话，她便很认真地做了一大桌东北菜，让我都有些不好意思。虽然我多年来已经失了许多青春的颜色，但是在她们的欢声笑语里，我竟然觉得自己周身的细胞也跟着活了起来。

才来之时，第一次见她们俩那么高冷，那会儿我还在想，她们的来去犹如一阵风，不会带走一片云彩，走了之后何曾会再记得我们。但在往后的岁月里，她们用实际行动，在工作和生活中都给我很多的帮助，更给了我很多的启示。至今，周宇彤在朋友圈里还时常给我留言，诉说我们在三才一起走过的日子。

虽然因为没有经验，她们走了不少弯路，也因为在教学过程中遇到难题而困惑过，但这两个柔弱漂亮的小女生，用她们强大的意志力克服困难，坚持了下来。不论她们将来会去哪里，在这里支教所经历的一切，都将是一笔无形的财富，会伴随她们走下去。

离开机场的时候，已经是凌晨2点。天空还没有点亮启明星，夜晚的风也有些凉。我们驱车赶回学校的路上，不时地想起与她们一起的点点滴滴。

相遇即是缘分。我们因努力而成长，我们因坚持而微笑，我们因心存感激而快乐。

# 静等每枝花开的美好

独步于满地的落花

驱散昨夜的梦魇

收藏美丽的遐思

在雨后的清晨

亲吻着蝶恋的丁香

遗忘了夏日的香气


是雾是雨还是梦

播种了蜜语的春风

将墙角的桃树

感化出红粉的蓓蕾

将山上的香草

守候成沾衣的露水

依着妩媚踏着声

迷失在墨绿的田野与山涧

风动如约

归期遥遥

断肠望月

思念的心泉

汩汩流淌

小酌细嚼

泪眼婆娑


黄昏

流浪醒来

轻舞着晚霞的冬青

骗取了一冬的苍翠

是雨打的粉嫩花瓣

绕过凤尾的竹笆

邂逅了风中微笑的百合

从此

蝴蝶静静地

守候一生的漂泊


曾经感动于这样一个小故事：一位小朋友拿着两个小苹果，妈妈问："给妈妈一个好不好？"小朋友看着妈妈，把两个苹果各咬了一口。此刻，妈妈的内心有种莫名的失落，孩子慢慢地嚼完后，对妈妈说："这个最甜的，给妈妈。"

爱，有时需要等待。静待花开，因为它们在路上。

在三才公学，在我教的学生里，有个叫陈正玄的学生，给我留下了很特殊的印象。说起来，他刚开始的表现并不是太好，整天一副不思进取的样子，懒懒散散，每次我去给他上课的时候，他基本都在睡觉。

那天上完课，我故意和他套近乎，想从他嘴里获知他为什么不爱学习的信息，但他从头至尾都笑笑不语，然后继续伏着桌子。于是，我翻看了一下他的作业本，挺无语的，他不仅没写作业，还用笔尖戳破作业本，纸上留下了许多难看的小洞，让人感到焦灼和烦躁。

后来，我去问了他的泰文班主任和其他中文老师，了解了这个孩子的一些基本情况。陈正玄，14岁，中国人，爸爸是广东潮州人，现在泰国做五金生意，妈妈是泰国华裔，现在中国，陈正玄来泰国一年了，三才公学是他爷爷辈的亲戚创办的。

仔细看上去，他五官清秀，眼神明亮，应该是一个非常聪明的孩子才对，怎么会这么不喜欢上课和学习呢？我心底有很多的迷惑，最后我决定，自己去解开疑问。

于是，我开始一点点地尝试着找他谈话，当然是那种闲聊之类的方式，中间还约着泰文很好的华裔学生帮我做翻译。这样来回几次之后，我就明白了这个孩子的现状了。他说因为中文英文这些他都会，在国内他都读到七年级了，只有泰文课他才会听。说的也有道理，泰国七年级中文水平相当于国内小学一年级，相对泰国人而言，他都算教授级别了，所以，他睡觉是因为觉得实在无聊。

我想如果任他就这样沉沦下去，就太可惜了。于是，针对这个孩子的状况，我决定对他因材施教。既然他的中文超过了现在孩子的水平，那我干脆就让他不用学现在的内容，而是给了他新的学习任务，每节课都单独给他布置。当然也不会太难完成，我会给他布置一首他没学过的诗，或是一首词，里面会有一些注解，能帮助他自己完成学习。这样，他每节课便渐渐没有了睡觉的情况，再加上每次下课前，在其他学生展示课堂学习成果的时候，我也会单独让他起来，展示一下他的学习收获。每次，听他流畅、准确的朗读或是背诵出那些诗词的时候，班里所有的学生都会为他鼓掌叫好，这也让他收获了极大的满足感，他在课堂上再也没有睡过觉。而且对中文的学习兴趣越来越浓，同时也成了我课堂中一个极好的小助手：不光自己中文学得好，还能积极地去帮助其他的同学一起学习中文。

此后，我和他的关系也越来越融洽了，那天下课后，我在班里和他一起拍照，在孩子们的欢笑声里，我竟然有种《致我们终将逝去的青春》的感觉，陈正玄和电影中的阿正似乎有点相像哦。突然涌动起一种对于青春岁月的怀念：白衬衫，小方格领带，小方格中裤……青春，多美好的年华。

看着现在站在镜头里笑得无比灿烂的陈正玄，我突然想起了刚上课时，他趴在床上懒散睡觉的样子。突然，我的心间有了许多别样的触动。其实，他不就是那颗需要让人等待发芽开花的种子吗？

教育是一门慢的艺术，每个孩子的背景不同，成长的道路和过程也不相同。每一个孩子都是一颗种子，有的饱满，有的瘦小，但是每一个种子都是一个完整而坚强的生命，每个孩子的种子里都保存着一个灿烂的花期，只不过，每个人的花期不同。有的花开得早些，有的花开得晚些。有些花开得鲜艳灿烂，有的花开得温婉含蓄。而还有些花朵，却错过了正常开花的季节，让人误以为他是一颗不会开花的种子。对待这样的孩子，作为老师，我们需要给予他们的就是等待，耐心的等待，甚至是需要极为漫长的等待。我们要坚信，每一个孩子都会有他的花期。我们要学会细心呵护，我们要学会对每个孩子都永不放弃。

我们知道，每颗种子的发芽是需要一些良好条件的，比如温度，比如湿度，比如空气和水。而生活里的孩子们，因为从小成长环境的不同，受到的教育不同，他们生根发芽的时间就会参差不齐，但是只要我们对每颗种子精心呵护培养，他们终归会开花。怕只怕，我们总喜欢关心那些长得快、花开得好的种子，而嫌弃和放弃了那些晚开花的种子，让他们失去了继续生长的力量。

所以，作为老师，我们更要有足够的耐心，学会静静地等候、守护，陪着每个孩子从努力成长，到享受花开的灿烂，就这样陪着他们慢慢地度过他们生命里的阳光与风雨，这又何尝不是一种幸福呢。

让我们守护好每一颗种子，静等花开。

# 曼谷大学的弟弟

我和曼谷大学的弟弟，是在曼谷的 BTS 天铁上偶然认识的。

弟弟张浩，是一个颜值和学识都高的单眼皮男孩，他阳光帅气、善良热情，只要笑起来，眼睛就会眯成一条弯弯的线，在阳光的照耀下，更显高大俊朗。弟弟是中国青海人，在泰国留学 5 年了，现在是曼谷大学研究生一年级的学生。

那时，正是泰国热浪滚滚的季节。那天，我的经历就像坏掉的马路，一点也不平坦。早上，我颤颤巍巍地，第一次在没有其他同事的陪同下，在口中几百遍地学着用泰语默念那些车站、商场名之后，孤身一人勇闯曼谷。

小面包车到达胜利纪念碑的车站后，我直奔 BTS 站。在密密麻麻的英文和泰文遍布的天铁示意图上，我反复寻找着之前买过东西的商场，要去那里办理改退税的票，结果还是坐天铁坐过了站点。

屋漏连碰雨夜，破船遇上顶头风。在咿咿呀呀的各种泰英文混合模式下，我补票出站再进站，终于到了商场。我各种解释，结果人家一会说给办理，一会又说不给，最后折腾了一个多小时，也没有办理成功。

我的心情沮丧极了，这天真正体会到了在异国他乡语言不通，遭人反复拒绝的下场了。一直以来，积攒多日的坚强，在那一天溃败了，眼泪止不住地往外涌。还好，有个潮州籍的华裔年轻小伙子一路帮助我，他是商场的工作人员，不但帮我翻译，还带我到 BTS 天铁买返回 SM 商场的票。

　　在 PP 商场返回 SM 商场的 BTS 上，我的心不停地下着雨。一个人孤零零地漂在异国他乡的城市里，背着双肩小布包，戴着草帽，眼睛里满含委屈，眼角尚留着泪痕。弟弟张浩，一身的休闲装，肩上还背着一个双肩包，满脸的意气风发，就站在我的旁边，一路用泰语和朋友打电话，而当他用友善的眼光注视着我这个落魄中国人的时候，那时我隐隐约约感觉到他应该也是中国人。

　　于是，在 SM 站准备下车时，我担心我要下的这个站点不对，就厚着脸皮用中文问他。而弟弟，正好也是在这个站下，他就亲自带我走出BTS 站，他还怕我找不到同事，就同女朋友一起，把我送到我和同事相约的地方。

　　临走时，弟弟看出我内心的恐惧与不安，他满怀诚意微笑着对我说："别怕，姐姐，出门在外，如果有什么不懂的就给我打电话。"说罢，就拿起我手中的手机，留下了他的电话号码。

　　此刻，一直以来在内心深处修建起来的不要和陌生人说话的铜墙铁壁倒塌了，一抹明媚照了进来，顷刻亮堂了起来。从此，在陌生的国家，在陌生的城市里，弟弟成了我在异国认识的除了三才公学之外的唯一的朋友了。

　　第二天，我发信息告诉这个弟弟：你是我在泰国见过的最有修养的中国人。他发过来一个微笑的表情，然后告诉我那时他也觉得我是一个很有修养的中国人，搭把手，是我们中国人的传统美德。

弟弟的话就像清香的茉莉花，在异国他乡的土地上，在我的心底盛开着，一朵又一朵，瞬间连成了一片，芳香四溢。

后来，有一次我去曼谷大学研究生部看他，走在校园的林荫小道上，迎面走来一个中国学生，我胆怯地走上前去问他，才知道他正好和弟弟同一个班。在几分钟的闲谈中，他告诉我，张浩是他认识的中国学生中，能力最棒的一个人。他乐于助人，经常热心地帮助那些刚来泰国留学、语言不通的中国学生。从他晶亮透彻的眼睛里透出的那种敬佩和喜悦，我知道张浩弟弟真是一个很棒的中国人！

"赠人玫瑰，手留余香。"我为有这样的弟弟而感到骄傲！无论身处世界的任何角落，即便一个人，亦是国家形象最好的广告，我是中国人，我们都是中国人，国家形象在你我的一举一动中展现！

# 来自广西侨办的快乐中国年

　　那几天，天光晦暗，雨丝略挂，连时光都仿佛破旧了很多，宛如一部泛黄的老式影片。一段时间内的忙碌和疲惫，导致我麻木地咽下一大段话和所有情绪，只用"嗯"来表达所有的想法。

　　今天，是2017年农历中国年，广西侨办给我们学校的老师们寄来了一个新年大礼包，心情骤然明媚一片。别的不说，单看里面红红的大中国结、灯笼和对联，就年味十足，我们几个姐妹感动了好一会。当晚，我们马上挂灯笼，贴对联，房间焕然一新。为了庆祝这个别样的中国年，我们和其他的中文老师一起包饺子过中国年。

　　在国内只有北方盛行过年吃饺子，南方流行的是吃团年饭。但在国外，真正能体现出年味的，还是饺子。我也曾想过，饺子经过岁月的沉淀，已经在人们的心中形成了一种印象，于是成了过年的标识。一定要追寻原因，大概就是许多人在一起，围着厨房擀面、做馅、包饺子，才真正体现了一个"聚"字。闲来话家常，大家一起闹，于是"年"味就出来了。古时候，人们还会举行古老的祭祀仪式，驱赶"年兽"。后来演变成为放鞭炮、张灯结彩的习俗。如果要讲一遍"过年"的故事，相信大家会觉得厌烦，谁还没有听过这个故事呢？但一提到过年，心里又会觉得温暖。

因为，四面八方的游子都会在这天赶回家去，给老人尽孝，给子孙添福。

泰国传统的新年，是公历的 4 月 13 日到 16 日。节日里，人们抬着或用车载着巨大的佛像出游。佛像后面跟着一辆辆花车，车上站着化了妆的"宋干女神"。成群结队的男女青年，身着色彩鲜艳的民族服装，敲着长鼓，载歌载舞。道路两旁，善男信女夹道而行，银钵里盛着用贝叶浸泡过的掺有香料的水，泼洒到佛像和"宋干女神"身上，祈求新年如意，风调雨顺。尔后人们相互洒水，祝长辈健康长寿，祝亲朋新年幸运。未婚的青年男女，则用泼水来表示彼此之间的爱慕之情。泰国人在新年第一天要在窗台、门口端放一盆清水，家家户户都要到郊外江河中去进行新年沐浴。为庆贺新年，泰国人举行大规模的"赛象大会"，内容有：人象拔河、跳象拾物、象跨人身、大象足球赛、古代象阵表演等，很是精彩动人。

讲到这里，大家是不是觉得这很像我们中国傣族的"泼水节"。同是泼水节，同样是以泼水来传达一种友好之情，但这其中又有所不同。显然，泰国的泼水节更为隆重，内容也更丰富。说起来还别有一番风味呢！

而我们在中国新年这一天，也在泰国过了一个"特别"的新年。

2017 年 1 月 25 日上午，泰国龙仔厝三才公学举办了丁酉年迎新春联欢活动，近一千名师生家长欢聚一堂，共庆鸡年新春。学校韦炳标大礼堂内布置一新，流光溢彩，热闹非凡。到处张贴着精美的中国窗花和福字，悬挂着火红的灯笼和精致的中国结等。浓厚的节日喜庆气氛，让在场的每一位师生都心情激荡。学校经理黄玉灵女士在联欢会上发表了热情洋溢的致辞，并给老师们发新年红包。

有人说，有海水的地方就有中华儿女，而有中华儿女的地方，就有春节。放眼中华大地，举目五洲四海，礼花绽放，长龙翻舞，欢声笑语，热闹非凡。中国春节也正走向世界。是的，不论你身处世界的哪个角落，春节的魅力是中国的魅力，东方的魅力，也是世界文明的魅力。在这新春佳节来临之际，我们辞旧迎新，对未来充满了希冀！愿祖国越来越繁荣昌盛，愿我们的中文教育事业，越来越好！

## 同为行路人，似是故人来

　　很久以前，在网上看到清迈大学的一个女生这样说："清迈又名北方玫瑰，我并不特别钟爱玫瑰，也从未来过这座城市，是缘分让我就此驻足，并试着追寻人生的意义，这是我的小花园，隐匿在玫瑰里，欢迎你推门进来。"这座极具邓丽君气质的小城，就成了我魂牵梦萦的远方。

　　随着来到泰国支教的缘分，我才有幸踏进这梦幻之地。

　　清晨的清迈，温暖惬意，阳光一朵一朵地绽开在慵懒的小巷里。小城依山傍水，绿树掩映，灵气的小河，安静的街道，静谧的小店，整个城市都显得十分宁静祥和。

　　走近清迈，拥抱清迈，发现这里的大街小巷被充满小清新情调的咖啡馆、酒吧、客栈点缀着，好似一个小小的童话世界。

　　就在那天上午，我们去参加一个中文学术交流会议，做讲座的是泰国的一位老教授，来自孔敬大学，六十岁左右，两鬓微白，双目深邃，身着朴素平整的黑西装，手里拿着一个黑色的公文包，整个人显得十分严谨，一丝不苟。

当他在台上侃侃而谈时，语调轻柔且清晰，态度从容而谦卑。其实有些专业的术语我也没有听懂，但他的语调吸引着我，总觉这人似曾相识，一种敬畏之感油然而生。然而，一个异国儒雅的高级知识分子，我哪里有幸结交呀！

　　当讲座进行到一半时，教授打开了PPT，说今天很高兴有中国朋友到来，他年轻时去过中国，他很喜欢中国的文化。原来二三十年前，他经常跟随导师凯西一起做课题，那时他导师凯西参加一个中泰共同合作的课题，他经常帮导师整理资料和论文，有时他也随导师去中国进行访问、调研。屏幕上出现了他到访中国的相片，在长城，在上海……直到这一张跳出来，我也差点从椅子上跳起来：这是在我们广西桂林照的，他穿上了壮族服饰，在著名的龙胜梯田上远眺，尽管是标准的游客照，可是这模样，这神韵，感觉就像梁庭望老教授正在做报告。

　　坐在这学术报告厅里，浓郁的学术之气仿佛弥漫其间，泰国老教授的报告还在进行，和梁教授一样，他也曾走过泰国乡村古寨，访过白发翁妪，怪不得我觉得那么熟悉！那一刻，眼前孔敬大学的老教授就像梁教授，我仿佛回到了自己的故园，我似乎也正在接受梁教授的聆讯。哦，原来中外的知识分子勤奋严谨的风骨都是一样的，我不禁肃然起敬。

　　报告结束后，在饭店里就餐时，泰国老教授和蔼可亲地跟我们打招呼："阿詹（Gun Ku），斤阿斤阿！"（泰语：老师，吃啊吃啊。）随即，我就用壮话微笑并感激地答道："乜斤僚，音僚。"（壮语：不吃了，饱了。）泰国老教授有点吃惊，指着桌上牛肉、猪肉、螃蟹、虾、壅菜，问"这个叫什么"，我说出的壮话跟泰语的感觉差不多相同。

后来，我们禁不住大笑，双手紧紧握在一起，几乎同时喊出了两个字："比侬!"（壮语泰语都是"兄弟姐妹"的意思）

很多时候，可能很多人都会以为生命中的贵人是被隆重的仪式感安排好的，现实却是，那个所谓的贵人或许就在某个不起眼的角落，他的某一句话，某一个观点，都可能是你前进或坚持的指明灯。

临别前，当我们和老教授走在清迈大学的校园路上，迎着清凉的风，嗅着校园里庄严肃穆的气息，心里倍感亲切。夕阳西下，清迈笼罩着一层圣洁的光辉，双手紧握，给中泰兄弟姐妹输送了一程微暖。凉风习习，同为行路人，似是故人来!

# 春风十里，不如有你

　　窗外的鸟儿们欢快地唱着动听的歌儿来，在树上飞上飞下，用动人的舞姿来展示自己的才华，仿佛跳着春天的舞蹈。

　　昨天，平时挺痞的小男生永康抱着我问："老师，你要回中国吗？"看着他那双乌黑圆圆的眼睛，我分明感觉到他眼神里尽是留恋与不舍。那一刻，我的眼眶红润，但我还是用课本挡住了脸，微笑着告诉他说："没有呢，潘老师没有回那么快！"听完我的话，永康马上手舞足蹈起来。

　　还记得去年6月，我承载诗和远方，承载着领导和老师们的嘱托和问候，带着对孩子的牵挂和不舍，从中国的广西，脚踩祥云，叩响佛国的大门，踏入了泰国这个美丽而温暖的国度。满怀真诚的心和满腔的热血，来到泰国龙仔厝三才公学，来到一群群可爱的泰国孩子中间。我们一起学中文，一起做游戏，一起参加比赛，一起背诵诗词，一起学习中国的茶文化，了解中国的国画，了解中国的风俗，一起过中秋、吃月饼。这一切的一切说起来已经过去了好久，但是想起来却仿佛还是昨天的事情。

在这些流去的时光里，我与这里的老师，这里的孩子们，结下了深厚的情谊。我们挽手而行，走进中国的古老文化里，去感念历史的厚重，文字的美好。去体会彼此间的那份执着和默契。我们喜欢课堂上彼此交流时的那些眼神，充满了善意和微笑，充满了宽容和接纳，让我们在异国他乡的相遇，竟然像是多少年后的重逢。没有陌生，没有失落，没有尴尬，有的只是种种让你怦然心动的温暖。

曾几何时，我们在课堂上挥洒汗水，教泰国孩子学中文，陪他们讲中国话，一起玩闹，一起学习；曾几何时，对外汉语教学经验的不足，面对躁动纷乱的课堂，再加上语言的不通，水土不服，炎热的天气，曾令我们迷茫和绝望。然而，责任和使命在胸中流淌，在最艰难的时刻，依然没有放弃奉献自我，我们用自己的辛劳和付出，用自己的歌喉，把祖国最动听的声音，唱遍了三才公学的每一个角落。

每次，走在校园里，迎面走来的学生、泰文老师、英文老师，满脸微笑着向我们问好时，我们脸上漾起的笑容，那么真切，那么幸福。我就会觉得自己也是他们的一部分，不可缺少。

如今，在开满鲜花的春天里，友谊风帆刚刚扬起，离别之季却如期而至，没有任何意外。由于学校的工作安排和国内各省的要求不一样，大学实习生、汉办、侨办等老师回国的行程也不一样。

贵州的两位实习老师，过几天就要先开启回国的旅程了；其他老师，也陆续提前办理回国的相关手续；而我，由于学校工作的安排，必须坚守到4月30日才能离开。回想那些艰难的日子，两百多个日日夜夜，我们一起并肩作战，与泰文老师、英文老师一起度过了许多美好的日子，建立起了深厚的异国情谊。每逢佳节，中文老师们相聚一起，开展各种活动，排解那缱绻的乡愁，如今，我们就要分别，心中那份不舍撕痛了别离。

在泰国，在三才，我们时刻秉承文化使者的使命，把团结友爱镌刻于心，把痛并快乐的记忆永存心底，在神圣的三尺讲台上，只愿泰国的中文课堂里书声琅琅。为了这个共同的使命，在迷茫艰难时，我们就是对方的心灵鸡汤。一路走来，磕磕绊绊，却因一份对中文教育的坚守，让自己的心感受到了更多的温暖。

在百花盛开的季节里，在三才，总有一些老师，总有一些学生，总有一些瞬间，触碰到你内心最柔软的地方，让你温暖，让你感动，让你情不自禁，让你难以忘怀。然天下没有不散的宴席，离开的人终究是要离开的，唯有赠诗一句"江南无所有，聊赠一枝春"。

"别时容易见时难。流水落花春去也，天上人间。"离别季，端坐于办公桌前，任阳光倾泻在侧脸上，唯有浅浅的感伤，伴着热泪两行。

春风十里，不如有你。我心中别样的泰国，我心中无限眷恋的三才。你永远都是我心中最美的那幅画，以后无论风风雨雨，我都将在心里与你风雨相约，挽手同行。

# 我们是三才姐妹花

**1**

在人生的旅途上，走过许多路，趟过许多河，越过许多桥，穿过许多林，跨过许多坎，才会在恰好的地方，恰好的时间遇上恰好的人儿。

"潘姐，你的泰铢够花吗?"

"你如果不够，就去我的银行取钱，他（其实是泰文老师 Gupi）会给你的。"

这是田甜和王文慧回国前的凌晨，在曼谷辉煌给我发的信息。最懂我的妹妹们，她们一直在担心我。明天早上，她们参加完离任大会，就可以回国了。

最美的时光都是走得最急的。"三才四剑客"中，三妹沈成慧，漂亮可爱，一头乌黑的长发，白皙的脸庞，寡言少语却能洞察百事，是从贵州师范学院来的实习生，按实习规定第一个回国。清瘦高挑的二妹田甜，英气漂亮，有一股不服输的劲，像一根芦苇，韧劲十足，凡事思虑周全，是河北大学研究生，今年已经是留任第三年了，她是我们中文部的主任。开心宝宝四妹王文慧，一把齐眉的刘海，一双圆溜溜的黑眼睛，两笔弯弯眉毛，齐肩的头发，光洁的皮肤，一萌起来，就像一个可爱的小精灵，她是南京师范大学研究生二年级的学生。我是大姐，不高不矮，不胖不瘦，不丑也不漂亮，但是有点傻，是一直坚守到最后，更是四个人中最不坚强的那个外派老师。

"三才四剑客"中，因为学校暑假有补课安排，幼儿园又缺乏中文老师，而我们广西侨办外派的中文老师，回国日期可以略晚，我就主动留下来补课。其实，我也是想再为三才尽自己最后的一份力。

田甜和王文慧在我们四姐妹花的群里发来这个信息时，我正孤零零地躺在黑暗的床上，默默地流着眼泪。今晚，在这个简陋却又温馨的小房间里，在这张由两张小床拼接而成的大床上，曾经留下我们四个人多少同甘共苦的快乐时光。

如今，只剩我一个人空守了。

## 2

在这个小房间里，无数次，我们一起赖过床，吃过一碗饭，一起轮流穿过一件衣服，一起加过班，一起迟到，一起哭过、笑过、痛过。我们四姐妹，性格迥异，却又能相互包容，相互鼓励，共同成长。你们常说："所有的苦日子都过去了，剩下的都是好运气。我们一定要加油！"

怎能忘记，为了一台中文部春节联欢会的顺利举行，我们四个人，每天不停地讨论各种活动方案、节目策划、游戏练习，甚至凌晨1点，我们还趴在学校的四楼礼堂里修改各种材料和布置联欢会舞台。末了，还不忘记复习几遍第二天要上台表演的《欢乐鸡年舞》的动作。那一刻，我们虽累却又无比快乐。

怎能忘记，我们顶着炎炎烈日，说走就走，一起挤进小面包车，只为能够自由行走在那些清新迷人的泰国小风光里。曼谷的大街小巷，曼谷的湄南河夜市；沙美岛的海滩，沙美岛的夜晚；清迈的双龙寺，清迈的跨年夜；北碧的落日，北碧的爱侣湾；华欣的原生态泰国舞，华欣的水上市场……你们用迈出去的双脚和挥起来的双手，大声地告诉我："生活已经很艰难了，那一点点的小姿态和小追求，我们不能毁了它。"于是，那些日子，一起走过的足迹，是如此快乐美好。

怎能忘记，在我生日的那晚，我一个人在办公室加班，你们为了给我一个惊喜，打电话让我回田甜的房间。我回来了，你们却关起门来，让我先回我的房间换上一套漂亮的衣服来。当我换上衣服回来后，门开了，你们在黑暗中，一边唱着生日歌，一边捧着蛋糕，明亮的蜡烛映着你们灿烂的笑脸。那一刻，我是无比的幸福与感动。

怎能忘记，在我开心快乐的时候、遇事不冷静的时候、生病难过的时候、被人恶意误解中伤的时候……都是你们陪我开心快乐，陪我伤心难过。但更多的时候，你们在帮我分析问题的症结，找出解决的办法，反复提醒我，要保护好自己。这些时候，你们往往会鼓励道："我们是万里长城永不怕踩的一块砖，你敢踏过来，我就敢笑着迎接！"

怎能忘记，四妹王文慧经常开玩笑说，我是她遇见过的让人最无语最无奈的人。人家费了很大的劲，才找出那些一语双关的话来讽刺我、回答我，结果我一脸的不解深意，还一本正经地一一回复人家，真是枉费了人家的心机了。这种时候，二妹田甜就会说："没关系，潘姐就是这样心短，挺好的，没有心机，就没有烦恼。"而更多的时候，三妹沈成慧则在旁边默不出声，微笑看热闹，偶尔回应一下。也许，正因为我的这种不懂人情，不懂深意，三个妹妹才觉得我是我们四个中，最需要保护的那个人。

在异国他乡的日子里，在三才的300多个日子里，因为有了你们三个妹妹，那些默默承受被人误解、被人讽刺，在办公室独自流泪、独自放声痛哭的夜晚，不再有。

此刻，看到田甜和王文慧发来这样的信息，我的泪水再次决堤。我不敢和她们视频，因为我不想让妹妹们看到这样的我。

有时候，落泪，不代表懦弱，它也是一种力量。


## 3

今夜，黑暗中，我躺下又起来，起来又躺下，反反复复。

回忆缱绻，人去房空，物是人已非。只剩空调呼呼的声音，和着空气中不时飘来的那股咸鱼味。黑暗中，没有一丝睡意，只剩一屋子的回忆了。

一年来，我们去过了很多地方，看遍了很多风景，每次疲倦归来，都不曾忘记当初为何出发。是你们让我收获了一份珍贵的姐妹情，是你们让我的泰国支教生活更加丰富多彩，是你们让我更明白：一个人，要闭上嘴巴，用双脚去丈量脚下的每一寸土地，用双手去书写支教生活的精彩乐章。

一直喜欢这句诗意的话：你现在的气质里，藏着你读过的书，走过的路，爱过的人。妹妹们，虽然你们先回国了，但我不会停下学习的脚步，更不会窝在房间里等着发霉。今天送你们回来的路上，我又报了一个国内知名的朗诵培训班。从明天开始，白天我会认真给孩子们上课、批改作业，晚上回到宿舍，我会努力好好写文章，认真听朗诵老师的课。每天坚持朗读一首诗、阅读一篇美文、书写一段感悟。愿所有生活的磨炼、岁月的雕琢，都能在我支教的生活里沉淀出一种暗香来。

想着想着，嘴角漾起一阵涟漪。于是，起身，烧水，沏一杯茶。茶香袅袅，仿佛从遥远的中国飘来，溢满了初春的味道。这样的夜晚，回想我们四姐妹在一起的点点滴滴，就像这清香的茉莉花茶，在我心底盛开，一朵又一朵。当我想你们的时候，我会面向祖国的方向，对你们笑一笑，等祖国的春天百花盛开、姹紫嫣红之时，就是我笑得最灿烂的时刻，也是你们笑得最明媚的时刻。

有人说，生活中，哪有什么错过的人，会离开的都是路人。一路走来，走着走着，花就开了，我很幸运，在三才最好的时光里遇到你们，我们姐妹花美好绽放的时光才开始。在那些阴暗潮湿的日子里，我们是彼此的光，一起取暖，相互照耀。

这样的夜，这样的香，在泰国，在中国，"三才四剑客"一如一朵四生姐妹花，清心淡雅，幽幽释放着暗香。

# 清心清心，清清我心

　　"在看得见的地方，我的目光与你在一起；在看不见的地方，我的文字与你在一起。"这是我在清心老师的新浪博客上，看到的一句走心的文字。

　　我是一个孤陋寡闻的人，又是新进的写作群成员，"清心老师"这个称呼，是在3月2日星期四晚8点写作群的课上才知道的。然而，并不影响一个初学者，对那些优美文字的倾心和仰慕。

　　在新书《乖，其实你不用怕》中，清心老师通过72个励志故事，讲述自己对生命、时光、得失、爱、成长等独特的理解。这本书的文字，细腻温暖，娓娓道来，她想告诉我们：成长不代表放弃理想，沧桑不代表失去希望。人生路上，你吃的亏，受的苦，忍的痛，流的泪，最后都会变成光，照亮前进的路。

　　3月20日，有一个读者，不辞劳苦，驱车穿越两座城，来到清心老师的身边，在咖啡馆里，她说："从你的文字里，我看到了你的影子，看到了真实美丽的清心。"

　　是的，清心老师，是一个能够看见自己的人。她说："书写是为了看见自己，十年来，写作一直帮助她内心成长……"第一次课，清心老师每一个信手拈来的文字里，都如一股泉流，那么清心，那么灵动，骤然间，温润着我那颗枯竭的心。

我，一个渺小普通的外派老师，在外派的一年里，更多的时候是心情浮躁万千，无法定下心来做好每一件事，更不用说认真思考自己未来选择的路。

然而，这一晚，从清心老师的文字中，我发现我可以抛开烦恼，静下心来走进老师的文字里，去感受文字里的心香涌动。

在清心老师的第二次课上，那时我刚参加完一个泰国初中生的葬礼，心情低落到了极点。这时，清心老师讲了她的一篇文，里边讲述了一个原本很幸福的朋友，突然遭到老公的背叛，继而离婚、独自抚养女儿。然而一切都朝着越来越好的方向发展的时候，一直是她精神支柱的女儿突遭车祸，离她而去了。这个原本以为会因此垮掉的朋友，却在不久之后，以一脸的微笑来迎接我，并告诉我，她要好好地活下去。看到这里，我泪流满面。

那一刻，在清心老师的字里行间，我突然感觉到一种无形的力量，一步一步地牵引着我，不是走向黑暗，而是走向满满的正能量。

清心老师还是一个特别温情的人。虽然生活中的她，不会做女红，不会蒸馒头，不会发言，不懂人情世故，但只要有书，有窗，有蓝天，有小鸟自由自在地飞过，就足以让她心生妙语。

因为这样简单又富于温情的生活，清心老师手指下舞动出的文字，都让人如沐春风。从她温情的文字里，我知道了"成为一朵花，比欣赏一朵花更幸福"的道理。

清心老师用自己的写作经历告诉我们：面对琳琅满目的素材，一定要先学会选择，学会思考，深入探究，将它们从表面的形式提升到另一个高度；发现素材，记录素材，用活素材，立意再高一点、深刻一点；有一个会思考的头脑，比有一只生花妙笔更重要……

"如果你喜欢写字，喜欢坐在电脑前让你的手指随着心灵优美地舞动，那么，一个个美好的夜晚，足以抵御白天所有的苍白与贫瘠。"我喜欢这样清心的文字，更喜欢这样的清心。

每每读清心老师的书，我都觉得十分清新，十分温暖，就像泡在一池的莲花里，不仅让人宁静安详，更重要的是能关照自己的内心。

未来的我，能写出不仅能启迪他人，更能治愈自己的文字来吗？

# 从我的全世界路过的那些有缘人

冰冷的石阶

做着斑驳的梦

与现实的旅程

浓缩成一片落叶

檀香味的玉箫

眨着迷离的醉眼

合着古老的脉搏

悠长悠长的音韵

注入静默的长夜

凝结成美丽的谎言


梧桐秋雨里

恣意零落的花瓣

遗落了满地的苍凉

紫藤花架上

疲惫的蜗牛

咀嚼着临冬的寒气

细数着岁月的年轮

忧伤地

在生命的边缘蜿蜒前行


留得残叶看云烟

一千年以后

在一个清冽的夜晚

青丝散落

记忆的碎片

纷纷化蝶

从此

悬驮着阳光

一路温暖


随着回国日期的日益逼近，每一次从学校大门走出来的那一刻，都会不由地回头张望那块镶嵌校名的招牌，金色的光芒总在那一瞬间，跃入我的眼帘，直抵我的内心深处。

一路走来，磕磕绊绊，好不容易迎来了归国之日，蓦然回首却发现，赴泰支教的日子，夜走三才的时光，在慢慢溜走。从我的全世界路过的每一个有缘人，竟然也有着亲人般的善良与温暖。

连续两周了，晚上我都坚持去学校走路。每次去走路我都顺便拎两桶水回来，而每一次打回来的水，都是门卫大叔帮我去中小学教学楼里面打的！门卫的两个大叔说我可以空手去走路，他们去巡逻时顺便帮我打回来，放在门卫处，等我回来了，直接提走即可。虽然，每一次我们的交流都局限在我那几句简单的中式泰文里，但他们每一次都露出泰国人那种憨厚的绵绵笑容。

前几天，门卫的大姐知道我要回中国了，突然把我抱得紧紧的，对我说"别回去"，那个拥抱的力量绝不是客套。

门卫的大姐，身材偏胖，圆圆的脸庞，常戴一顶棕色的鸭舌帽，穿一袭棕色的保安服。一束稀松的马尾扎在脑后，一双乌黑的大眼睛逢人便眯笑成一道线，她的皮肤更是因为长年累月的暴晒，焕发出黝黑闪亮的光。每天早上，当我走到学校门口的时候，大姐都会扬起和蔼可亲的笑脸，清脆地对我说"萨瓦迪卡"，等我也盈盈笑意地回应"萨瓦迪卡"后，大姐马上对我当天的穿着评价一番，只要她觉得好看的，就会竖起大拇指说 se sui（泰语意思：衣服漂亮）或说 ka bom sui jing jing（泰语意思：裙子非常漂亮）。门卫的大姐，就像一棵树，虽然不高不大，却也可以遮蔽出三才的一片绿荫来。

有时候，早上来学校早一点的话，我还会碰到那个萌萌的警察叔叔，他每天都负责我们学校门口的交通指挥工作，偶尔也会和我聊上两句，但更多的时候，他会远远地冲着我笑笑，然后敬个礼。

一箪食、一瓢饮、一支笔、一本书，在三才，人不堪其忧，我不改其乐。每一天，迎着泰国的第一缕晨曦，拥抱门卫大姐的灿烂笑容，捎上警察叔叔诚挚微笑的敬礼，带上自己愉快美好的心情，不知不觉中，我已经走过330个忙碌又充实的日子！

还有22天就可以回归祖国的怀抱了。曾经多次在梦里奔向祖国的怀抱，每一次都把我这颗漂泊孤寂的心温暖了再抱紧，多少次在梦境里，还不忘记细数门前那几树桂花的暗香。如果你不曾离开，就不知道归来的不易；如果你不曾失去，就不知道拥有的珍贵。离开祖国整整11个月，马上就要回归美丽的中国，拥抱熟悉的南宁！这种心情不曾经历的人是不会真正懂得的。

　　今天，我和泰文部的校长、泰文部的舞蹈老师以及幼儿园的一位泰文老师一起在饭堂吃饭，当她们知道我回中国后就不回三才了，惊讶得瞪起大眼睛反复地问我"Why?""a lai（什么）？"等他们了解情况后，都纷纷摇头，然后帮我支各种招，让我继续留在三才。她们说让我回国把儿子带过来读书，中国的老公不要了。泰文舞蹈老师更是直接双手抱着我，脸上挂着愁容，眼里蓄满不舍，嘴里不停地念叨："mei huai kua ban liao.（泰文意思：不给回去了！）"我知道，这些可爱善良淳朴的泰国人，他们应该是喜欢我，舍不得我。

　　学校里，传说中最难沟通的两个比较老的泰文老师，从来都是一脸的严肃，不善言谈，不苟言笑，走路都不看人，也不跟人打招呼。有一次在饭堂，二年级（1）班的那个泰文老师突然走到我身旁，亲切地问我"a luai mei？（泰文意思：好吃吗？）"，她的话轻柔得像一朵清香的茉莉花，芬芳在我的耳旁。这时旁边的凌兴云吓了一跳，她说她在这两年了，从没见过这个老师这样和中文老师说过话。我笑着说："还好吧，每次我去她班上上课她对我都挺好的，经常帮我维持纪律，还常给我零食吃。"五年级（1）班的那个泰文老师，每一次见我都会微笑着停下来，和我寒暄几句。在我眼里，这两位最老的泰文老师，就像水中的清莲，静静地绽放，徜徉在自己的美好里。

生活是朵不知何时盛开的花儿，然而，只有把友善的种子撒在善良友好的土壤里，生活才会给你一个又一个惊喜的花朵。

周末，我急匆匆地去车站赶最后一班车回学校。刚刚到胜利纪念碑车站时，身材高大魁梧、皮肤黝黑、头发略卷的售票大叔，一看见我，马上兴奋地咧着嘴，露出一嘴的白牙，接着就用泰式英语指着我说："I remember you! Your friends?"只要是这位大叔在售票，就永远都是一口浓郁的泰式英语向我问好并安排我坐到面包车前面的位置，他知道我会晕车。胜利纪念碑的售票大叔，他那黝黑的大眼睛清澈深邃，总是传递给人一种令人信任的好感。我很幸运，在远离亲人的国度里，还会有这样亲人般的陌生人来关心和爱护自己。

漫漫人生路，来来往往，人声鼎沸。在我支教路上那些最心寒的日子里，这些善良的人们，他们能来到我的生命里，是我的荣幸。而从我的全世界路过的他们，都是有缘的人，他们如冬日暖阳般，给我凄凉的心带来阵阵温暖与鼓励。过了今晚，大多数中文老师都纷纷回国了，这里将只剩我一个人。

今晚，月明星稀，在寂静中，趁着三才教师宿舍的亮光多一点，我又去学校打水了，又夜走三才的校园，依旧是门卫大叔帮我把矿泉水打回来的……空旷的校园里，蝉鸣依旧聒噪，学校领导行政办公楼门前的几棵大树依旧笔直挺拔，孔子亭前的莲花池流水依旧唱着歌儿。然，热闹是它们的，我什么也没有。我脚下那一阵形单影只的脚步声，一下又一下，莫名地，心底油然升起一种隐隐约约的留恋与不舍。

荏苒岁月覆盖的往昔，从我的全世界路过的那些有缘人，你们是一树一树的花开，你们是爱，你们是暖。这一路，你们给了我许多的关爱、勇气与坚强，让我像太阳一样再去遇见另一些有缘人。但人生路上，有很多岔路口，我们不得不在这里挥手作别，何况，祖国的四月，空气温润舒爽，微微流动的风里，还散发着春天的芬芳。

掬一捧缘分，握一份懂得，书一笔远方，盈一眸微笑，我们的心，永远感恩向暖。我们原是陌生人，相遇即是缘分，你们的暖，你们的笑，令世间所有的芬芳，都散发出馨香来，不分国籍，不分肤色。

别了，从我的全世界路过的那些有缘人！

这是离别的渡口，也是启程的口岸。

## 支教路上，遇见清心

认识清心老师是在写作群安排的课上，认识清心姐姐是在一个午后，那天眼前大片大片的阳光，在我静候的时光里开了花。

按照课上的要求，我发了一篇文给老师点评。清心老师清新灵动，给我点评的每一句话，如涓涓细流滋润我干涸的心田，瞬间让我的整个世界有了别样的温度。后来，我和清心老师聊了很多异国支教生活的感受，每一次清心老师都耐心倾听。我如饥似渴，从不落下清心老师的每一次讲课和作业。不知不觉中，在写作群里，竟然有学员说我文笔好，写得很厉害的样子。那一刻，我知道自己在老师的点拨下，有了些许的进步，但未来的路仍然崎岖漫长，我唯有不断坚持和修炼，好的文章才会跃然纸上。

有一次，在 QQ 上，我和清心老师在聊点评文章时，突然一句"姐姐"自然而然地从我口中脱出，我以为我的冒昧和无礼会让老师反感。但没想到清心老师回我一句："好妹妹，好好写，你有这个悟性，加上你的坚持和努力，美丽的心灵美文之花都是盛开在磨砺和跋涉之后。"那一刻，泰国的阳光，暖暖地拥抱着我。之后，我和清心老师的交谈中，一直都是以姐妹相称，这种幸福，不曾拥有的人是无法体会的。

清心姐姐说："很多时候，我们习惯了注视他人，习惯了眺望远方，习惯了憧憬未来，习惯了抱怨过去，唯独忽视了正在拥有的一切。包括自己。"姐姐，亦如一朵恬静的莲，在每一个周四晚上，用禅者般的话语，给我们上着禅语般的心灵美文课。从她指尖流泻出来的文字，时而如一股淡淡的清香沁人心脾，时而如一方空灵的禅意浸润心绪。在不知不觉中，白天繁杂的琐事烟消云散了，放空的心随着姐姐的循循善诱，亦步亦趋走进了一个曲径通幽、空灵通透的美文世界里。

在异国支教的很长一段时间里，在繁重的教学任务、迫切的教学活动和紧张的课程安排之外，为了筹备一本书，我无时无刻不在为构思每一篇文章的框架而冥思苦想，使文章尽量结构别致、立意新颖。有时神情恍惚，有时寝食难安，有时夜不能寐，有时还顾此失彼、患得患失。自从清心姐姐出现，她的鼓励和点评指导，就如春天里的一股清泉，缓缓地流进了我烦躁不定的心。长姐般的清心就如一位知心的朋友，随时和我分享点滴的进步与快乐，也拂去我诸多的焦虑和不安。

于是，在异国的土地上，我也慢慢像姐姐那样，放慢脚步，让心沉静。我学会了赏花看云听风，学会了望月亮数星星，学会了阅美文读经典，不再为完成任务而着急，更不再为数量，不再为速度。

清晨的时候，窗外的阳光，明媚而清新。在简陋的宿舍里，有时候，也有写不出文的焦急，但我不再挠头着急，我会轻轻起身，打开窗户，让窗外的阳光和空气进入房间。我会放下手机，停下键盘的敲打，合上厚厚的读书笔记，换上轻松的运动装，穿上舒适的运动鞋，如小鸟般轻快地跃出宿舍，当双脚踩回到颇具温度的土地，一切都变得云淡风轻。

夜深人静时，三才的月光，朦胧而皎洁。独自散步在校园的小径上，我特意放慢脚步，享受异国的清辉从黛青色的夜空上轻泻下来，如梦如幻，罩着跃动的身影，从脚趾尖到光亮的额前，整个人显得神清气爽；绞尽脑汁写文的时候，也刻意放慢打字的速度，让文字从内心缓缓流出来，偶尔还在脑间盘旋一圈，再从指尖跃然到眼前，这种美妙的感觉从未有过。

从前的我，每天忙着上班、下班、带孩子，三点一线的生活，十年如一日，就囚禁在那一方窄小的晴空上，每天都在不停地忙碌，从未真正正视过自己的诗和远方。很多时候，背包里虽然都已经装满了好心情，可是从来不曾想过背上它，到远方的山顶去晒一下太阳。不必说内心如莲般恬静的喜悦，更不用说静心去享受阅读的快乐，单是平时最喜欢的古筝也因各种借口没有坚持下来。后来，偶然的机缘，满怀憧憬的我来到了泰国龙仔厝三才公学支教，以为一切都如泰国的阳光那样，明媚灿烂；殊不知，更多的挑战和困难在前方等着你。在我支教的11个月中，每天的生活似乎很充实，充实到连看云、赏花、晒太阳、散散心、阅读的时间都难以挤出来。幸好，除了正常的教学活动和学校新闻宣传工作之外，我每天坚持写作并记录自己的体会和收获，所写的文字远远地超过了二十万字。我虽不惧怕辛苦，但是体力和脑力的灯油耗尽，让我一度陷入游离、反应迟钝和记忆力严重衰退的深渊里。

然，缘分的天空，从来不亏待每一个默默付出的外派老师。这个时候，清心姐姐用她如诗如画般的话语，引领我走进了另一方静谧绚烂的天空。从此，我匆忙的脚步有了栖息的角落，我茫然的追寻有了前行的方向，我苦苦行进中不停的书写亦有了豁然的进步，我异国的支教生活更增添一支能够书写心灵美文的神笔。

著名作家朱赢椿老师在一次作家笔会上说，每天早晨，他都会早早起床，在自己的菜园子里观察虫子，一看就是几个小时。在虫子的世界里，一个水洼就是一片海洋，一片叶子就是一顶阳伞，一个鹅卵石就是一座山，而一块路边的石板缝隙就可以成为一个尸横遍野的战场。它们从容执着，它们生生不息，它们就像一片镜子，让我们照见了自己和自己的生活。在清心姐姐的课上，我看到了文字的美好，明确了写作的方向，体验了生活慢节奏的美，更体会到了心静如莲般的美。

那些匆忙的日子，结束了一天的"打仗"后，在夜幕降临之时，我都会独自静坐在办公室的角落里，静静地翻开姐姐那些禅意芬芳的著作，从《情似菩提爱如佛》到《时光柔软，小心轻放》，再到《乖，其实你不用怕》等，每一篇、每个字的哲理与诗意，我不曾错过。当读到有深层共鸣的篇目时，我不仅会泪流满面，感动不已，而且还会把一篇篇震撼心灵的美文，认真地抄写在笔记本上，反复推敲，反复欣赏。而书中那些飘逸灵动的智慧，如清泉在石板上自由随意地流过，轻轻撞击着我脆弱又枯竭的心，不知不觉中，我心溢芬芳，心生体悟。

时光轻柔，诗和远方并不遥远。今天，在泰国略微清爽的早晨，因了周围静谧祥和的空气，远方蔚蓝纯净的天空，天边诗意变幻的云卷云舒，我的神思顿时变得辽阔而旷达。此刻，我的背包不大，载满的却是沉淀的时光；我的足迹不深，碾实的却是美好的诗和远方；我的旅途虽不长，但遇见禅意般的清心姐姐刚好。

未来的路，无论多遥远，有姐姐陪伴，是清心，亦是幸福的。

# 您的远行，成就了我们的远方

——我的语文课代表的来信

我亲爱的潘潘老师：

您好吗？我是八班的语文课代表——苏家怡。

时光荏苒，岁月飞逝。不知不觉您已经到泰国有半年，6月份您离开了中国那熟悉的土地，去到了陌生而又令您向往的泰国支教。我想对您说：您的远行，也成就了我们未达到的远方。

回想去年6月初当您和我们说起您要去泰国支教的事情，全班的每一个人都很震惊，我们都舍不得您，舍不得您风趣幽默的课堂氛围，舍不得您欢乐脱线的思维，舍不得您给我们拓展的学识，舍不得您对全班认真负责的态度，舍不得您对八班那份如孩子般的疼爱。

您说过当初报名前去泰国支教之时，也未曾想到会担任我们班的语文老师，我想如果您早一点点认识我们，早一点点当上八班的语文老师，结果会不会不一样呢？

我至今还记得，您把我们班的十六名同学叫到走廊外，和我们说：虽然未来的日子您不在我们的身边，但是您会和我们一起战斗一起努力，为了八班的荣誉和您的梦想，也为了我们每一个人的诗和远方。那天早上升完国旗，您悄悄离开了学校。

老师，在您踏上泰国的土地时，中考的脚步悄然走近，我们在黄老师的带领下紧张地进入中考复习状态。水滴石穿非一日之功，当最后一科考试的铃声敲响时，我心里豁然开朗，考完的感觉真好。在领取成绩的当天有的人欢呼雀跃，有的却垂头丧气。我们班中考的语文成绩和六班持平，也算是我们对您付出的回报吧。

我们拍毕业照的时候很遗憾没有和您一起，但是我们的毕业照上也P上了您的面容。忆起我们相处的一年来，您会为我们语文成绩跌落而难过，会为我们的进步而感到高兴，会为我们的付出作出肯定。每当在QQ空间上看到您在泰国的生活是那么高兴满足，我们都怀有和您一样的心情，愿您真的像照片里的您一样过得那么好那么开心。

我们也有很久没见了，我们都快忘记您的样子了，还有三个月您将会踏上回国的行程，我心里抱着激动和喜悦期待着那一天的到来。我和赵洋以及爽姐都不在同一个高中，我们现在虽然有着不同的生活，有各自交际的圈子，甚至很少见到面，但庆幸的是我们还是最好的朋友。唐玉婷和彭明洋、潘建臣、朱冠宇、陈友聪去了邕高（邕宁高中），他们也不能经常见面，不过关系还是一样好。我的语文成绩也许是因为您知识的拓展，或是我继续啃初中的老本，在班上的语文成绩也还说得过去，不过就是议论文很让我头疼，希望您赶紧回来救救我的作文！

"从明天起，做一个幸福的人，喂马劈柴，周游世界。从明天起，关心粮食和蔬菜，我有一所房子，面朝大海，春暖花开。从明天起，和每一个亲人通信，告诉他们我的幸福，那幸福的闪电告诉我的，我将告诉每一个人，给每一条河每一座山取一个温暖的名字，我们也为你祝福，愿你有一个灿烂的前程，愿你获得幸福，我只愿面朝大海春暖花开。"这是我很喜欢的一段话，现在我开始学着把自己喜欢的句子记下，和您一样。

"乡愁是照片里父母灿烂的笑容；乡愁是记忆里手中甜甜的糯米滋；乡愁是对家乡无尽的思念。"潘潘老师，新年即将来临，异国他乡的您，一定很想家，很想您可爱的儿子吧！此刻，多愁善感的您也一定乡愁满怀吧！以前您给我们上余光中的《乡愁》时，您课上读到动情之处，竟然眼眶湿润，那时还不能真正明白余光中和老师您"乡愁"的深刻内涵，如今在您的 QQ 空间里看到您远赴泰国支教辛苦的图片和文字的点滴，亦能体会其中的滋味了。不论多么艰难，我都希望您在泰国过得幸福，不要忘记我们，不要忘记可爱的八班。我们等您回来，等着我们再相聚欢笑的那一天。

老师，您常常对我们说，博观约取，厚积薄发。末了，寄上一首我自己写的《乡愁》，送给您。亲爱的潘潘老师，祝您工作顺利，身体健康！万事如意！祝铮铮快快长高，越来越开心哦！


乡愁是一轮弯弯的明月
借着皎洁的月光
将思念传达

乡愁是一盏矮矮的路灯
借着暗黄的灯光

送归人回家

乡愁是一个小小的视频

借着无尽的网络

把喜悦捷报

永远的9（8）班语文课代表苏家怡

2017年元旦于南宁二中

# 向阳而生，花香永存

致我永远的语文老师潘潘：

　　春光洒下，四溢的阳光洒满绿油油的花丛，枝叶上的花骨朵，摇曳在春风之下，那是香石竹与暖阳的初见，但它不知，那春光与它就此结下了缘分，那光，滋养着它去奔向自己的绽放。虽是花期未到，不知为何，我早已嗅到满院微香。

　　香石竹（康乃馨）是花。是花，就爱向着暖阳而生。您上课，对我总有魔力，我总盼着每天的语文课，就像花儿盼着太阳。您课上激情的演讲，宛若暖阳为花儿带来充足的养分，助它迎接绽放。我也在您的课堂学会了很多，语文世界也不再那么枯燥，我乐意去学，更乐意去畅游，享受语文带来的美与乐趣。这助力着我更好地去充实自己，去迎接人生的绽放。康乃馨的绽放，离不开暖阳。而我的成长，亦离不开您！窗外的花骨朵更沉了，在微风摇曳中，它向着阳光，微微颔首，似是致谢，亦是感恩。

　　那炙热的光，带来的不仅是养分，它还是微凉春风中的一丝温存。那份温存，是傍晚就餐时的陪伴；是生病时关切的眼神与问候；是相聚时的欢声笑语；是学业中的鼓励；更是离别时不舍与朦胧的双眼……鼻尖的酸楚，蒙雾的视线将我拉回现实，伫立在往日的校园，身旁微风拂过，似带着花香，融入斑驳的阳光中。忽见，墙角的香石竹早已破花苞而出，微红缀在绿意中，是那么耀眼。花香，似乎更浓了……

是花，就总会有枯萎，就总会与阳光分别。但这不是永别，只是花儿去了别处生根，而阳光却仍在那。花儿随风去追寻自己的下一个远方，当它蓦然回首，抬起头，才惊讶地发现，那光还在，无论它在何处，那光一直在，那份恩情与温存也一直在……花儿和阳光从未分别。成长中总有别离，能在最美的时光遇到彼此，那便足够了。我们终是分别了，我也迈向了高中生活，而您也在教师岗位上不断充实提高自己。但我们都会记得，那年香石竹绽放的夺目，也会永远记得，那香石竹的芬芳。您照耀着下一代花儿，而我，也在远方沐浴着您的光芒，愿我能将花香送至您那，愿您能浸润在芬芳中，幸福快乐地生活。而我也愿追寻着微光，去绽放自己的生命之光，感恩彼此，感谢您的教导！

沐浴在阳光下，香石竹绽放着最美的身影。碧空中，骄阳露出微笑。人间，则溢满芬芳，那花香，散不去，那微光，亦不曾离开。香石竹的花语是感恩，感谢语文世界里有您的陪伴，谢谢您，老师！春光依旧，向阳而生，花香永存！

您的学生：梁爽

2017 年 3 月 13 日于南宁

## 感恩的心
——来自学生家长的一封信

潘老师：

您好！

时间过得真快，一转眼，爽就要上高二了，您出国支教也差不多一年了，但我还是按捺不住对您的感激之情。

想当初爽对语文并不是很"感冒"，特别是作文，一碰到就特别头疼，自从您当了她的老师，就教会了她怎样开心地写作，谢谢您了！

记得到了初三的关键时刻，爽经历了精神上的打击和身体上的病痛。我急在心里，只能尽量安慰她，顺其自然，不太在意。而您，虽然远在千里之外，却像好朋友和大姐姐一样安慰她、鼓励她、支持她……

成绩出来了，语文 A+。正因为这个 A+，爽才找到了自信，也正因为这个 A+，爽才踏进了她心仪的学校。谢谢您，潘老师！感谢您的付出，感谢您的不离不弃！

期待您早日归来！

最后祝您在2017年身体健康！阖家幸福！桃李满天下！

梁爽妈妈

2017年4月4日于南宁

# 最美的三才情谊
## ——三才公学同事们给我的临别赠言

## 1. 善良有爱心的潘老师

潘凤仁老师从中国来，在我们三才公学担任中文老师。潘老师是一个善良有爱心的老师，一年来，潘老师非常用心地去教泰国孩子学中文，还帮助学校做很多的事情，比如培训学生参加中文比赛、负责学校的新闻宣传、到别的华文学校去做中文比赛活动的评委，让更多的泰国人认识三才，了解三才。

另外，在工作上，潘老师还是一个对自己要求很高的人，学校安排的事她都尽最大的努力去完成。感谢潘老师能够来到三才，给孩子们教汉语和传播更多的中国文化。虽然在三才公学才一年，但是潘老师为学校做了很多很多工作。我们祝潘老师生活幸福、身体健康、工作顺利！

三才公学经理黄玉灵

2017年3月17日

## 2. 做饭很好吃的潘姐

第一次看见潘凤仁老师或者潘姐，我觉得她好像2016年新侨办老师的大姐。因为我工作的原因，不太有机会跟潘老师聊天，不过我也觉得她是很努力的中文老师，很花心思给同学们教中文，很有奉献精神，还有忍耐的精神。

因为她和我的好朋友中文老师田甜、王文慧、沈成慧老师是好朋友，所以我跟潘老师有机会在一起说话聊天。我有一句话想说："潘老师做饭很好吃！"她帮其他中文老师做饭的时候，我也有机会吃到美味的广西菜。但是有一点问题是我不太喜欢吃辣，我是奇怪的泰国人，潘老师再做饭的话，我希望不要做太辣。我非常感谢潘老师给我做饭，非常感谢你来泰国教泰国学生。

泰文老师：黄伟发

2017年4月14日

## 3.My Chinese mom-"Miss Pan"

Every time when I think of "Miss Pan", the first word came to my mind has to be "perpetual motion machine". Yes, I guess no one could deny me that. She just like a machine that would never stop working. I never saw her had a rest over half an hour. Pan always busy of doing a lot of things, like preparing for class, playing zither or exploring tea ceremony and so on. Well, got to say, I admire her for that, because I could never made myself became that kind of person that super diligent and hardworking. And honestly, Pan is twelve years older than me, I am suppose to be the person that more passionate and energetic or more active, but I couldn't be.Comparing to Pan, I just like a machine without function. Pan made me feel ashamed for having no passion for life,and I already decide to change myself.

And Pan is very kind and warmhearted.Because of somethings bad happened on me before, I used to be very pessimistic. Pan talked to me,she taught me how to open my heart, how to accept those miserable things, how to handle those terrible feeling, and I really appreciate for all the things she did for me .Every time when I got sick, she always taken care of me, just like my mother, so I would call her "Pan ma".

In addition, she is the personification of culture and refinement. I guess maybe that has a relationship of exploring Chinese tea ceremony. Chinese tea ceremony is a magic thing in my mind.If I have time, maybe I would ask Pan to teach me something about that. I really love Chinese culture.

Besides, Pan is a super interesting and responsible teacher. I still remembered that one time, she bought about forty eggs just for teaching the Chinese word 'ji dan'. I was shocked and moved by her attitude to work. That thing really gives a deeply impression on me.And her teaching method worked. See, even me, could still remember 'ji dan'. Pan wins.

In a word, Pan is a very successful, responsible, kind and nice teacher in my mind. I would cherish those beautiful memory with Pan.I love you,'Pan ma'!!!

From Natasha

2017.4.26

译文：

## 我的中国妈妈——"潘小姐"

每当我想起"潘小姐"，脑海里就会浮现出一个词："永动机"。是的，我想没有人能否认我的话。她就像一台永不停止工作的机器。我从来没见过她休息时间超过半小时。潘总是忙着做很多事情，比如备课、弹古筝、探索茶道等等。我不得不说，我很佩服她，因为我从来没能让自己成为那种超级勤劳的人。说实话，潘比我大十二岁，我想我应该是一个更有激情、更有动力、更有活力的人，但我不是，和潘相比，我就像一台没有用的机器，潘这样的人使我为没有生活激情而感到羞愧，我已经决定改变自己。

潘很善良，也很热心，因为以前在我身上发生过一些不好的事情，我曾经很悲观，潘教会我如何敞开心扉，如何接受那些痛苦的事情，如何处理那些可怕的感觉，我真的很感激她为我做的一切。每次我生病时，她总是像我妈妈一样照顾我，所以我就叫她"潘妈"。

另外，我觉得她是文雅的代名词，我想这可能和她探索中国茶道有关系，中国茶道在我心目中是一个神奇的东西，如果有时间，也许我会请潘老师教我一些关于中国文化的东西，我真的很爱中国文化。

此外，潘老师是一个非常有趣和负责任的老师。我还记得有一次，她买了大约四十个鸡蛋只是为了教"鸡蛋"这个词，她的工作态度让我震惊和感动，这件事给我留下了深刻的印象，她的教学方法也奏效了，看，即使是我，也能记住中文"鸡蛋"，潘赢了。

总之，潘老师在我心目中是一位非常成功、负责、善良、美丽的老师，我会和潘老师一起珍惜那些美好的回忆，我爱你，潘妈！！！！

来自娜塔莎

2017 年 4 月 26 日

最美的三才情谊

# 文化之根坚守人
## ——记泰国华文教育家黄迨光博士

黄迨光博士是华文教育的摆渡者，他对教育事业呕心沥血，鞠躬尽瘁。他精心打造、管理的三才公学已是泰国华校的楷模，他栽培的教育之花已是硕果累累。

他坚信：十步之间，必有芳草；十室之邑，必有俊士。让每一个孩子都绽放灿烂的笑脸，让每一个孩子都会说中文，让中华优秀文化都能扎根与传承——坚守华文教育，坚持弘扬和传承中华优秀文化，是所有三才人的坚守和追求。

1. 中文部第一次会议——未见其人，先知其事

初到三才公学，人生地不熟，各种手忙脚乱中，业务不熟的第一周就迎来中文部第一次会议。当中文部主任陶老师郑重地宣布校董会黄迨光主席要出席我们中文部第一次会议时，老同事们面面相觑，陶老师认真的眼神似乎提醒大家：请做好发言的准备！陶老师的话音刚落，有新同事就好奇地问黄迨光主席是何许人也。此时，办公室另一头的周老师回答：度娘告诉你！

未见其人，先知其事。那日，午后的阳光透过蓝色的收缩窗帘，静静地倾泻下来，在三才特有的暗香中，斜斜跃上课桌的木纹上，照在我手中的笔尖和手下的键盘。我从百度上了解到原来黄迨光主席不仅是龙仔厝三才公学校董会主席、泰国潮州会馆的主席、泰国西部华文教育联谊主席，还是一位懂得泰中英三语的博士人才，更是一名成功的实业企业家，热心公益、仗义疏财的慈善人士。他是从小受祖父和父亲的影响，在浓厚的中国传统文化熏陶下长大成才的第三代在泰国土生土长的华裔，后来异国求学，获得美国和英国的管理学心理学双博士学位。

　　那天中文部第一次会议，怀着激动又忐忑的心情，和所有中文老师一起，我们端坐在办公楼的会议室里，似乎有种屏住呼吸的安静。窗外，霎时间远远飘来一阵寒暄，几句听不懂的泰语，声非洪钟却瞬间能穿透整个会议室，随着多重脚步声后，会议室的大门中间现出一位年近古稀的儒雅老者，他步伐稳重，干脆利索地走进会议室，学校经理和秘书陪同其后。只见老者身穿深色西服，白色衬衣上系着深蓝色领带，黑色光亮的皮鞋一尘不染，一张雕刻般博学的脸庞，挂着平易近人的微笑，金丝框边眼镜下镶嵌着一双时而严厉时而慈祥的眼睛，在明亮的镜片的衬托下，一双深邃的眼睛如一道坚定的光，剑一般的眉毛，眉宇间透露出理性与智慧。那天黄主席的"留根文化"演讲，语重心长却又鼓舞人心，如午后的阳光，暖暖的。黄主席对华文教育的满腔热情和对我们中文老师的谆谆教诲，至今依然响彻我耳畔。尤其是当黄主席点到我发言时，我还即兴改编了几句诗，略表激动心情：异国他乡为援教，三才公学三语棒。泱泱华教耀泰国，主席功高声誉扬。

　　富不忘根，贵不忘本。会议上，黄主席给我们讲起了他从事华文教育的故事，他时而谈笑风生，时而语重心长，时而娓娓道来。会上我得知，三才公学是黄主席开启教育之路的第一扇大门，从购地到建校，从规划到设计，他巧妙地运用自己心理学管理学的技能，开始了长达15年的教育耕耘之路。自从接下重任后，他就启动各种社会资源，寻找各种渠道，筹措建校的土地和资金。他深知我们华人自古都有尊师重教的历史，他有良好的人脉关系，许多人在他的鼓励劝说下，都纷纷慷慨解囊，一笔笔资金到位，加之他合理的管理运用，一座花园般的校园便屹立在曼谷西部的土地上。经过五年的建设，一个占地20莱（泰国面积单位），耗资2亿泰铢的现代化学校在曼谷的西部拔地而起。这所学校集三所幼儿园、小学、初中、高中共36间教室。一栋包括礼堂、图书馆、电脑室、科教室的四层大楼。还有中英泰语音室和音乐室的综合大楼，一个标准的足球场，两座游泳池，三个游乐园，一个可容纳三千人的室内游泳馆。这个最具规模的民办华文学校——三才公学，似一颗星辰升起在泰国西部的土地上，令无数人仰望，令无数人羡慕，令无数人赞扬。如今，三才公学已经成了泰国华校的楷模。

"不用扬鞭自奋蹄，弘扬华教担使命。"经过岁月洗礼后的沉淀，黄主席坚持把开办华校当作一项慈善事业来做，他说他要让湄南河畔一直延续中华文化的血脉之根。那一刻，我为自己能够在这样的学校里支教而感到自豪！

"2016年初，我出资买下《亚洲日报》，并不是考虑盈利，我只想把它作为泰国从事华文教育的教师和学华文的学生的一个发表华文文章的平台，让他们能够从另一个方面感受到学习华文的好处。"黄主席的话一直回响在我耳畔。

有时候，你离开祖国越远，你越能感受到属于自己的那种语言的美。从二楼会议室下来，走回办公室，金色耀眼的夕阳斜照在三才公学主教学楼上，绿草茵茵的足球场上跳跃着金色的光芒。手上还残留着午后阳光与泰国甜点花瓣的余香，我快速打开电脑，指尖在键盘上飞舞。

2. 潮州会馆办公室——脚踏实地，潜心会馆

曼谷的午后，阳光璀璨，空气中弥漫着缕缕花香。循着花香，跟随着田甜，我走进了坐落于深巷里拥有七十多年历史的潮州会馆外大门。左边是宽大的停车位，右边是颇具中国古建筑风的朱红会馆主楼，雄伟高大的大门上，古色古香地雕龙画凤，大门中间上方镶嵌着四个烫金大字"潮州会馆"。清油风雅的朱色大门，里面回廊辗转，以空旷敞亮的"子彬堂"为中心，组成一个布局清晰、办公分明的主会馆。黄主席的办公室，就位于"子彬堂"的左手边。

走进宽敞明亮的办公室，一股雅致清新的中国风迎面扑来。一进屋我便被熟悉的风格包围。一件件精致的玉器雕刻与艺术品，整齐地摆放在古色古香的橱柜，尽显主人的身份修养与极高的文化品味。那造型，那风格，尽显中国味道，饱含着海外游子浓浓的思乡之情。那天，在潮州会馆的办公室里，我亲眼目睹了黄主席应接不暇地接待各界人士的到访，看到了紧凑无缝的工作日程安排表，听到了会馆秘书反复跟他确认的日程安排，领略和见识了在他人生的字典里，没有"退休"二字的现实日程！

最吸引我的是黄主席偌大的办公桌上放置的一张相片，照片中的他，一身深色西服，双手背于身后，身躯挺立着，立于巍峨绵延的万里长城上，他头颅微昂，嘴角微翘，面带微笑，眺望着远方不绝的青

山翠峦，仿佛一位深陷于沉思的智者，伟岸的身躯撑起了泰国西部华文教育的天地。时光如一把尖锐的刻刀，在他的额上，脸庞上，手指上留下了岁月的痕迹，他乌发平整地梳理着，嘴角微扬着，鼻梁上架着一副金丝框边眼镜，平添了几分严肃与沉稳，眼眸中闪烁着睿智的光芒。他更像一棵耸立的苍松，任尔东西南北风。

　　整个下午，客人们来来往往，黄主席在迎接客人和送走客人中忙忙碌碌。看着黄主席一直忙碌的身影，趁着大家自由参观之余，我有点担心地笑着问："主席，这么繁杂的工作，这么紧凑的行程，日理万机一般，您不累吗？"黄主席笑呵呵地对我说："我没有时间累啊，每天都被各种社会活动和国事家事馆事缠绕着，当侨领不是件轻松事，要有好身体、好心态，要有愿意付出的能力和行动。"黄主席还自豪地跟我们说："潮州人的精神是吃苦耐劳，合作团结，相互帮助，我拼命教育后代要有作为潮籍后代的自豪感，要热爱祖国，要为中泰两国多做贡献。"那一刻，我不仅佩服于眼前这位精力旺盛的80岁老人如此心系祖国，我更佩服于这样的老人，即便在海外，血液里依然流淌着我们中国人骨子里那种自强拼搏、吃苦耐劳、勇于奉献的精神！

　　准备离开主席的办公室了，我的目光落在办公室的墙上，上面悬挂着来自家乡政府赠送的几幅书法牌匾，充满赞誉之词，有"泰华翘楚"，有"潮人之光"等。黄主席指着座位右边的一幅书法对我和田甜说："我最喜欢这一幅！"我们目光一转，看到"山高人为峰"五个大字，刚劲有力，潇洒自如。那一刻，我突然发现，这其实就是黄主席一生的真实写照啊！潮州会馆办公室，只是主席日常工作一隅，但在这里，我清楚地感受到：这里只有脚踏实地有条不紊的时光，没有匆匆流年碌碌无为的痕迹！

回来的路上，我们坐着主席的车，驰过不知名的街道，路旁的金链花，灿烂如金。

3. 新年露天聚会——春风化雨，立德无声

"爱自己的语言，爱自己的文化，就是一种爱国的体现。这是一个公民，一个中国人最起码的素养。"曾听过这样一句话，在三才，所有坚守华文教育的人，没有耀眼的光环，没有品茗抚琴的闲适，但我们都有一颗爱国的心。

薄薄的晨雾，三才的校园，隐没在淡淡的晨雾中，如轻纱笼罩般，那么美丽，却又那么热闹。曲折的校道两侧是两排小树，上面挂些红色的小灯笼，微风吹来，小树轻轻摆动，好像在跟同学们问候新年好。在丁酉鸡年新年到来之际，黄主席从幼儿园学生入校检测体温到与教师同桌吃饭畅饮，并亲自为志愿者教师安排好食宿，让我们安心教学，无不体现一个父亲的博爱。

新年的钟声即将敲响，我们中文部的新年露天晚宴就在一条河上的船里举行，大家就像一个大家族一样，围着铺满鲜花的白色长桌，共进晚餐。晚宴上，面对中文老师们提出如何教泰国孩子学中文的问题，黄博士鼓励我们多开展活动来激发孩子们学习汉语的兴趣和热情。他说："中国优秀传统文化是我们海外游子的'根'，根扎得越深，叶就长得越茂盛。"是的，学习中国文化，其实就是寻找民族的根，文化的根。力求通过对诗词知识的比拼及赏析，带动全民重温那些曾经学过的古诗词，分享诗词之美，感受诗词之趣，从古人的智慧和情怀中汲取营养，涵养心灵。

晚宴中，黄主席还给我们每个中文老师都准备了一个大红包，我们还进行了有趣的抽奖活动。在抽奖活动的环节中，也许是我运气太不好了，两三轮下来，我都没有抽中任何礼物，黄主席看在眼里，私下让田甜给我多封了一个红包，说是特别感谢潘老师为三才的宣传做那么多努力！那一刻，我眼泪控制不住，唰唰地往下流。那一刻，远看着身穿笔挺的浅灰色西服和浅蓝色网格衬衫的黄主席，更显高大。那种被岁月打磨出的沉稳与慈祥，颇有一种长者的风范，在他身上始终透露着那种浓重的书香气与儒雅之风，也宛如我隔壁家的伯伯，倍感亲切。

　　"禹是人，舜是人，我也是人，他们能够做到的，大家，我，为何不能做？所以天下兴亡，不是匹夫有责，而是'我的责任'，唯有这个思想，我们的学校才有希望。我们每个学生，如果人人都说，学校秩序办不好，是我的责任，国家教育不好，是我的责任，人人都能主动负责，天下哪有不兴盛的，哪有不团结的团体。所以说，每个学生都应该把责任拉到自己身上来，而不是推出去。我们每个老师都要记住学校更应该训练学生这种'天下兴亡，我的责任'的思想，积极负责的道德观念，这就是道德教育。"晚宴的最后，黄迨光主席对着所有中文部的老师们如是说，语重深长，铿锵有力。

　　"没有任何事情，能比做教育事业开心。我一个人挥出去的是一个拳头，而千千万万个人挥出的力量是一座山。"那一晚，我才知道大家敬而远之的黄主席是威严而不厉，成功而不傲的黄迨光博士。一路走来，没有人知道，他是如何奋发学习、呕心沥血、精益求精，才先后获得了英国和美国两所大学的博士学位。黄迨光博士热心于慈善事业，兴办了华文学校，为泰国华文教育做出了重大贡献。这条华文教育的路上，他从未后悔，坚定不移地向前走了十五个春秋，一步一个脚印，一步一个台阶，一丝不苟，有条不紊。岁月的风在他结实的骨骼中来回蹿动，但他的双眸始终如一池平静的碧水。

春风化雨，立德无声。如今，又是一年四月天，泰国的国花黄金雨繁花似锦，盛开在泰国的大街小巷。田甜发来的照片上，曼谷的黄金雨花明丽、烂漫、张扬。采撷了满目春色，带着一路的灿烂和芬芳，听田甜说主席又奔波在中泰夏令营的行程上了。我仿佛也看到了黄主席嘴角微翘，脸颊旁被岁月划出两道深深的法令纹，那憨厚的脸庞和那金丝框边眼镜下深邃的眼睛，透露着岁月洗礼后的理性与智慧。他目光聚焦如一道坚定的光芒，望着中国方向的前路，穿透泰国华文教育的走向。

2017 5月

**4**

星期四 / 晴

# 微笑在脸上，福藏于心间

　　一段旅程的结束，总有回家的人，总有离岸的船。然，最重要的风景，是看到了别样的美好。

　　午夜梦回，时常梦见自己仍身处异国，梦见泰国的孩子和老师们，梦见和他们一起走过的那段岁月。那时，行走在异国的青石板上，欣赏着原汁原味的泰国民居，领略过泰国人友好淳朴的眼神，品尝过泰国无数的美食佳肴，无数异域风情尽在眼底。回想在泰国的日子里，经常会被那些人那些事所触动，他们笑意轻盈，如一朵盛开的莲，静静坐于旁侧，只为仰望你曼妙盛开。

## 甜甜妈妈

　　"2016年9月11日，HSK考试。潘老师教甜甜准备考试，最后甜甜得了195分。我很感谢潘老师，因为潘老师对甜甜很照顾，对甜甜很好。甜甜说想和潘老师学中文，希望潘老师能一直在泰国，不希望潘老师很快就回中国去。因为潘老师离开后，我和甜甜就再也看不到潘老师了，想到这点就很伤心，我们很爱你。（爱你的王心怡）"这是甜甜妈妈给我写的一封信。我记得当时给孩子们颁发 HSK 成绩单时，站在一旁的甜甜妈妈笑靥如花。在我回国前，她特别感激地塞给我这封信和一些泰国小吃，我能从她的笑容中感受到那份真诚和眼神里那股感激的光芒！

其实，甜甜妈妈是地道的泰国人，美丽聪慧，一副黑框眼镜衬着她白净的脸，更增添几分知性。她对每一个中文老师都很好，她还给我们中文老师送过衣服，也经常自己做些特色小吃带来学校，分给老师和孩子们。那时，三年级的孩子们要参加 HSK 等级考试，我的任务是每天早上提前半个小时来学校，给他们集训强化，时间为一个月。在这一个月的集训教学中，我慢慢地靠近了又一群陌生的孩子，这些孩子有时面对我还是不免有些羞涩，但有时走在大街上，这些孩子也会挥手向我打招呼，或者隔着街道喊："老师，老师。"那种时候，感动与成就感就会在我心中激荡着，这不同于一般人的问好，那感觉也像是收获，收获辛勤劳动后得到的回报。

甜甜聪明可爱，声音甜美，眼神清澈，学习认真，红扑扑的小苹果脸，安静羞涩，惹人喜爱。每一次上课，她的妈妈都早早地把甜甜送到教室，然后恭敬地微笑着跟我打招呼，等甜甜坐到位置上，她才离开。

每次看着甜甜妈妈那疼爱的眼神和贴心的陪伴，我都被一种久违的感觉所感动着——陪伴是最长情的告白。我想，未来我也要更好地陪伴我的儿子。

除了甜甜妈妈，回国前两天，我和田甜在商场里还遇见了幼儿园的泰文老师，他们憨厚善良，盛情邀请我们一起吃饭，还邀请我去他们家住，哪怕是回国了以后再来泰国旅游，也要我一定住到他们家里，那笑容憨态可掬。还有艾嘉艾丽姐妹的妈妈，在我晚上加班回来的路上，也曾贴心地给我送过牛奶和小吃，她们母女那温柔美丽的笑容，一直浮现在我眼前。

不论是甜甜妈妈，还是艾嘉艾丽妈妈、幼儿园泰文老师，他们都美丽善良，笑容灿烂。与其说他们的笑容是我收获的最珍贵的礼物，不如说是我种下的爱和希望的种子。

## Kubi 黄伟发

Kubi 也是地道的泰国人，是三才的泰文老师。精通中文，身材高大、皮肤微黑，头发蓬松、眼睛黑大，憨厚挺拔，寡言少语，比我小一岁。他身兼数职，却不慌不忙，有求必应，勤恳耐劳，他每天早早就要转乘两个小时的公交车来学校，他是学校里最忙碌的人之一。每次外出时，Kubi 都会提前准备好活动事宜，他不但是中文部和泰文部沟通的桥梁，还要帮我们解说翻译，是中文老师们的导游兼搬运工。在学校里，Kubi 除了完成自己办公室和后勤的工作外，还经常帮中文老师协调各种关系，帮中文老师顶课，帮中文老师翻译期中期末试卷的泰文，有时甚至和中文老师一起加班做教具和整理材料。在三才，每一个中文老师都会和 Kubi 建立起深厚的友谊。

中秋节的时候，我们中文部从庆中秋、唱中秋、送中秋、寄中秋等四个方面来和学生展开中秋文化的活动，围绕苏轼的一首《水调歌头·明月几时有》古诗词。Kubi 和我们中文老师一起加班策划组织，让学生们在中秋诗词唱曲中感受中国传统节日浓厚的文化氛围。在制作月饼环节，平时寡言少语的 Kubi，竟特别可爱地和孩子们唱起《明月几时有》和《月亮代表我的心》等歌曲。

也不知从何时起，胸口竟然长出了一个硬硬的东西，本想等回国再去做全面检查，谁知在新年到来之际，它竟然发红发炎突然疼痛异常起来。那天 Kubi 和田甜陪我去 MaHaiCai 医院检查，一系列漫长煎熬的手术结束后，Kubi 对着病床上的我说："潘姐，微笑在脸上，福藏于心中。你煮的饭菜很好吃，等你好了，再给我们做。"不善言辞的 Kubi，表达心中对我的关心，竟然木讷得这么可爱。正月十五元宵佳节，Kubi 和孩子们一起放飞孔明灯，当孔明灯冉冉升上天空的那一刻，Kubi 和孩子们欢呼雀跃着，我默默祈祷 Kubi、自己和家人都能够健康平安，幸福年年！

回国后，我还经常拜托 Kubi 帮忙翻译，记得那一次翻译任务很重，难度又大，当时他感冒发烧，但他依然利用下班时间，翻阅大量词典，最后如期完成了所有中译泰的翻译任务，包括《文化走亲东盟行》、大型粤剧《玄奘西行》和《粤剧折子戏唱词》等多部作品。

Kubi，真诚温和，宽以待人，笑容憨厚。忙碌的时光里，他始终安放一颗从容的心，用自己不慌不忙的坚持，竭尽所能，给予别人需要，自己亦收获快乐。

收藏笑容，收藏美好。我想，安静地微笑，被需要，能给予，何尝不是幸福呢？

## 清洁工大妈

在泰国学校里，我还非常敬佩一个人。她是学校的清洁工大妈，皮肤黝黑，身材微胖，岁月的风吹皱了她的额头和脸颊，黑发间显露着几根白发。可她的脸上时常挂着灿烂的笑容，每天保持着干净的妆容，粉底、眉毛、口红从不落下，衣着整洁，做事耐心。在她身上仿佛有历史的风霜，有生活的印痕，也有沉淀的希望。每一次在校园里遇见她，她不是在一遍一遍地用长拖把拖着地，就是在清理教学楼各个角落里的杂物和垃圾。阳光下，她不遮不挡，一滴滴汗水流下，淌在饱经风霜的龟裂的手上。偶尔有片刻休息，她也是安静地坐在走廊的石凳上，看着师生们来去匆匆的身影。

我和大妈有一个秘密基地。由于泰国学校没有午休，而我是有午休习惯的人。那是教学楼四楼古筝教室，每天吃完午饭，培训完学生，还有半个小时的时间，铺开瑜伽垫，那便成了我闭目小憩的秘密基地。大妈偶尔也来，或静心打坐，或躺一躺，有时也看我练琴。有时天气太热，风扇不给力，大妈就像妈妈在我小的时候那样，不仅帮睡着的我赶蚊子，还会用大纸板在旁边扇风，睡梦中我能感受阵阵凉意。

更多的时候，我们就静静地躺着，一起感受那种宁静的美好。在一次闲聊中，得知大妈独自一人用自己勤劳的双手，将子女慢慢拉扯成人。如今，她的子女已成家，可她每天忙碌的身影，依然投射出她操劳敬业的艰辛。或许，校园里的大妈从未觉得生活是艰辛的，每次遇见她，她脸上都是带着善良朴实的微笑。而我，总是怀着敬意，由衷地报她以灿烂的笑容，双手合十，躬身笑着说"萨瓦迪卡"。回国后，一直觉得没能为大妈做点什么而感到遗憾。后来，从同事那里得知，清洁工大妈特别喜欢我们中国那种民国风的黑色布鞋，我想就在这个夏天，让她穿上那双梦寐以求的中国黑布鞋。

清洁工大妈，朴实善良，笑容温暖。清洁工大妈始终没有悲观，她姿态永恒，如擎天大树，镶嵌在我的心里，绽放出无穷的光亮和母爱的温暖。

身处异国的日子，时而淡薄如水，时而硝烟弥漫，我收到了很多的笑容和感激。一路走来，甚至有些受宠若惊。也许他们都感受到我平时的付出，我也明白了他们对我的感情，这样的感受很甜蜜，就像手中的那一杯茉莉花茶带着芬芳在舌尖漫开，滑入心间，香满衣襟。

有人说，人生很短，趁着年轻，多攒下一些经历，等到走不动的时候，翻开照片，当年一起看过的风景，才是最好的奢侈品。是啊，只有行走在那块土地上，细细品味每一个角落，感受它的每一次呼吸，陌生的地方也会因为有美好笑容和回忆而变得意义非凡。

"微笑在脸上，福藏于心间。"今日，笑意盈盈，微风习习，若水展千华，飞檐亭角清铃响。来年春天，回眸凝望，湄南河依旧，三才更精彩。

# 感谢生命里的每一次厚爱

8月的北京，阳光不燥，天气甚好。

从北京的大方饭店出来，的士飞奔在前往中央民族大学的路上，穿过莲花池路，驶入西三环，飞驰过法华寺路、体育场路、南睿路，很快就进入了中关村南大街，到达学校家属区的楼下。

轻轻敲开梁庭望教授家的房门，开门迎接我的正是他本人。和多年前在电视和报告会上见过的一样，岁月似乎没有在他身上留下多少痕迹。梁教授依然清瘦、矍铄，亲切和蔼。教授住宿屋内摆设简单，除了书房之外，客厅的四周也都是书架，最醒目的要数客厅正前方的墙上，端正地挂着三张全家大合照。

坐在客厅的沙发上，一番家乡话的寒暄后，我们彼此拉近了距离。其实，许多年前，我就有幸听过他回母校马山中学作的报告，也看过他在广西电视台民族文化讲坛的节目，却从未想过有一天会登门拜访。如今，梁教授欣然为我人生的第一本书作序，倍感荣幸。同时，更不敢辜负了梁教授的厚望。

梁教授几十年如一日，潜心研究民族文化和关注中央民族大学学子的成长。退休前的几十载青春岁月，梁教授都悉数献给了中央民族大学。退休后，他依然关心社会，关注人生，勤勤恳恳、笔耕不辍，一辈子都不曾有过节假日。

梁教授年过八旬，但他神清气爽，笑容可掬，平易近人，依然思维敏捷，谈笑风生。特别是谈起自己过去的学生，教授如数家珍，念念不忘。而当聊到泰国文化时，教授更是满心欢喜，还给我普及了泰国国花金链花、稻神、稻作文化、干栏文化等知识。说到精彩处，还在我的稿子上写写画画起来，为了让我更加直观地了解泰国的九首蛟龙，梁教授还特意给我画了出来。

梁教授告诉我，二十年前他也曾跟泰国有过一段缘份。那是1996年，他任中央民族大学副校长期间，带领访问团对泰国的朱拉隆功大学、清迈大学、彭世洛师范学院和华侨大学进行学术访问。期间，在曼谷边的一个小村里，在没有翻译跟随的情况下，教授自己一个人和村子里一家农户交流了一个多小时。从家长里短到土地收成，从询问家里有几个小孩到小孩在哪里工作，他们时而开怀大笑，时而双眉紧蹙，时而紧握双手，时而眼含热泪……最后，他们竟然可以异口同声说"贝侬哩"。而在访问彭世洛师范学院时，当地最大最有名的一个华裔商人，得知他们是中国来的"贝侬"，还特意带他们去参观了自己为当地做的公益事业，有医院，飞机场，买下山谷建起的避暑山庄，包下一整条的大街，还有专门的翻译局……这些公共服务项目都很受当地华侨和泰国人民的欢迎。

"当我行走在泰国农村的土地上，看到泰国那些干栏房子和那些淳朴的农户时，我内心倍感亲切，不由得想起故乡来。"梁教授如是说。

感谢生命里的每一次厚爱

梁教授和我同是广西马山县人，又是马山中学的校友，更是同根生的壮族老乡。

在过去的一年里，我也行走过泰国很多的地方，而当我沿着教授曾经走过的土地重走一遍时，我才真正体会到梁教授的这种情结了。梁教授在形容自己对少数民族文学的热爱时说："往里钻，其乐无穷，里面有一个我走不完的世界。"

拜访的时间在不知不觉中悄然而逝，聆听教授教诲的两个多小时里，我收获满满，临别时，教授还赠送我几本签名书。看到那几个刚劲有力的签字，我仿佛看到那是一座座灯塔，不断指引我前进。我知道教授送给我的这些著作，将是我人生中最宝贵的的财富，更是人生路上的巨大鞭策。

中午，梁教授还特意请我到对面的特色民族小餐馆吃了可口精致的午餐。教授和我，面对面地坐在靠窗的位置上，还不时地给我夹菜，叮嘱我多吃点。午后的阳光跳过南大街，穿过层层叠叠的树梢，跃进窗户，洒在教授的银发上。他以丰富的阅历，洞见壮学，思考人生，给人智慧和力量，他是我见过的最为质朴，又特别令人尊敬和钦佩的一位老教授！

行走在中央民族大学的校园里，树木成荫，环境典雅，古朴幽美，人文氛围浓郁，具有鲜明的民族特色。我端坐于石凳上，任凭阳光透过民大盘虬卧龙的古树枝干，一时间，咸咸的泪水夺眶而出，淌过满脸的憔悴，滴到石路上。

感谢生命里的每一次厚爱，今日，我得恩师如此关照，真是人生一大幸事。

# 写在后面的话

## 如一米阳光，心怀感恩

当我完成所有书稿内容的时候，一米阳光照射在我身上，暖暖的，恍然间已是大年初二了。

又是一年春节时，由于参加南宁市妇联在孔庙家风馆举办的传承家风家训活动，马山是回不去了，于是我直奔伯爷家过年。即便两手空空，但只要一想到伯爷在厨房忙碌的身影，一股年味儿一股清香便是这春节里最美的大餐。

伯爷年近八旬了，清瘦健谈，花白头发下有着一双深邃的眼睛。他思维敏捷，洞察世事，一辈子除了古籍研究和写作外，煮菜就是他最快乐的事了。姑妈（即我伯娘）只需要在楼顶的那两排泡沫箱里，种出鲜嫩无公害的青菜即可，一辈子都不用下厨房的。

伯爷做菜总是慢工出细活，每一道菜都要经过几道工序。为了让我儿子铮铮多吃青菜，伯爷先在开水里烫过一遍，趁热捞出来，冷水浸泡一会儿，最后才清水冲洗、细切、下锅、成菜。伯爷的刀法也令人赞叹，每一刀下去，出来的都是精细均匀的菜粒或菜丝。下锅时，伯爷的铲子也总是小心翼翼的，生怕弄疼了菜似的。伯爷说这是为了保持菜里面的营养不被破坏。

伯爷一辈子勤勤恳恳，淡泊朴实，潜心钻研，笔耕不辍。退休前是广西少数民族古籍办的工作人员，1995年获得国务院终身津贴奖，他与中央民族大学原副校长梁庭望教授是很要好的朋友。他在马山有两个私人的红波图书馆。到目前为止，伯爷公开发表的刊物中，论文、诗歌、散文、小说、壮歌等已经超过300万字，其中仅个人专著就有10多本。他的第一部小说《板龙三公传》是退休后写的，有30万字，即将出版的第二部小说《万寿公王传》也有30万字。

如今，伯爷依然奋笔疾书，每天除了做饭吃饭，他都是伏在案桌上坚持写上几个小时的稿子。伯爷写稿不是在电脑上敲打，而是在那些泛黄的信纸上一笔一画写出来的，而那些信纸都是伯爷退休前积攒存留下来的，一直不舍得丢掉，如今这些信纸都成了伯爷珍贵的第一手稿。此外，听姑妈说楼下文具店里的蓝黑墨水基本上也是被伯爷带回家用的，每次伯爷去商店，老板都会很自觉地帮伯爷找出英雄牌蓝黑墨水，那是伯爷一辈子最喜欢的颜色。

记得第一次见伯爷时，我感觉他就像一座灯塔，高大而又明亮！雨茜姐说："你伯爷是一个奋斗不止的人，他的文笔不算很好，但他勤勤恳恳还是让我们钦佩的。"其实不是伯爷的文笔不好，而是他已到达高手的境界了。记得有位哲人说，写作一般会经过句秀、骨秀和神秀三个境界，伯爷此时的写作风格是属于第三种境界——神秀，他不需要华丽的辞藻和修饰，他直白如话，却情真意切，眼界大，感受深，家国兼济。

今晚，吃过团圆饭，我们围着圆桌，我的书稿迅速被搬上"家庭论坛"的圆桌，伯爷给我指出不足，并反复强调《泰国支教日记》这本书的成书目的和意义应该在于：

第一，呈现丰富多彩的异国文化盛宴。一年的支教生活，是人生中最最宝贵的经历和财富。在泰国，你看到了不一样的教育体制，感受到了不一样的教育理念，领略了不一样的课堂，以及丰富多彩的异国文化和异域风情等，这些感受、收获、体会，你可以在书里娓娓道来。

第二，传播博大精深的中华文化。在泰国支教的过程中，你一直肩负传播中华优秀文化的使命，将民族文化、民族语言等贯穿到平时的教学工作中。同时，你坚持和传承"绽放自己，芬芳他人"的师道精神，教授和影响更多的泰国孩子。

第三，展现真实坚强的异国人生历练。一年来，无数次地，你可能有过哭泣，有过害怕，有过彷徨，甚至有过放弃的念头，但最终你咬牙坚持了下来。我想因为支教，让你学会了倾听和思考，用自己的双脚去丈量脚下这方教育的土地，用双手去书写教育之路的深刻感悟。因为支教，你学会了坚持再坚持，坚强再坚强。最真实的你，就在这本书里。

伯爷的话，如醍醐灌顶，真实朴素却又给予我前行的动力。于是我重新整理思路，将文章按内容编排，以"远行、课堂、文化、成长、友谊"为逻辑，渐次递进，让原本松散的日记集结更像一本书的形态。细细回想，《泰国支教日记》虽然成书过程极其艰辛，但我一直没有放弃，它让我明白了坚持的意义！在我生命的长河里，我想这本书如一米阳光，不仅照见更真实的我，也能照见中泰文化和中泰友谊桥梁之光；这本书不仅温暖我，也能温暖一路陪伴、包容和鼓励我前行的家人和朋友们。

"镇时贤相回人镜，报德慈亲点佛灯。"夜深了，准备起身返家时，伯爷又送给我几本书，姑妈忙着找胖大海、金银花、深海盐给我带回家，叮嘱我按时泡水喝。

坚持，飞奔在路上。

## 未来，诗和远方一直在路上

曾经我也一直以为，我的人生会像自己规划好的那般，踏踏实实在中国的三尺讲台上，尽情挥洒平生的汗水和心血。可是，人生往往会遇上很多意想不到的选择，世界那么大，我选择了去泰国支教，我不后悔。

只要出发，每一个阶段都可以从零开始。

泰国支教的这一年，我如同深埋在土壤里的土豆，在黑暗中经历了多少坚持，历经多少寂寞与孤独，终于在艰难中，得以被阳光的手抚摸。这个过程深刻地改变着我，让我在今后的生活中，再做事情时，有了一种更接地气的坚持，一种置之死地而后生的勇敢。

曾经看过一个很励志的小故事：通往山顶的山路异常难行，一位健壮的男人，背个小包已是气喘吁吁。当他看到一个小女孩，背着一个小孩，从旁边缓慢走过时，便同情地对她说："小姑娘，你背那么重的小孩一定很累吧。"小女孩听到后不高兴地说："你背的是包袱，但我背的是我的弟弟。"小女孩的话一直深深地打动着我，它告诉我们：在远行的路上，只要我们心中有爱，就不是负担；有梦想，有责任，就不累！

在泰国支教的这一年中，我遇见了许多好同事，获得了许多不期而遇的美好，是他们陪我走过了那些艰难又精彩的异国之路。今后，不论我身在何方，我都会记住我们一起走过的日日夜夜。未来，我会怀着一颗虔诚的心、感恩的心去教书育人，去书写美好人生。

其实，任何梦想的实现，背后一定有人为你承担很多你不知道的责任。一年来，广西侨办、南宁市侨办、南宁市教育局、江南区教育局、泰国龙仔厝三才公学以及五一路学校的领导们、同事们，还有我的家人、我的朋友，以及认识的不认识的人，都给我伸出过无数的援手，他们给予我的力量是超凡的，我唯有好好工作，写出更加精彩的文章，聊以报答。

一直喜欢这样的一个故事，说有一个人在上帝的安排下，牵着一只蜗牛去散步，蜗牛慢吞吞的爬行让他心烦意乱，焦躁不安。他因此心生厌烦，一路上不停地数落蜗牛。但走着走着，他竟然忘了心中的不快，更忘了开始时对蜗牛的抱怨。而当他心里彻底安静下来的时候，他却闻到了沁人心脾的花香，听到了久违的虫鸣鸟叫，看见了满天灿烂的星河。这时，他幡然醒悟，原来上帝不是让他牵着蜗牛去散步，而是安排蜗牛牵着他去看人世间最美的风景。无数个害怕、抱怨、哭泣，甚至想放弃的夜晚里，这个故事一直陪伴我。

我也从来没有想过我能写一本书，但是，那无数个孤单寂静的深夜里，我始终坚守内心的美好，摆正自己的位置，调整心态，把头低到尘埃里。一个人敲打着电脑，耳畔萦绕着舒缓的音乐，内心的思想随着手指飞舞，这样的夜晚，仿佛每夜都是一朵一朵的花开。

我的伯爷经常说："凤仁，异国的支教生活，永远不会辜负你。甚至，那些转错的弯，那些走错的路，那些流下的泪水，那些滴下的汗水，那些留下的伤痕，都会让你成为独一无二的自己。"

是的，假如我不曾行走远方，我还是我，每天行走在几十年如一日的城市里，每天看日出日落，听虫鸣鸟叫，与自己的影子彼此安慰。然而，因为与支教相遇，与泰国相遇，我平静生活的湖水，泛起了点点涟漪，一波又一波。

泰国支教，你是我一生中最美的相遇，此生有你，足矣。

一段旅程结束了，它同时又是另一段旅程的开始。读书，或是教书，都是我人生旅程中最美的风景，一首《站在讲台上慢慢老去》，也是我读过的最温暖的诗，抄录在此与读者朋友共勉：


就这样站在讲台上慢慢老去

我依旧喜欢和孩子们一起

阳光洒满他们的笑脸

幸福映在我的心里

我们在讲台上慢慢老去

夕阳下批改作业，灯火中踱步回家

洗衣做饭，不紧不慢

我们在讲台上慢慢变老

老了，就愈发思念开满槐花的故乡

池塘清如许，有鱼也有狗

我们在讲台上慢慢变老


2020年1月于南宁